MANFRED BAUMANN

Das Stille Nacht Geheimnis

MANFRED BAUMANN

Das Stille Nacht Geheimnis

Bisherige Veröffentlichungen im Gmeiner-Verlag:
Todesfontäne, Meranas 6. Fall (2018), Blutkraut, Wermut, Teufelskralle (2017), Glühwein, Mord und Gloria (2016), Salbei, Dill und Totenkraut (2016), Mozartkugelkomplott, Meranas 5. Fall (2015), Maroni, Mord und Hallelujah (2014), Drachenjungfrau, Meranas 4. Fall (2014), Zauberflötenrache, Meranas 3. Fall (2012), Wasserspiele, Meranas 2. Fall (2011), Jedermanntod, Meranas 1. Fall (2010)

Personen und Handlung sind frei erfunden.
Ähnlichkeiten mit lebenden oder toten Personen
sind rein zufällig und nicht beabsichtigt.

Im Ehnried 5, 88605 Meßkirch
Telefon 07575/2095-0
info@gmeiner-verlag.de

1. Auflage 2018

Lektorat: Claudia Senghaas, Kirchardt
Herstellung: Julia Franze
Umschlaggestaltung: U.O.R.G. Lutz Eberle, Stuttgart
unter Verwendung eines Fotos von: © HannesBrandstätter / Fotolia.com
Autograf S. 6/7: © Salzburg Museum, Alpenstraße 75, 5020 Salzburg
Druck: GGP Media GmbH, Pößneck
Printed in Germany
ISBN 978-3-8392-2339-0

Stille Nacht! Heilige Nacht!
Alles schläft; einsam wacht
Nur das traute heilige Paar.
Holder Knab im lockigten Haar,
Schlafe in himmlischer Ruh!
Schlafe in himmlischer Ruh!

(Franz Xaver Gruber und Joseph Mohr,
Weihnachten 1818)

Largo.
Voci.
Guitarre.
Jesum in Menschengestalt!
Jesus die Völker der Welt!
„Jesus der Retter ist da!"
Text von Joseph Mohr Coadjutor 1816.

Melodie von Fr. Xav: Gruber.
Hallelujah!
Retter ist da!
Fine.

ERSTER TAG

Sebastian

Ein feines Singen schwebte rings um ihn. Der Klang von hellen Stimmen erfüllte den Raum. Waren das Engel? Er öffnete langsam die Augen. Im Zimmer war es noch dämmerig. Durch die schräg gestellten Jalousien am Fenster fielen schmale Lichtstreifen. Sebastian drehte den Kopf zur Seite. Der Pinguinwecker auf dem Nachtkästchen zeigte fünf Minuten nach acht. Das Singen kam von unten. Er hörte Geschirrklappern. Seine Mutter hantierte in der Küche und hörte dabei Radio.

»Vom Himmel hoch, da komm ich her«, sangen die feinen Stimmen jetzt. Er kannte dieses Weihnachtslied. Sie hatten es zu Beginn der Adventzeit in der Schule gelernt.

»Eeeeiiia … eeeeiiia«, summte er mit. »Susani, susani, suuuusaniiii.« Er schob die Decke zurück und rollte sich aus dem Bett. Seine Hand fasste nach der Kordel, zog die Jalousie in die Höhe. Es hatte geschneit über Nacht. Der Schneemann, den er gestern am Nachmittag mit Halil im Garten gebaut hatte, trug eine große weiße Flockenmütze auf dem kugeligen Kopf. »Von Jesus singt und Maria«, zirpten die hellen Stimmen aus dem Küchenradio, die aus dem Erdgeschoss bis in sein Zimmer heraufschwebten. Sie würden bald frühstücken. Ohne Papa. Der war schon um vier Uhr aufgestanden, hatte Frühdienst. Papa ratterte sicher schon seit drei Stunden mit dem großen Schneepflug über die Gemeindestraßen. Vielleicht würde Sebastian mit der Mama alleine am Frühstückstisch sitzen, denn seine Schwester Dany zeigte sich an Sonntagen selten vor halb elf. Und wenn sie dann aus ihrem Zimmer schlurfte, wirkte sie immer noch verschlafen.

Ich weiß, du bist müde, Maria. Wir sind schon seit Tagen unterwegs. Der Text aus dem Krippenspiel fiel ihm ein. Er hatte ihn gestern am Abend noch gelernt. Bis zum Dienstag musste er ihn auswendig können. Eigentlich hätte Sebastian ja den Wirt spielen sollen, der Maria und Josef keine Herberge gibt. Aber am Freitag war der Wernfried nicht zur Schule gekommen. Er lag zu Hause mit Mittelohrentzündung. Da hatte die Lehrerin beschlossen, dass Sebastian die Rolle des Josef übernehmen sollte. Und der Robin, der für einen der Hirten vorgesehen war, musste seinen Schafpelz an Emilio weitergeben und sich die fleckige Wirtsschürze umbinden. Sebastian freute sich über die neue Aufgabe. Er spielte viel lieber den Heiligen Josef als den hartherzigen Wirt. Auch wenn der Josef fünfmal so viel Text hatte. *Wir sind schon seit Tagen unterwegs. Allein, wir müssen noch …* Was müssen sie? Mist! Er hatte es doch gestern am Abend noch gekonnt. Er war mit der Mama den ganzen Text durchgegangen. Sie hatte die Maria, den Wirt, den Engel und alle Hirten übernommen, und er hatte die Worte des Heiligen Josef gesprochen. Er langte nach dem Textbuch, das auf dem Schreibtisch lag. *Allein, wir müssen noch …* Er blätterte bis zur fünften Seite, fand die Stelle. *Allein, wir müssen noch eine Stunde beherzt dieses Weges ziehen, dann erreichen wir Bethlehem, wo du dich gewiss in einer Herberge ausruhen kannst.* Genau, so ging diese Stelle weiter. *Beherzt* fand er ein wenig eigenartig. Das hatte er gestern auch zur Mama gesagt. Er würde morgen bei der Probe in der Schule mit der Lehrerin darüber reden. Vielleicht würden sie die Stelle ändern. *Beherzt* konnte man gewiss streichen. So redete doch keiner. Schon gar nicht, wenn er seit Tagen hundemüde auf steinigen Straßen unterwegs war. Er legte das Textbuch zurück auf den Schreibtisch. Von unten aus der Küche erreichte ihn nun der Klang von Geigen. Ein Hackbrett spielte die Melodie. Auch dieses Lied kannte er. Das war *Still, Still, weil's Kindlein schlafen will.* Er setzte sich aufs Bett und sang mit. »Die Englein tun schön jubilieren, bei dem Kripplein musizieren …« An der Tür hing der große Adventkalender. Er stand wieder auf. Er musste noch das heutige Fenster öffnen. Gestern war ein lustiger Teddybär zum Vorschein gekommen. Er war neugierig, was sich ihm heute zeigen würde. Er hielt Ausschau nach dem Türchen mit der Zahl 16. Es dauerte ein wenig, bis er es fand. Die 16 steckte zwischen den Ästen der verschneiten Linde, auf der drei Raben hockten. Sie äugten neugierig auf die Spielzeugstadt mit den hohen Türmen. Der Himmel über den Dächern war mit Sternen übersät. Er klemmte den Fingernagel in den Kartonschlitz und drückte das Fensterchen auf. Ein Engel wurde sichtbar. Er hockte rittlings auf einer weißen Wolke und lachte.

Sebastian trat einen Schritt zurück. Nun waren bereits 16 Türchen offen, acht blieben noch übrig. Noch achtmal schlafen, dann war Heiliger Abend.

Noch achtmal schlafen, dann würden sie im Lichterschein der Kerzen vor dem geschmückten Christbaum stehen. Seine Augen füllten sich mit Wasser. Er konnte sich gegen das Schluchzen nicht wehren. Es rollte aus seiner Brust, brachte seine Lippen zum Beben. Zum ersten Mal würde die Oma nicht mehr dabei sein. Zum ersten Mal würden sie ohne Oma Weihnachten feiern. Wer würde mit ihm die zweite Stimme bei »Stille Nacht« singen? Die Oma hatte sie mit ihm vor zwei Jahren eingelernt, da war er sieben. Seit damals sangen sie es so. Mama und Dany die erste Stimme. Er zusammen mit der Oma die zweite Stimme. Und der Papa brummte den Bass dazu. Er drehte sich um, warf sich auf das Bett. Er vergrub das Gesicht in den Polster. Heftiges Weinen schüttelte seinen Körper. Weihnachten ohne Oma, das konnte er sich gar nicht vorstellen.

Stella

»Olá, Stella!« Sie war so in den Anblick der Schwäne vertieft, dass sie den Ruf erst beim zweiten Mal hörte. Sie löste ihren Blick von den Kacheln an der Hausmauer. Von der anderen Straßenseite winkte ihr Madalena zu. In der Linken hielt sie eine Korbtasche. Sie hatte wohl die kurze Mittagspause genützt, um bei António ein paar Einkäufe zu erledigen, ehe sie zurück in ihre Apotheke eilte. Dort herrschte seit Tagen Hochbetrieb. Das Wetter zeigte sich anhaltend schlecht. Der eiskalte Wind von der Atlantikküste und die Nässe, die einem durch die Knochen kroch, forderten ihren Tribut. Die Umsätze für Erkältungstee, Hustensaft und Grippetabletten stiegen. Madalena und ihr Mann hielten die Apotheke offenbar auch am heutigen Sonntag geöffnet.

»Bom dia, Madalena.« Sie hob die Hand, deutete einen Gruß an.

»Was machst du zu Weihnachten?«

»Ich weiß noch nicht so recht. Teresa hat mich eingeladen. Aber vielleicht bleibe ich auch zu Hause.«

»Besuchst du uns während der Feiertage? João und ich würden uns freuen.«

»Ich melde mich.«

»Wunderbar! Bis bald.« Die kleine grauhaarige Frau hob zum Abschied die Hand. Dann stapfte sie davon.

Stella sah ihr nach, bis sie hinter der Glastür der Apotheke verschwand. Madalena war die erste Teilnehmerin in ihrem Yogakurs gewesen. Als Felipe sich davongemacht und einen Berg an Schulden hinterlassen hatte, hatte Stella anfangs nicht gewusst, wie sie sich über Wasser halten sollte. Der Yogakurs war ihr erster Rettungsanker gewesen. Anfangs war der Unterricht mehr als zäh verlaufen. Stella war oft verzweifelt gewesen, knapp davor, alles hinzuschmeißen. Aber die rührige Madalena hatte ihr stets Mut zugesprochen. Und sie hatte vor allem eines gemacht: eine Freundin nach der anderen aus ihrem großen Bekanntenkreis in Stellas Kurs gelotst. Allmählich hatten sich die Yogastunden rentiert. Den zweiten Rettungsanker verdankte sie David. Er hatte ihr den Kontakt zu zwei Touristikagenturen vermittelt. Seit damals führte sie Portugalreisende durch die attraktivsten Städte der mittleren Regionen, durch Coimbra, Leiria, Linhares, Batalha, Alcobaça und vor allem Tomar, das ihr seit über 20 Jahren Heimat geworden war. Sie wandte ihre Aufmerksamkeit wieder der Hausfassade zu. Die Sonderangebote des Bekleidungsshops im Erdgeschoss interessierten sie weniger. Ihr Blick richtete sich auf die Verkleidungen der Erker in den Obergeschossen. Sie hatte den Mauerschmuck sicher schon Tausende Male gesehen, seit sie vor 22 Jahren in diese Stadt gekommen war. Aber die Azulejos, die für Portugal so typischen kunstvoll gestalteten Keramikfliesen, erfreuten sie jedes Mal aufs Neue. Als sie noch in Lissabon gelebt hatte, war kein Monat vergangen, an dem sie nicht den Bus bestiegen hatte, um sich in die Rua Madre de Deus bringen zu lassen. Dort lag das Museu Nacional do Azulejo. In einem ehemaligen Kloster konnte man Exponate der portugiesischen Kachelkunst aus sechs Jahrhunderten bewundern. Sie liebte die Farbenpracht und die exotischen Muster der Darstellungen. Manche erinnerten sie an ihre eigenen Zeichnungen aus der Schulzeit. Sie hatte als Kind gerne gemalt. Keine Madonnen und Heilige, sondern Segelboote, Flugzeuge, Raumschiffe. Sie hatte sich dabei immer vorgestellt, an Bord zu gehen und in die Ferne zu reisen. Weit weg. In fremde Länder, auf unbekannte Planeten. Tiere hatte sie auch gerne gemalt, Schmetterlinge, Papageien, Adler und am allerliebsten Schwäne. Von allen Erzählungen hatte es ihr als Kind das Märchen vom hässlichen Entlein, das eines Tages ein stolzer Schwan wird, am meisten angetan. Sie hatte tiefes Mitgefühl mit dem kleinen tollpatschigen grauen Vogel aus der Märchengeschichte empfunden. Sie hatte oft mit ihm geweint, wenn das Entlein sich wieder einmal als Außenseiter fühlte und nicht verstehen konnte, warum es so anders aussah als alle anderen. Mit 18 war Stella dann tatsächlich aufgebrochen, um endlich ein Schwan zu werden. Vielleicht verweilte sie deshalb so gerne vor den Kacheln mit den Schwänen an der Hausfront. Die eleganten Vögel erinnerten sie an ihre eigenen Träume. Die Fliesen waren nicht mehr im allerbesten Zustand. Sie reichten nicht an die Qualität der Museumsstücke heran, und sie waren auch nicht so gut restauriert wie die prächtigen Exemplare im Kreuzgang des Konvents von Tomar, oben auf dem Berg. Aber das machte Stella nichts aus. Die Kacheln mit den Schwänen waren nicht abgeschirmte Ausstellungsobjekte in irgendeinem Museum. Nein, sie prangten an einer Hausfassade mitten im Leben, in einer Straße mit Geschäften, Handwerksläden, einer Apotheke, einer Bank, einem Notariat und zwei Imbissbuden. Braunes Moos hatte sich in den Mauerrissen angesetzt. Doch das störte die drei Schwäne nicht. Elegant zogen sie ihre Spur über den Teich. Sie waren majestätische Erscheinungen, die in der hektischen Turbulenz der städtischen Umgebung Gelassenheit ausstrahlten. Das märchenhafte Blau der Kacheln, das in ähnlicher Manier auch die Front des Nachbarhauses mit arabesken Mustern verschönte, harmonierte gut mit den orange schimmernden Lampen der Weihnachtsdekoration, die quer über die Straße gespannt war. Eine mächtige Böe des auffrischenden Windes griff nach den blinkenden Sternen, das Dekorationsgebilde schaukelte bedrohlich. Einige der Passanten wandten die Köpfe nach oben, keiner schien beunruhigt. Die Weihnachtssterne würden halten, genauso wie der Rest der Girlanden, der sich durch die Straße bis hin zum Hauptplatz zog. Davon war auch Stella überzeugt. Abenteuerlich anmutende Elektrokabel an den Außenmauern der Häuser gehörten zum Straßenbild portugiesischer Städte wie die kleinen Läden, die großen Plätze, die pittoresken Kirchen und das freundliche Lächeln der Kellner vor den Cafés. Das hatte Stella schon bei ihrer Ankunft in Portugal vor einer halben Ewigkeit festgestellt, und das versuchte sie auch den Touristen näherzubringen, denen sie die Gegend zeigte. Die blauen Schwäne an der Fassade zu betrachten, sich in den Anblick der Vögel zu vertiefen, war das einzige Vergnügen, das sie sich bisweilen gönnte. Zu viel war passiert in den vergangenen Jahren. Ihr Herz fühlte sich manchmal an wie ein verdorrter Klumpen. An kaum etwas empfand sie Freude, außer am Betrachten der weiß gefiederten Wasservögel an der Hausmauer. Sie atmete tief durch und setzte langsam ihren Weg über die Hauptstraße fort. In der Ferne erhob sich ein steil ansteigender Berg. Die Kuppe war geprägt von den gezackten Mauern und dem wuchtigen vierkantigen Turm der ehemaligen Kreuzritterfestung. Die Geschichte des Klosters, des Convento de Cristo, war eng verbunden mit der Geschichte der Tempelritter. Den Rittergestalten mit dem großen Kreuz auf Wams und Schild entging man in Tomar nirgends. Sie prägten das Bild der Stadt, ob als Spielzeugfiguren, als Schaufensterdekoration, als Wandmalereien oder als platzbeherrschendes Monument. Das hatte Stella anfangs befremdlich gefunden. Sie hatte noch nie viel für Mittelalterrummel übergehabt. Und Typen, die in Eisenmonturen mit gezücktem Schwert drauflosstürmten, waren ihr immer schon suspekt gewesen. Aber sie musste sich eingestehen, dass die schrägen Abenteurer in ihren Rüstungen lange nicht so niederträchtig waren wie die hinterhältigen Kerle, auf die sie im Lauf ihres Lebens hereingefallen war. Und ganz oben auf der Chartliste ihrer bittersten Enttäuschungen stand Felipe.

Stella erreichte die Praça da República. Die Mitte des Platzes wurde von einer Rittergestalt auf einem hohen Sockel beherrscht. Sie begrüßte das Monument mit einem kurzen Kopfnicken.

»Olá, Gualdy.« Dass der eherne Krieger im Kettenhemd ihr keine Antwort geben konnte, war ihr ganz recht. Konversation mit Männern war sie ohnehin nicht mehr gewohnt. Die Augen der Statue blickten finster in die Ferne. Eine Taube kam angeflattert, setzte sich auf den Helm der Statue. Die Landung des kleinen Vogels entlockte Stella ein kurzes Lachen. Nicht einmal das Federvieh hat Respekt vor dem grimmig blickenden Beherrscher der Stadt, Gualdim Pais, dem ersten Ordensmeister, der Mitte des zwölften Jahrhunderts Kloster und Stadt gegründet hatte. Die Konditorei an der Ecke des Platzes war geöffnet. Stella ließ sich auf einen der Stühle im Freien nieder, dicht am wärmenden silberfarbenen Heizpilz. Sie bestellte einen Kräutertee.

»Rudolph, the red-nosed reindeer had a very shiny nose«, dudelte es aus einem verborgenen Lautsprecher. Dem englischsprachigen Weihnachtssong über das rotnasige Rentier entging man auch in Portugal nicht. Sie registrierte es eher nebenbei. Sie machte sich nicht viel aus Weihnachtsliedern, egal in welcher Sprache.

Der Kellner brachte ihr eine Decke. Sie hüllte sich damit ein, lehnte sich zurück. Das Aroma des Tees war ansprechend, das heiße Getränk tat ihr gut. Fast der gesamte Boden des Platzes war mit auffälligen Steinen überzogen. Sie bildeten helle und dunkle Rechtecke wie bei einem überdimensionalen Schachbrett. Drei Kinder spielten auf dem Pflaster, umkurvten den steinernen Tempelritter. Das größte der Kinder, ein etwa zwölfjähriges schwarzgelocktes Mädchen, trug eine Santaclausmütze auf dem Kopf. Die anderen versuchten die

Schwarzhaarige zu erhaschen, um ihr die Mütze zu entreißen. Das schrille Lachen der herumtollenden Kinder flog über dem Platz, übertönte sogar das Gedudel aus dem Caféhauslautsprecher.

»Hi, Stella, brauchst du wieder einen Bacalhau?« Ein junger Mann steuerte auf ihren Tisch zu. Sie erkannte Miguel Alves. Er studierte Elektrotechnik in Lissabon. In den Ferien half er manchmal in der Sinagoga aus. Im ehemaligen Gebetshaus von Tomar ist das jüdische Museum der Stadt untergebracht, eines der bedeutendsten in ganz Portugal.

»Nein, danke, Miguel. Ich bin heuer zum Weihnachtsessen bei Teresa eingeladen. Ich brauche nichts.«

Sie zögerte, deutete dann aus Höflichkeit auf den freien Stuhl neben ihr. »Kann ich dich auf einen Kaffee einladen?«

»Leider nein, ich muss noch meiner Mutter helfen. Sie hat eine neue Weihnachtsdekoration gekauft. Aber die Laternen funktionieren offenbar nicht.« Er reichte ihr die Hand und eilte davon. Sie blickte dem jungen Mann nach. Miguels Großvater hatte eine kleine Fischzucht an der Küste. Er war berühmt für seinen Stockfisch. Im vergangenen Jahr hatte Stella einen Versuch gewagt. Sie hatte sich entschlossen, zu den Weihnachtsfeiertagen aus dem Kokon ihrer Lethargie zu kriechen und Leute einzuladen. Teresa war samt Familie zum Weihnachtsessen gekommen. Dafür hatte Stella über Miguel einen besonders prächtigen Stockfisch aus der Zucht des Großvaters bezogen. Die weihnachtliche Runde hatte sich von ihrer Zubereitung des Bacalhaus sehr angetan gezeigt. Und auch das weihnachtliche Dessert, arroz doce, eine Milchreisspeise, war ihr gut gelungen. Heuer wollte sich Teresa revanchieren und hatte sie eingeladen. Aber Stella würde wohl kurzfristig absagen. Im Grunde war ihr Weihnachten zuwider. Sie hatte der Inszenierung der allerorts mühsam vorgegaukelten Harmonie noch nie viel abgewinnen können. Dem Kleinsten aus der Gruppe, einem blonden Buben mit Stoppelfrisur, war es gelungen, der Schwarzhaarigen die Santaclaushaube zu entreißen. Er hielt seine Beute hoch und stürmte davon. Am Glockenturm der Kirche São João Baptista holten ihn die anderen ein. Mit einem Mal überkam Stella ein seltsamer Wunsch. Sollte sie sich ein Glas Portwein bestellen? Einen Old Tawny? Sie unterließ es. Wozu auch? Sie konnte sich nicht erinnern, wann sie zum letzten Mal Portwein getrunken hatte. Es war gewiss Jahre her. Selten, aber doch musste sie bisweilen mit einer Touristengruppe nach Porto. Auf dem Programm stand dabei immer auch ein Besuch der Kellereien in Vila Nova de Gaia auf der anderen Seite des Flusses. Die Besucher waren jedes Mal hellauf begeistert, verkosteten viel, kauften Unmengen an altem Port. Sie selbst lehnte die freundlichen Einladungen, auch ein Glas zu trinken, jedes Mal ab. Ihr Handy läutete. Hoffentlich war das nicht Teresa, die sie bat, morgen in der Boutique auszuhelfen. Stella hatte sich Montag und Dienstag freigenommen. Sie wollte alleine sein, vielleicht an die Küste fahren. Wenn ihr bei ausgedehnten Spaziergängen der eiskalte Wind die Regentropfen wie Kristallnadeln ins Gesicht drosch, dann hatte sie das Gefühl, sich endlich wieder einmal selbst zu spüren. Es war selten genug. Sie kramte das Telefon aus der Tasche. Die Nummer war ihr nicht bekannt.

»Ja, hallo …«

»Spreche ich mit Dona Stella Pilar?« Die Stimme der Frau klang jung. Sie kannte die Anruferin nicht.

»Ja, worum geht es?«

»Hier spricht Filipa Pardal. Ich bin eine Kollegin Ihres Sohnes.«

Ihres Sohnes?

»Meinen Sie Bernardo?«

»Ja. Wir arbeiten zusammen beim ›Público‹.«

Sie hatte keine Ahnung, dass Bernardo bei einer der renommiertesten Tageszeitungen Portugals beschäftigt war. Sie hatte seit Langem nichts mehr von ihm gehört.

»Entschuldigen Sie die Störung, Frau Pilar. Ich nehme an, die Polizei oder eine andere amtliche Stelle hat sich bei Ihnen noch nicht gemeldet.«

Polizei? Die Frage verwirrte sie.

»Nein … ist etwas vorgefallen?«

»Ich muss Ihnen leider sagen, dass Bernardo einen schweren Unfall hatte.«

»Einen Unfall?« Sie erschrak. Ihre Stimme war lauter geworden.

»Ja, aber er ist am Leben. Soviel ich weiß, hat man ihn von Seiten der Ärzte in künstlichen Tiefschlaf versetzt.«

»Tiefschlaf? … Unfall? Wo ist das passiert?«

»In Österreich.«

In Österreich? In ihrer ehemaligen Heimat?

»Warum ist Bernardo in Österreich?«

»Wegen ›Stille Nacht‹ …«

Sie vernahm weiterhin die Stimme der Frau, aber das Gehörte brachte sie immer mehr durcheinander. Ihr Verstand vermochte kaum ein paar Brocken des Gesprächs zu behalten. Die Zeitungsredaktion hatte Bernardo offenbar nach Österreich geschickt. Er sollte irgendetwas recherchieren. So viel hatte sie mitbekommen, alles andere war wie verflogen. Sie starrte vor sich hin. Ihr Kopf war wie aus Watte. Die Journalistin hatte den Bericht längst beendet. Die Verbindung war tot, aber Stella hielt immer noch das Telefon in der Hand. Sie schaute auf den Platz. Mit den Augen folgte sie dem Liniengewirr der schwarz-weißen Pflastersteine auf dem Boden. Sie hatte ihren Sohn vor drei Jahren zum letzten Mal gesehen. Sie waren im Streit auseinandergegangen. Seitdem hatte sie kein Lebenszeichen mehr von ihm vernommen. Und nun lag Bernardo schwer verletzt in einem Krankenhaus in Salzburg. Der Kellner war an ihren Tisch getreten. Sie schüttelte nur den Kopf, beachtete ihn nicht weiter. Noch immer fuhren ihre Augen wie ferngesteuert über die exakt gezirkelten Linien des Platzes, umkreisten jedes Feld. Ein Schachbrett ohne Figuren. Nur mit einem einsamen Tempelritter in der Mitte des Spielfeldes. Mechanisch griff sie in die Tasche, nestelte einen Geldschein daraus hervor. Sie legte ihn auf den Tisch, erhob sich wie in Trance und ging.

Anyana

Ihr ist kalt, sie fröstelt. Ein Zittern läuft durch ihren Körper. Die Zunge fühlt sich taub an. Der Geschmack im Mund ist bitter. Wie verkohlte Zwiebel. Was ist los mit ihr? In den Ohren rauscht es. Sie öffnet mit großer Mühe die Augen. Rings um sie ist es finster, absolute Dunkelheit. In der nächsten Sekunde überschwemmt sie die Angst. Wie eine Welle peitscht die Furcht in ihr hoch, von den kalten Zehenspitzen bis zur Stirn. Wo ist sie? Was ist passiert? Sie stemmt den Oberkörper hoch. Übelkeit erfasst sie. Der Kopf glüht. Sie lässt sich stöhnend wieder zurücksinken. Sie bemüht sich, ruhig zu atmen. Das Herz pocht wie ein wild gewordener Hammer. Sie kämpft gegen die Panik an. Solange du deinen Atem spürst, lebst du. Wer hat das gesagt? Sie versucht sich daran zu erinnern. Das Gesicht eines alten Mannes taucht auf. Er hält ein Seil. Es ist um den Hals einer Ziege gebunden. In der nächsten Sekunde verpufft alles. Die Ziege, das Seil, die gütigen Augen des Mannes. Was bleibt, ist Dunkelheit. Erneut versucht sie, sich auf das Atmen zu konzentrieren. Sie zieht langsam die kalte Luft durch die Nase ein, wartet, zählt bis drei, dann lässt sie den Atem bedächtig durch den Mund nach draußen strömen. Das wiederholt sie mehrmals. Sie zählt mit, erstellt in Gedanken eine Liste der Atemzüge. Das beruhigt sie. Das Herz pocht noch immer heftig, aber es rast nicht mehr. Ihre Hände beginnen den Untergrund abzutasten. Sie spürt etwas Weiches. Es fühlt sich an wie Stoff. Eine Matratze? Sie bewegt langsam ihren Körper, wippt mit den Beinen. Der Untergrund gibt nach. Sie liegt offenbar auf einem Bett. Allmählich gewöhnen sich die Augen an das Dunkel. Sie dreht vorsichtig den Kopf zur Seite. In der Ferne erkennt sie ein schwaches Schimmern, einen lang gezogenen Lichtstreifen. Befindet sich dort eine Tür? Sie strengt sich an, den Oberkörper aufzurichten. Dieses Mal schafft sie es. Ihre Hände gleiten tappend über den Stoff. Sie sitzt auf einer Art Liege, ihre Finger spüren kaltes Metall. Sie zieht ihre Beine an, betastet ihren Körper. Sie ist angezogen, trägt Turnschuhe, eine weite Hose und einen Pullover. Die nächste Woge der Übelkeit trifft sie unvorbereitet. Der Brechreiz schnellt mit voller Wucht aus ihrem Magen, ergießt sich ätzend in die Speiseröhre. Gleichzeitig beginnt der Kopf zu rasen. Sie hat das Gefühl, alles um sie dreht sich, als säße sie auf einem Karussell, das Feuer gefangen hat. Sie presst die Hand auf den Mund, würgt etwas Säuerliches hinunter. Sie lässt sich zurückfallen. Ihre Augen füllen sich mit Wasser. Atmen! So lange du atmest, lebst du! Ein weiteres Mal schafft sie es, sich langsam zu beruhigen. Das Feuerrasen hinter ihrer Stirn lässt nach, aber die Übelkeit bleibt. Und Müdigkeit presst sich auf sie wie eine Decke aus Eisen. Sie kämpft dagegen an, stemmt sich gegen das Gefühl der Mattigkeit. Sind das Stimmen? Sie vernimmt Schritte. In der nächsten Sekunde erfasst sie wieder die Panik. Das sind Stimmen von Männern.

Sie klingen aufgebracht. Sie hat in der Schule Deutsch gelernt. Sie versteht einige Wortfetzen. Von einem *Auto* ist die Rede. Sie hört das Wort *Gefahr.* Und *Schnee.* Einer der beiden Männer schreit immer wieder *Anrufen.* Wo ist das Handy? Wie ein Blitz flammt der Satz durch ihren Kopf. Haben sie das Handy gefunden? Sie weiß nicht, woher die Frage plötzlich auftaucht. Warum denkt sie an ein Handy? An welches Handy? Die Übelkeit wird heftiger. Sie schafft es nicht mehr, gleichmäßig zu atmen. Sie hört das Geräusch eines Schlüssels. Die Tür wird geöffnet. Ein breiter Lichtstreifen fällt in den Raum, zerschneidet die Dunkelheit. Die Übelkeit überwältigt sie. Sie verliert den Kampf gegen die eiserne Decke, die Müdigkeit erdrückt sie. Eine Neonröhre am Plafond flammt auf. Doch in ihr wird es finster. Das Loch, in das sie stürzt, ist bodenlos.

Carola

»…iiicht!« Das kleine Mädchen am Tisch streckte die Hand aus, ließ den Zeigefinger aus der Faust wachsen. »…iiicht!«

»Ja, Hedwig. Mama zündet gleich die Kerzen an.« Chefinspektorin Carola Salman griff nach der Schachtel mit den langen Streichhölzern. Sie zählte langsam mit. »Eins … zwei … drei.« Das Mädchen klatschte begeistert. Ihr Gesicht war ein einziges Lachen. »…iiicht!« Vom Luftzug des Händeklatschens wurde eine der Flammen wieder gelöscht. Hedwig stoppte die Bewegung, richtete die großen Augen fragend auf ihre Mutter.

»Das ist kein Problem, mein Schatz. Wir zünden sie einfach wieder an.« Carola Salman nahm ein neues Streichholz. Gleich darauf brannten wieder alle drei pinkfarbenen Kerzen auf dem Adventkranz. Die Zehnjährige begann wieder in die Hände zu paschen. Dann griff sie nach ihrer Tasse und schlürfte hörbar vergnügt an ihrem Kakao. Die schlanke Frau mit den langen braunen Haaren lehnte sich zurück. Sie freute sich auf einen Tag, den sie ganz mit ihrer Tochter verbringen wollte. Ihr Ehemann war zu seiner Mutter nach Linz gefahren, würde erst am Abend wiederkommen. Sie hoffte, Friedrich würde sich an sein Versprechen halten. Keinen Tropfen Alkohol. Seine letzte Entziehungskur war acht Monate her. Seit der Entlassung aus der Klinik hielt er sich gut. Harald, der 18-jährige Sohn, war mit seiner neuen Freundin schifahren. Danach wollten die beiden noch ins Kino. Auch er würde erst am Abend zurück sein.

»Mama …fffffingen!« Die Kleine am Tisch hatte ihren Kakao ausgetrunken, schob den leeren Becher weit von sich. Hedwig war seit ihrer Geburt geistig zurückgeblieben. Ihre kognitiven Fähigkeiten waren sehr eingeschränkt. Carola Salmans Tochter hatte zwar den Körper einer normalen, gesunden Zehnjährigen. Aber der Intellekt entsprach aktuell dem einer Zweijährigen. Das Mädchen rutschte von seinem Stuhl, hockte sich auf den Schoß der Mutter. Dann fasste die Kleine mit den Händen Carolas Wangen.

»Fffffiiiiingen!« Sie wiederholte ihre Aufforderung mit Nachdruck. Wie meist strahlte auch jetzt ein helles, ansteckendes Leuchten in Hedwigs Gesicht. Carola schlang die Arme um ihre Tochter, drückte sie fest an sich.

»Mit welchem Lied fangen wir an?«

Die Kleine überlegte, kratzte sich mit dem Zeigefinger am Kinn. Sie versuchte dabei, ein ernstes Gesicht zu machen. Diese Geste hatte sie sich von Friedrich abgeschaut. Hedwigs Blick fiel auf das breite Küchenfenster. Schon kehrte das Lachen wieder zurück. Sie deutete begeistert nach draußen. »Fffffneee!«

Tatsächlich. Es hatte zu schneien begonnen. Hinter den Fensterscheiben sackten lautlos dicke Flocken zu Boden.

»Fffffneeeee … ffffingen!«

Die Chefinspektorin drückte ihrer Tochter einen Schmatz auf die Stirn. »Dein Wunsch ist mir Freude, Prinzessin.« Sie nahm einen Schluck Wasser. Dann begann sie das Lied. Sie sang langsam, setzte die Worte deutlich, damit Hedwig sie erfassen und mitsingen konnte.

»Leise rieselt der Schnee … Still und starr ruht der See … Weihnachtlich glänzet der Wald … Freue dich, 's Christkind kommt bald …«

»Gistkind!«, jubelte die Kleine. »Gistkind!« Sie rutschte von Carolas Schoß, flitzte nach draußen. Gleich darauf kehrte sie wieder, legte den Adventkalender auf den Tisch. »Gistkind!«, trällerte sie und deutete auf eines der Bilder hinter dem geöffneten Fenster. Der Kalender zeigte einen großen Weihnachtsbaum, mit bunten Kugeln, Schleifen und brennenden Kerzen. Große Pakete lagen vor dem Baum auf dem Boden. Spielzeug war zu erkennen. Eine Puppe, eine Trommel, ein Schaukelpferd.

»Gistkind!«

Carola lachte. »Nein, mein Schatz. Das Christkind ist noch nicht bei uns. Aber bald kommt es. So wie wir gesungen haben.« Sie deutete auf das Bild. »Das ist ein Engel.«

»Äääääääänglll!«, jubelte Hedwig und sauste wieder davon. Als sie zurückkam, schwenkte sie den Engel aus Goldfolie in den Händen, den sie am Vortag mit ihrem großen Bruder gebastelt hatte. Sie platzierte die Figur neben dem Adventkranz. Dann schwang sie sich wieder auf Mamas Schoß.

»Fffingen!«

Carola hielt Hedwigs zarte Finger in ihren Händen.

»In den Herzen wird's warm … Still schweigt Kummer und Harm … Sorge des Lebens verhallt … Freue dich, 's Christkind kommt bald.«

Wieder jubelte die Kleine. Mitten in ihren lachenden »Gistkind!«-Ruf läutete das Handy.

Oh nein!, dachte die Chefinspektorin, als sie den Namen auf dem Display las. Kerner, stand da. Der Anruf kam von ihrem Chef, dem Salzburger Polizeipräsidenten höchstpersönlich.

»Hallo, Carola, es tut mir leid, dass ich deine Sonntagsruhe störe …«

»Ja, das tust du, Günther. Ich singe mit meiner Tochter gerade Weihnachtslieder.«

»Das bedaure ich umso mehr. Aber ich kann es dir leider nicht ersparen. Wir brauchen dich im Präsidium. Und das sofort. Wir haben einen Toten.«

Nein, bitte nicht. Sie wollte bei ihrer Tochter bleiben.

»Um wen handelt es sich?«

»Es ist ein junger Mann, Mitte 30. Er ist aus dem Fenster im fünften Stock gestürzt. Möglicherweise ein Unfall, es könnte aber auch jemand nachgeholfen haben.«

»Günther, das klingt nach einem Routinefall. Das kann der Trofler auch machen.«

»Nein, kann er nicht.« Die Stimme des Chefs wurde um eine Nuance lauter. »Der Tote heißt Laith Hamudi. Er hat arabischen Hintergrund. Er stammt aus dem Irak.«

Auch das noch! Sie hatte es befürchtet. Als vor drei Tagen die Terrorwarnung aus Wien kam, war es losgegangen. Erhöhte Sicherheitsstufen ringsum, allseits spürbar anwachsende Hysterie. Und seit dem gestrigen gerade noch verhinderten Anschlag schienen ohnehin alle durchzudrehen. Sie hatte gehofft, dem allem auszukommen.

»Ich brauch die Chefin der Kriminalabteilung hier im Präsidium, Carola. Bitte beeil dich.«

Sie sagte zu, so schnell wie möglich zu erscheinen. Dann wählte sie die Nummer des Kindermädchens, erklärte die Situation. Gott sei Dank hatte die 17-Jährige Zeit.

»Ffffingen …?« Hedwig hielt den Kopf leicht schief. Der Ausdruck in ihren Augen hatte sich verändert. Der Blick war klar, glich der ernsten Miene eines Erwachsenen. Der Verstand der Kleinen brauchte oft lange, um schwierige Zusammenhänge zu kapieren. Aber Hedwigs Sensorium für Stimmungen war hoch entwickelt. Das hatte Carola schon oft festgestellt. Die feine Sensibilität ihrer Tochter verblüffte Carola jedes Mal aufs Neue. Die Kleine tätschelte die Wange ihrer Mutter, als wolle sie sie trösten.

»Ja, mein Schatz. Mama muss leider zur Arbeit weg. Aber Kiara kommt gleich. Sie geht mit dir in den Park. Ihr könnt zusammen einen Schneemann bauen. Vielleicht nehmt ihr auch den Schlitten mit.«

Hedwig hörte auf zu streicheln. Sie kam ganz nahe, drückte die Wange an die von Carola. »Ffffingen …?«, flüsterte sie.

»Ja, Liebling. Wir singen das Lied noch zu Ende.« Sie spürte die Arme ihrer Tochter, die sich ihr um den Hals schlangen.

»Bald ist Heilige Nacht … Chor der Engel erwacht … Hört nur, wie lieblich es schallt … Freue dich, ’s Christkind kommt bald …«

ZWEITER TAG

Stella

Ihre Armbanduhr zeigte drei Minuten nach acht, als der Airbus A 321 vom Flughafen Humberto Delgado in Lissabon abhob. Sie fühlte sich leer, wie erschlagen. Sie hatte kaum eine halbe Stunde geschlafen. Sie war gestern nach dem Anruf der Journalistin sofort nach Hause geeilt. Ihre kleine Wohnung in der Travessa Serpa Pinto lag nicht weit vom Hauptplatz entfernt. Sie hatte sich aufs Bett gelegt und an die Decke gestarrt. Dann hatte sie zum Handy gegriffen. Es gab keine direkte Flugverbindung von Lissabon nach Salzburg. Nach dem Rückruf der Airline mit der Bestätigung, dass man für sie einen Platz in der Frühmaschine nach Wien reservieren konnte, war es ihr gelungen, wieder halbwegs klare Gedanken zu fassen. Sie hatte daraufhin Filipa Pardal nochmals angerufen. Die junge Frau hatte großes Verständnis für Stellas Verwirrung gezeigt. Sie hatte ihr die wichtigsten Details nochmals zusammengefasst. Bernardo arbeitete seit zwei Jahren für den »Público«, vor allem für die Kulturbeilage »Ípsilon«. Da er neben Portugiesisch, Englisch und Französisch auch ausgezeichnet Deutsch sprach, hatte er den Auftrag bekommen, nach Österreich zu reisen. Das weltweit bekannte, auch in

Portugal äußerst beliebte Weihnachtslied »Stille Nacht« war vor 200 Jahren in einem kleinen Ort in der Nähe von Salzburg entstanden, hatte die Journalistin hinzugefügt. Dem »Público« war dieses Jubiläum eine mehrseitige Reportage wert. Bernardo war am vergangenen Mittwoch in Salzburg angekommen, um seine Recherchen zu starten. Der Rückflug war für Montag, spätestens Dienstag geplant. In der Nacht von Samstag auf Sonntag war er in einem Waldstück in der Nähe des Hotels gefunden worden. Offenbar hatte er sich bei einem Sturz schwere Verletzungen zugezogen. Bernardo hatte bei der Anmeldung im Hotel die Adresse der Zeitung eingetragen. Deshalb sei von der Polizei zuerst die Redaktion des »Público« über den Unfall informiert worden.

»Entschuldigen Sie, möchten Sie etwas trinken?« Sie registrierte erst bei der Wiederholung der Frage, dass sich eine Frau mit roter Jacke über ihren Sitz beugte.

»Ja, bitte. Ich hätte gerne einen Kaffee und ein Wasser.«

»Gerne.« Die Flugbegleiterin schenkte ihr ein Lächeln. Sie hantierte an ihrem Servierwagen und überreichte Stella das Gewünschte.

»Danke.«

Der Kaffee war heiß. Sie verbrannte sich die Zunge. Sie hatte gar nicht mitbekommen, dass die Anschnalllichter über den Sitzen längst erloschen waren.

Sie saß im hinteren Drittel des Flugzeuges. Man hatte ihr einen Fensterplatz zugewiesen. Sie schaute hinaus. Die Maschine flog durch dichte Wolken. Der Boden war nicht zu sehen. Sie wartete, bis der Kaffee abkühlte.

Dann trank sie ihn aus, ebenso das Wasser. Sie blickte auf die Uhr. 08.52. Sie waren schon eine Dreiviertelstunde unterwegs. Sie fühlte sich immer noch wie gerädert. Aber das Koffein tat seine Wirkung. Die Müdigkeit fühlte sich nicht mehr ganz so schwer an wie beim Abflug. Sie überreichte der Flugbegleiterin die leeren Plastikschalen. Dann klappte sie die Tischablage hoch und ließ sich in den gepolsterten Stuhl zurücksinken. Sie schloss die Augen. Sie rief sich Teile des gestrigen Telefonats wieder ins Gedächtnis.

»Warum haben Sie mich angerufen?«, hatte sie die Journalistin gefragt. »Hat Bernardo Ihnen von mir erzählt?«

»Erzählt ist zu viel gesagt. Er hat einmal angedeutet, dass er in Tomar aufgewachsen sei und dass seine Mutter dort noch lebte.«

»Ich hatte in den letzten Jahren kaum Kontakt zu meinem Sohn. Ich wusste nicht einmal, dass er in Lissabon arbeitet.«

»So etwas Ähnliches habe ich mir gedacht. Ich habe Bernardo einmal nach seinen Eltern gefragt. Da ist er mir ausgewichen.«

»Und dennoch haben Sie sich die Mühe gemacht, meine Nummer herauszufinden, um mich zu verständigen?«

»Ich habe selbst einen Sohn, Frau Pilar. Er ist erst sieben. Aber egal, wie alt er ist. Egal, ob wir uns dann, wenn er erwachsen ist, noch gut verstehen oder nicht. Wenn mein Sohn schwer verletzt in einem Krankenhaus liegt, dann möchte ich das gerne wissen. Jederzeit.«

Sie erinnerte sich wieder an die Pause, die nach dieser Erklärung eingetreten war. Sie spürte wieder dieselbe Trockenheit in der Kehle wie gestern. Einige Sekunden lang hatte keine der beiden etwas gesagt. Sie hatte dem ruhigen Atem der Frau am anderen Ende der Verbindung gelauscht und zugleich dem eigenen unruhigen Herzschlag. Schließlich hatte sie sich bei der Journalistin bedankt.

»Ich bin sehr froh, dass Sie mich verständigt haben, Filipa. Ich fliege morgen nach Österreich. Ich rufe Sie an, wenn ich im Krankenhaus bin.«

Sie hatte das Gespräch beendet und angefangen zu packen.

Ein kollektives Stöhnen ertönte im Abteil. Die Maschine hatte zu schaukeln begonnen. Das heftige Rütteln ging von den Tragflächen aus, erfasste den Innenraum des Airbus. Augenblicklich erklang die Aufforderung, sich wieder anzuschnallen. Stella brachte die Rückenlehne ihres Sitzes zurück in die Ausgangsposition. Der Copilot meldete sich, beruhigte die Passagiere. Er berichtete von Turbulenzen, die noch ein paar Minuten andauern würden. Stella war in ihren jungen Jahren um den halben Globus geflogen. Turbulenzen, Schräglagen, Fallböen, das Gefühl, plötzlich mit dem Flugzeug um Hunderte Meter abzusacken, das hatte ihr noch nie etwas ausgemacht. Doch jetzt spürte sie ein leichtes Zittern in den Beinen, ein flaues Gefühl machte sich breit, das sich langsam vom Magen nach oben arbeitete. Wurde sie alt? War die Coolness junger Jahre endgültig dahin? Oder waren nur ihre Nerven besonders gereizt? Sie befand sich in einer Situation, mit der sie schwer zurechtkam. Sie war in Österreich aufgewachsen, in einem kleinen Dorf nördlich von Salzburg. Mit 18 Jahren hatte sie den Entschluss gefasst abzuhauen. Sie hatte von einem Tag auf den anderen alle Wurzeln gekappt, um hinausfliegen zu können in die große weite Welt. Sie hatte alles darangesetzt, der Engstirnigkeit ihrer Umgebung, dem Mief der Provinz, an dem sie zu ersticken drohte, zu entfliehen. Es war ihr gelungen. Das war vor 31 Jahren gewesen. Und jetzt saß sie in einer von Turbulenzen gebeutelten Maschine und flog genau dorthin zurück. In ihre alte Heimat. Um ihren Sohn zu sehen. Ihren Sohn, von dessen Tun und Lassen sie seit drei Jahren nichts mehr wusste. Bis ihr gestern eine Stimme am Telefon sagte, dass er als Journalist ausgerechnet dorthin aufgebrochen war, wo sie einst herkam. Bei seinen Recherchen hatte er sich offenbar so schwer verletzt, dass er in einem Krankenhaus in Salzburg lag und künstlich beatmet wurde. Ein Schwindelgefühl erfasste sie. Sie presste die Hand an den Mund. Sie würde sich gleich übergeben.

»Ist Ihnen nicht gut? Möchten Sie ein Glas Wasser?« Das Gesicht der freundlichen Flugbegleiterin wirkte besorgt.

Stella schüttelte den Kopf. »Danke, es geht schon.«

»Wir haben es gleich geschafft. Wir überqueren Südfrankreich. Die Turbulenzen lassen nach, das Wetter wird besser.« Ihr Lächeln sollte wohl an Sonnenschein erinnern.

Genau drei Stunden und 28 Minuten nach dem Abflug setzten sie auf dem Flughafen Wien zur Landung an. Auf dem Weg vom Gate zur Gepäckausgabe bemerkte Stella eine große Zahl an bewaffneten Polizisten. Auch in der Ankunftshalle standen an jedem Ausgang Uniformierte mit MPs. Ihr Erstaunen wurde noch größer, als sie mit dem Aufzug die darunter liegende Plattform erreichte. Auf den Bahnsteigen wimmelte es nur so von schwer bewaffneten Beamten. Einige hielten Hunde an der Leine. Was war passiert? Alle Passagiere wurden kontrolliert. Sie zeigte einem der Männer ihren Reisepass und das Zugticket. Dann stieg sie ein. Sie hatte einen Sitzplatz in der ersten Klasse reserviert. Ein Zugbegleiter half ihr mit dem Gepäck. Sie wartete, bis der Railjet sich in Bewegung setzte. Dann bestellte sie ein Sandwich mit Käse und Salat. Sie hatte seit gestern Mittag nichts mehr gegessen. Dazu ließ sie sich einen Fruchtsaft bringen. Kurz vor der Abfahrt waren noch Polizisten ins erste und letzte Abteil eingestiegen. Sie holte ihr Handy aus der Tasche, loggte sich ins freie WLAN der Zuggesellschaft ein. Sie aktivierte den Onlinedienst einer österreichischen Tageszeitung. Sie brauchte nicht lange zu suchen. Schon die erste Meldung lieferte die Erklärung für die dichte Polizeipräsenz am Flughafen und auf den Bahnsteigen. Vor zwei Tagen waren in Wien Terroranschläge auf zwei Weihnachtsmärkte in letzter Sekunde verhindert worden. Hinweise auf terroristische Aktionen hatte es offenbar schon seit einiger Zeit gegeben. Das österreichische Innenministerium hatte die höchste Sicherheitsstufe ausgerufen. Man befürchtete weitere Anschläge in Österreich und in Deutschland. Die Sicherheitskräfte beider Länder arbeiteten intensiv zusammen. Die Kontrollen entlang der gemeinsamen Grenze und in den Grenzgebieten waren extrem verschärft worden. Spezialeinheiten der Armee unterstützten die Polizei. Sie schloss die Website, atmete tief durch. Sie war offenbar aus dem zwar windgepeitschten, aber ansonsten beschaulichen Portugal in ein Krisengebiet mit Terrordrohungen gekommen. Doch das war ihre geringste Sorge. Seit sie heute Früh das Haus verlassen hatte, um zum Flughafen zu fahren, quälte sie sich mit ein und demselben Gedanken. Was würde sie erwarten, wenn sie im Krankenhaus ankam? Sie wusste nichts über die Schwere von Bernardos Verletzung. Dass man ihn gemäß Auskunft der Journalistin in künstlichen Tiefschlaf versetzt hatte, beunruhigte sie sehr. Wie bedrohlich war die Situation tatsächlich? Würde ihr Sohn noch atmen, wenn sie das Krankenhaus erreichte? Bitte Gott, lass ihn am Leben! Der Fahrgast neben ihr schaute sie verwundert an. Sein irritierter Blick ließ sie zusammenzucken. Hatte sie etwa laut gesprochen? Der Mann wandte den Blick wieder ab, widmete sich seinem Tablet. Sie war über sich selbst verwundert. Sie hatte seit ihrer Kindheit nicht mehr gebetet. An welchen Gott sollte sie sich auch wenden? Sie wusste es nicht. Es war auch egal, an irgendeinen, falls es überhaupt einen gab. Aber der möge ihren Sohn am Leben lassen. Bitte, lass mich nicht zu spät kommen!

Als der Zug die Stadtgrenze von Salzburg erreichte, trieb der Wind dicke Schneeflocken gegen die Fensterscheiben des Abteils. Auch am Salzburger Hauptbahnhof war die große Anzahl bewaffneter Polizeikräfte unübersehbar. Im Hintergrund der Bahnhofshalle liefen bunte Bilder über großflächige Werbescreens. Prachtvolle Winterszenen aus Schigebieten waren zu sehen. »Willkommen im Weihnachtsland Salzburg!«, lautete die erste Botschaft. Gleich darauf flackerte ein weiteres Motiv über die Screens. »200 Jahre Stille Nacht! Heilige Nacht! Ein Lied des Friedens.« Dazu waren singende Menschen vor einem großen Weihnachtsbaum dargestellt. Vor der Anzeige mit dieser friedlich anmutenden Darstellung patrouillierten Männer im schwarzen Drillichanzug mit schussbereiten Maschinenpistolen in den Händen. Ihr blieb wenig Zeit, um sich über die befremdliche Gleichzeitigkeit von glitzernden Weihnachtssujets und schwer bewaffneten Polizisten zu verwundern. Sie verstaute ihr Gepäck in einem Schließfach und winkte auf dem Bahnhofsvorplatz einem Taxi. Von Filipa Pardal wusste sie, dass Bernardo im Salzburger Unfallkrankenhaus untergebracht war. Sie hatte schon vom Zug aus mit der entsprechenden Abteilung telefoniert und ihr Kommen angekündigt. Der zuständige Primar wäre noch im OP, hatte sie die freundliche Stationsschwester wissen lassen, aber sie werde den Herrn Professor informieren.

»I fear, my Portuguese is very poor …«, begrüßte sie ein hochgeschossener graumelierter Mann, Anfang 50, als sie im dritten Stock des Krankenhausgebäudes in der Station eintraf.

»Sie können mit mir Deutsch reden, ich bin in Österreich geboren«, erwiderte sie und reichte ihm die Hand.

»Oh, das erleichtert unser Gespräch um einiges.« Er stellte sich als Oberarzt Ratmar Sebental vor. Der Herr Primar lasse sich entschuldigen. Er sei wegen einer weiteren schwierigen Operation unabkömmlich. Sie begann zu zittern. Was würde sie erwarten? Der groß gewachsene Arzt ging voraus. Sie folgte ihm mit unsicheren Schritten. Eine der Krankenschwestern begleitete sie. »Intensivstation«, stand in schwarzen Lettern über dem Rahmen der Glastür, die Dr. Sebental aufschloss.

»Ihr Sohn hat ein schweres Schädelhirntrauma, infolge eines Schädelbruchs mit Epiduralhämatom. Das ist eine Blutansammlung zwischen Knochen und Hirnhaut. Wir mussten diesen Bluterguss operativ entfernen, damit es zu keinem problematischen Druck auf das Hirngewebe kommt. Wir haben auch eine Hirnquetschung festgestellt, Ihr Sohn war nach dem Unfall lange ohne Bewusstsein.

Bei derartigen Verletzungen ist es üblich, den Patienten in künstlichen Tiefschlaf zu versetzen.« Der Tonfall des Arztes war sachlich. Der Klang der Stimme sollte beruhigend wirken. Stellas Herz klopfte bis zum Hals, als sie an die Glasscheibe herantrat. Der Raum dahinter war halb abgedunkelt. Ein Ausruf des Entsetzens entfuhr ihr. Ihre Knie versagten, sie taumelte. Eine starke Hand fasste sie am Ellbogen. Die Krankenschwester stützte sie. Das Gesicht der jungen Frau zeigte rosa Sommersprossen. »Adama Hillsig«, stand auf ihrem Namensschild. Sie lächelte Stella aufmunternd zu. »Es sieht schlimmer aus, als es ist. Es geht ihm gut.« Stella schaute durch die Scheibe. Links und rechts neben dem Bett standen Apparaturen mit blinkenden Lichtern und Monitoren. Von einem der Geräte führte ein Schlauch zum Kopf, verschwand in der Mundhöhle. Am Kopf waren auch Kabel angebracht. Der Schädel war einbandagiert, nur Bernardos Gesicht hatte man freigelassen. Keinerlei Regung des Verletzten war auszumachen. Ihr Sohn schien fest zu schlafen. Vielleicht war er auch längst tot, und niemand sagte es ihr.

»Wir mussten ihn tief sedieren. Er wird maschinell beatmet. Nur so kann sich das Gehirn erholen.«

Ihre Augen folgten den verwirrenden Linien der Schläuche und Drähte, so wie sie gestern die Musterung des Platzes geprüft hatte. Auf dem Pflaster waren die Verbindungen geradlinig gewesen, exakt vermessen. Auf jeden Schnittpunkt des Gevierts folgte zuverlässig ein neuer. Diese strenge Geometrie erschien verlässlich, hatte ihr Vertrauen eingeflößt. Hinter der Glasscheibe war alles Verwirrung, Chaos. Die Krümmung des Schlauches, das Durcheinander der Kabel machten ihr Angst.

»Wann können Sie ihn wieder aufwecken, Herr Doktor?«

»Wenn alles gut geht, in wenigen Tagen. Aber mit Sicherheit lässt sich das leider nicht sagen, Frau Pilar. Wir haben für den Eingriff einen Teil der Schädeldecke entfernt. Dieses Stück wird in unserer Knochenbank verwahrt. Wegen der Schwere der Verletzung haben wir Ihrem Sohn eine Sonde implantiert. Die misst permanent den Gehirndruck. Der Druck sollte im Normbereich bleiben. Bei entsprechend gutem Verlauf können wir Bernardo aus dem Tiefschlaf holen und ihm nach geraumer Zeit den Schädeldeckel wieder einsetzen.«

»Und wenn es Probleme mit dem Druck im Gehirn gibt?«

Der Arzt überlegte einen Moment. Offenbar feilte er innerlich an der richtigen Formulierung.

»Sagen Sie mir die Wahrheit, Herr Doktor.«

»Bei einem dauerhaften Anstieg bedarf es einer Kontrolle mittels Computertomografie. Die exakte Entwicklung kann man jedoch nicht voraussagen. Aber wir haben bisher gute Erfahrungen mit ähnlichen Fällen gemacht.«

»Auch schlechte?«

Anstelle des Arztes antwortete die Krankenschwester. »Er wird wieder aufwachen, Frau Pilar. Sie müssen fest daran glauben.« Sie tätschelte ihr beruhigend den Oberarm.

»Kann ich hinein?«

Der Arzt wiegte den Kopf. »Vielleicht morgen oder übermorgen.«

Er blickte auf die Uhr. »Halten Sie mich bitte nicht für unhöflich, aber ich muss mich auf die nächste OP vorbereiten.«

Sie warf noch einen Blick durch die Glasscheibe, dann ließ sie sich von den beiden hinausbringen. Dr. Sebental verschloss die Tür, verabschiedete sich und eilte davon. Ihr wurde schwindlig. Schwester Adama führte sie zu einem der Stühle, die im Korridor standen, und brachte ihr einen Becher Wasser. Das Telefon am Gürtel der Krankenschwester läutete. Sie hob ab, begab sich zurück zum Stationsschalter, kontrollierte einige Eintragungen am Monitor. Stella trank die kalte Flüssigkeit in kleinen Schlucken. Die Digitaluhr über der Theke des Schalters zeigte 15.23 Uhr.

Ein Polizist in Uniform kam den Korridor entlang. Er wartete am Schalter, bis die Krankenschwester die Überprüfung der Eintragungen beendet hatte. Schwester Adama wandte sich ihm zu. Stella drehte den halb geleerten Plastikbecher in den Fingern. Sie bemerkte, dass der Beamte am Schalter einen kurzen Blick zu ihr warf, dann hörte er wieder den Ausführungen der Schwester zu. Kurz darauf näherten sich beide dem Stuhl, auf dem Stella saß.

»Frau Pilar, ich möchte Ihnen gerne Revierinspektor Raimund Zwill vorstellen. Er ist Postenkommandant und leitete den Suchtrupp, der Ihren Sohn im Wald gefunden hat.«

Sie versuchte aufzustehen, fühlte sich aber immer noch benommen. Sie ließ es bleiben. Der Polizist reichte ihr die Hand. Die Schwester kehrte zurück an ihren Arbeitsplatz.

»Ich habe erfahren, dass Sie eben aus Portugal angekommen sind. Es hat Ihnen sicher sehr zugesetzt, Ihren Sohn auf der Intensivstation zu sehen. Aber ich kann Ihnen versichern, er ist hier in den allerbesten Händen. Die Ärzte dieses Krankenhauses haben alle einen hervorragenden Ruf.«

Sie nickte. Er machte Anstalten, sich zu verabschieden.

»Bitte bleiben Sie.« Sie wies auf den Stuhl neben sich. »Erzählen Sie mir bitte, wie Sie Bernardo gefunden haben.«

Er zögerte. »Sie schauen sehr mitgenommen aus, Frau Pilar. Sie sollten sich besser ausruhen. Ich berichte Ihnen gerne ein anderes Mal.«

Sie schüttelte müde den Kopf. »Nein, bitte jetzt.«

Er überlegte, warf einen Blick in Richtung Schwesternschalter. Dann ließ er sich neben ihr nieder.

»Wir erhielten am Samstagabend um halb zwölf einen Anruf vom Hotel, dass ein Gast gegen 21 Uhr zu einem kurzen Spaziergang aufgebrochen und bis jetzt nicht zurückgekehrt war. Ich verständigte die Feuerwehr und zwei Kollegen von der Bergrettung, die in der Nähe wohnen. Wir bildeten drei Suchtrupps. Zum Glück hatten die Männer der Bergrettung Senta dabei, eine erfahrene Suchhündin. Wir fanden Ihren Sohn schon nach einer Stunde in einem Waldstück, das etwa zwei Kilometer vom Hotel entfernt liegt. Er muss ausgerutscht und über das abschüssige Gelände gestürzt sein. Wir haben sofort den Rettungsnotdienst alarmiert. Ihr Sohn war stark unterkühlt, hatte Verletzungen am Kopf, aber er war gottlob am Leben.«

Sie streckte die Hand aus, erfasste die Finger des Mannes, drückte sie kurz.

»Danke, dass Sie rechtzeitig da waren. War Bernardo bei Bewusstsein? Hat er etwas gesagt, als Sie ihn fanden?«

»Leider nein.«

»Gibt es eine Erklärung für sein Verhalten? Was wollte er so spät im Wald?«

»Da bin ich überfragt. Laut Auskunft des Hotelpersonals machte Ihr Sohn jeden Abend einen kurzen Spaziergang, um frische Luft zu schnappen. Er war allerdings nie länger als eine halbe Stunde unterwegs gewesen.«

»Und es war ganz sicher ein Unfall?«

»Davon gehen wir aus. Es gibt keine Zeugen. Aber wir brauchen natürlich die Aussage Ihres Sohnes, um den Fall korrekt abschließen zu können.«

»Sind Sie deshalb hier, wegen der Aussage?«

»Ich war bei einer Einsatzbesprechung in der Polizeidirektion. Das ist nicht weit von hier. Ich bin auf dem Rückweg, wollte nur kurz vorbeischauen, um mich zu erkundigen, wie es Ihrem Sohn geht und wann wir eventuell mit einer Befragung rechnen können.«

Wieder nickte sie, drehte weiterhin apathisch den Becher in ihren Händen.

»Darf ich Sie etwas fragen, Frau Pilar? Woher sprechen Sie so gut Deutsch? Man hört so gut wie keinen Akzent.«

Ihr Blick glitt ins Leere. »Gelernt ist gelernt«, flüsterte sie. »Ich bin hier geboren.«

Er wirkte überrascht. »Wo?«

»Ich stamme aus dem nördlichen Flachgau, aus Arnsdorf, Gemeinde Lamprechtshausen.« Sie gab sich einen Ruck, trank den Becher aus. Dann erhob sie sich. Das Schwindelgefühl hatte nachgelassen. »Ich danke Ihnen für Ihre Freundlichkeit, Herr Revierinspektor.«

»Wenn Sie erlauben, begleite ich Sie bis zum Ausgang.«

Am Ende des Korridors befand sich der Aufzug. Stella zog es vor, die Treppe zu nehmen. Sie brauchte Bewegung. Im zweiten Stockwerk hörte sie einen Ruf hinter sich. »Frau Pilar!« Schwester Adama hastete die Stufen herunter. Der Polizist verabschiedete sich, überließ sie der Obhut der Krankenschwester. Die blickte sich um. Dann sagte sie leise:

»Wenn Sie eine Viertelstunde warten, kann ich Sie vielleicht zu Ihrem Sohn lassen. Aber nur ganz kurz. Ich verstehe Ihren Wunsch, dass Sie ihn nicht nur durch eine Glasscheibe sehen wollen.« Sie wies auf eine breite Tür. »Dahinter ist der große zentrale Warteraum für mehrere Stationen. Nehmen Sie dort Platz. Ich hole Sie dann.« Und schon hastete sie wieder die Treppe hinauf. Stella befolgte die Anweisung, stieß die Tür auf, betrat die Sektion im zweiten Stock, die für Wartende vorgesehen ist. Sie wählte einen Stuhl am Fenster. Mit ihr befanden sich etwa ein Dutzend Leute in diesem Abschnitt. Hatten die auch alle erwachsene Kinder, die reglos hinter einer Fensterscheibe lagen, mit Schläuchen im Mund und Kabeln am Kopf, die sie am Leben hielten? Eine ältere Frau näherte sich langsam aus einem Korridor. Sie trug den Arm in einer Schlinge. Ihr langes fettiges Haar war zu einem Rossschwanz verknotet. Eine brünette Frau mit einem beigen Anorak sprang auf und lief auf die ältere zu. Die Tür, durch die auch Stella aus dem Stiegenhaus gekommen war, wurde aufgestoßen. Ein breitschultriger Mann mit dunkler Jacke trat ein. Dunkelbraunes Lockengewirr lugte unter seiner Baseballkappe hervor. Er hatte auffallend wulstige Lippen. Er blickte sich um, wirkte nervös. Vielleicht sucht er die Entbindungsstation, überlegte Stella. Die auch auf dieser Ebene lag, wie sie einem der Hinweisschilder entnommen hatte. Der Mann machte kehrt und verschwand hinter der Tür. Stella gegenüber kauerte an der Wand ein Mann mittleren Alters auf seinem Sessel. Sein ergrautes Haar war kurzgeschoren. Er drehte nervös ein zerknülltes Papiertaschentuch zwischen den Fingern. Tränen kullerten über sein Gesicht. Ein Kind lief auf Stella zu, ein Bub, etwa sechs Jahre alt. Er machte vor ihr Halt, grinste sie an, dann drehte er um und hopste einbeinig zurück zu seiner Mutter, einer schwarzhaarigen molligen Frau, die an ihren Fingernägeln kaute. Stella lehnte sich zurück, ließ ihre Augen über die Gesichter der Wartenden gleiten. Warum waren diese Menschen hier? Um wen machten die sich Sorgen? Um einen krebskranken Vater, eine verunglückte Mutter? Um Geschwister, Freunde, Nachbarn? Aber keiner von den Anwesenden hatte wohl heute Früh ein Flugzeug bestiegen, eine Strecke von 2.000 Kilometern zurückgelegt, um hierher zu gelangen. Mit einem Schlag fühlte sie sich so hilflos und einsam, wie schon seit Langem nicht mehr. Das Auftauchen von Schwester Adama war für sie wie eine Erlösung. Die Frau mit dem sommersprossigen Gesicht brachte Stella hinauf zur Intensivstation.

»Ich lasse Sie ein paar Minuten mit Ihrem Sohn allein.« Sie rückte einen Stuhl zurecht und verließ den halb abgedunkelten Raum. Es war lange her, dass Stella ihrem Sohn so nahe war. Mit zwölf hatte Bernardo an einer seltenen fiebrigen Erkrankung gelitten, Morbus Still. Da hatte sie viele Nächte an seinem Bett gesessen. Danach, soweit sie sich erinnern konnte, nicht mehr. Mit Beginn der Pubertät war zwischen ihnen eine Kluft entstanden, die sich im Lauf der Zeit immer mehr vertiefte. Die Distanz war auch später nicht mehr kleiner geworden, ehe es vor drei Jahren zum endgültigen tragischen Eklat gekommen war. Sie blickte auf Bernardos Gesicht.

Die Miene wirkte entspannt, friedlich. Kaum wahrnehmbar hob und senkte sich der Brustkorb. Der Schlauch, der von der Apparatur in den Mund führte, hielt ihren Sohn am Leben. Vorsichtig streckte sie ihre Hand aus, streichelte über seine Wange. Sie versuchte zu verdrängen, dass unter dem Verband ein Stück der Schädeldecke fehlte, die irgendwo in einem Behälter aufbewahrt wurde. Ihr Kind hier liegen zu sehen, mit einer Sonde im Kopf, gepaart mit der Ungewissheit, ob er jemals wieder erwachte, schnürte ihr das Herz zu. Ihre Schultern begannen zu zucken, ein Krampf lief durch ihren Körper. Sie wartete auf die Tränen. Aber sie kamen nicht. Sie hatte in den letzten Jahren zu oft geweint. Ihr Inneres war verhärtet, wie geschmolzener Stahl. Sie hatte keine Tränen mehr, die Quelle war versiegt.

Frau Stoydina hatte sich seinen Vorschlag in Ruhe angehört. Dann hatte die Lehrerin die Frage an die Klassenrunde weitergereicht. »Was meint ihr? Soll Sebastian den Ausdruck *beherzt* weglassen? Wer ist dafür?« 19 Hände wurden nahezu gleichzeitig gehoben.

Nur Evelyn, die die Maria spielte, meinte: »Also ich finde *beherzt* gut. Da steckt ja das Wort Herz drinnen. Und der Josef ist doch ein sehr herzlicher Mann.« Sie diskutierten Evelyns Einwand. Schließlich einigten sie sich darauf, dass Maria an anderer Stelle sagen darf: »Ich danke dir, Josef, du bist ein herzensguter Mann.« Aber beim ermüdenden Dahinstolpern über steinige Straßen wurde das *beherzt* ersatzlos gestrichen. Und weil sie schon dabei waren, den Text des Heiligen Josef genauer zu prüfen, ersetzten sie auch die Phrase *dieses Weges ziehen*. Letztendlich hatte Sebastian in der Rolle des Josef an dieser Stelle zu sagen:

Wir brauchen auf dieser Straße noch eine Stunde bis Bethlehem, Maria. In der Stadt kannst du dich gewiss in einer Herberge ausruhen. Das gefiel allen besser.

Die Probe verlief gut. Sebastian geriet nur einmal ins Stocken. Er verwechselte die Namen zweier Hirten. Sonst unterlief ihm kein Fehler. Gut, dass er gestern Abend mit der Mama noch mehrmals alle Szenen durchgespielt hatte. Nach der Probe hatten sie Pause.

Im Anschluss standen noch Sachunterricht und Musikerziehung auf dem Stundenplan.

»Ihr habt heute schon so fleißig geprobt und gearbeitet. Wir machen nur mehr eine Stunde Unterricht«, kündigte Frau Stoydina an. Der aufbrausende Jubel war groß.

»Ich habe euch schon vor Wochen erzählt, dass das Stille-Nacht-Lied heuer ein besonderes Jubiläum hat. Es ist genau 200 Jahre alt. Wann wurde es also komponiert?«

Sebastian riss den Arm hoch, aber Evelyn war schneller. »1818, von Herrn Franz Xaver Huber.« Die Lehrerin lächelte.

»Fast richtig, Evelyn. 1818 stimmt. Aber der Komponist hieß Gruber.« Mist, dachte Sebastian, ich hätte den korrekten Namen gewusst.

Die Lehrerin hatte ihr Notebook aufgeklappt, aktivierte den Beamer. Auf der Leinwand, die vor die Schreibtafel gezogen war, erschien das Bild eines Mannes. Er trug eine seltsam altmodische Jacke, mit breitem Kragen. Um den Hals hatte er ein schwarzes Tuch zu einer Masche geknotet. Er schaute sehr ernst. Franz Xaver Gruber, 1787 bis 1863, stand unter dem Bild.

»Schon als Kind hatte der junge Franz Xaver sich für Musik interessiert. Orgelspielen begeisterte ihn sehr. Später arbeitete er als Schullehrer.«

»In Arnsdorf«, rief Sebastian, ohne vorher aufzuzeigen. Dieses Mal wollte er schneller sein als Evelyn. Er war mit der Großmutter im Vorjahr in Arnsdorf gewesen. Sie hatte ihm das Wohnhaus neben der Kirche gezeigt.

»Sehr gut, Sebastian. Wie ihr vielleicht wisst, gehört Arnsdorf zu unserer Nachbargemeinde Lamprechtshausen. In der Zeit, als Franz Xaver Gruber dort unterrichtete, war er zugleich auch Mesner und Organist im benachbarten Oberndorf. In der Oberndorfer Kirche gab es damals auch einen Kooperator. Darunter versteht man einen Priester, der dem Ortspfarrer als Gehilfe unterstellt ist. Der Kooperator hieß Joseph Mohr.«

Neben das Bild von Franz Xaver Gruber wurde ein zweites geblendet. Auch dieser Mann blickte ernst. Aber um eine Spur freundlicher als der Komponist, empfand Sebastian. Die Augen wirkten sympathisch. Im Blick des Mannes lag auch eine Spur von Neugierde, fand Sebastian. »Joseph Mohr, 1792 bis 1848«, war unter dem Portrait zu lesen.

»Durch ihre gemeinsame Tätigkeit in Oberndorf, der eine als Mesner und Kirchenmusiker, der andere als Aushilfspriester, haben sich die beiden gut gekannt. Für das Weihnachtsfest 1818, für die Christmette, wollten sie den Kirchenbesuchern ein neues Lied vorstellen. Joseph Mohr war die Jahre davor in Mariapfarr tätig gewesen, das liegt im Lungau …«

Der Radacher Robert in der dritten Reihe schnippte aufgeregt mit den Fingern. »Da war ich schon einmal, mit meinen Eltern. Im Lungau haben sie so große Figuren, ganz riesige, die sie im Sommer herumtragen …«

»Sehr richtig, Robert, das sind die berühmten Lungauer Samsonfiguren. Von denen zeige ich euch gerne ein anderes Mal Bilder.«

»Und schifahren kann man auch im Lungau«, mischte sich nun Elena aus der ersten Reihe ein. »Ich war nämlich auch schon dort, mit meinen Eltern und meinem großen Bruder. Da haben wir sogar in Mariapfarr gewohnt.«

Frau Stoydina hob beschwichtigend die Hände. »Danke für eure Hinweise. Wir kommen im Februar im Sachunterricht zu der Einteilung der Bezirke im Land Salzburg. Da dürft ihr dann alles, was ihr wisst, über den Lungau erzählen. Aber jetzt wollen wir zurückkehren in das Jahr 1818 beziehungsweise in das Jahr 1816. Denn in diesem Jahr hat der Hilfspfarrer Joseph Mohr in Mariapfarr ein weihnachtliches Gedicht geschrieben. Dieses Gedicht zeigte er zwei Jahre später seinem Bekannten in Oberndorf, dem Musiker Franz Xaver Gruber. Der hat eine Melodie dazu verfasst. Und bei der Christmette im Jahr 1818 haben die beiden dieses Lied zum ersten Mal gesungen.« Sie hob den Kopf, blickte ihre Schüler an. »Bei wem wird am Heiligen Abend zu Hause ›Stille Nacht‹ gesungen?«

Alle Hände flogen in die Höhe. Sebastian lächelte. Auch sein bester Freund Halil zeigte auf. Halils Familie kam aus der Türkei. Sie hatten zu Weihnachten keinen Christbaum, wie Sebastian wusste. Es gab auch keine Geschenke. Aber Halil durfte seine selbst gebastelte Krippe aufstellen. Und vielleicht sangen sie ja tatsächlich auch »Stille Nacht«. Die Lehrerin betätigte die Computermaus.

Auf der Leinwand verschwanden die Gesichter der ernst blickenden Männer. Das neue Bild zeigte den Text des Stille-Nacht-Liedes. Für ein paar Sekunden war es still im Raum.

»Aber das sind ja sechs Strophen!«, rief Evelyn. Das registrierten nun auch die anderen. Es wurde lauter im Raum. »Und die dritte Strophe heißt gar nicht *Hirten erst kundgemacht*!«

»Gut beobachtet, Evelyn. Wie ihr seht, ist es die letzte Strophe, die sechste, in der es heißt: Stille Nacht! Heilige Nacht! Hirten erst kundgemacht … Nur mehr die wenigsten Leute wissen, dass das Lied ursprünglich sechs Strophen hatte.

Wir singen meistens nur drei Strophen. Das sind aus dem Originaltext: die erste, die zweite und die sechste.«

»Bitte was bedeutet in der fünften Strophe ›vom Grimme befreit‹?«, wollte Halil wissen. Die Lehrerin lachte.

»Kinder, dieser Text ist 200 Jahre alt. Sprache ändert sich andauernd. Ihr sagt heute *Ciao, Chillen, Cool, Mega, Hip, Moves, checken,* aber auch *Bam, Oida* oder *abgespaced.* Das hätte man schon kaum verstanden, als ich in eurem Alter war, und meine Großeltern wären dabei völlig ausgestiegen. *Als der Herr vom Grimme befreit, in der Väter urgrauer Zeit, aller Welt Schonung verhieß* … ist auch wirklich schwer zu begreifen. Im Alten Testament finden wir noch oft Hinweise, dass Gott, *der Gott der Väter*, wie es oft heißt, auch zornig war. Dass er sich mächtig ärgerte, weil sich die Menschen nicht immer gut verhielten.«

»Deswegen schickte er auch die Sintflut.« Wieder war Evelyn schneller gewesen. Sebastian hätte das auch gewusst. »Ein gutes Beispiel«, setzte Frau Stoydina fort.

»Und dieser Gott, der vom Zorn abgelassen hat, also *vom Grimme befreit* war, verspricht nun der Welt eine bessere Zukunft. Nicht mehr Strafen sollte es geben, sondern *Schonung,* also Nachsicht und Verzeihung. Und diese neue Haltung zwischen Gott und Menschen wird durch die Geburt von Jesus eingeleitet.«

Sebastian wiegte den Kopf hin und her. Vom Grimme befreit? Einen Gott, der zornig ist und straft, mochte er sich gar nicht vorstellen. Er erinnerte sich an den Schrecken, den er in der zweiten Klasse im Religionsunterricht verspürt hatte. Damals war ihm erstmals klar geworden, dass das Christkind, das zum Fest seiner Geburt den Kindern auf der ganzen Welt Geschenke bringt, und der blutüberströmte Jesus, der mit Dornenkrone tot am Kreuz hing, offenbar ein und dieselbe Person war.

Das hatte er lange nicht glauben wollen. Er hatte nächtelang davon geträumt.

Die Kinder waren inzwischen neugierig auf den gesamten Text geworden. Die Lehrerin musste noch einige weitere seltsam anmutende Worte erklären. *Uns der Gnade Fülle lässt sehn* und ähnliches. Danach versuchte Frau Stoydina ihren Schülern näherzubringen, wie das Leben vor 200 Jahren war, als das Lied entstand.

Sebastian war ebenso wie alle anderen erstaunt, als sie dabei vom spektakulären Ausbruch eines Vulkans erfuhren. Frau Stoydina zeigte ihnen die Stelle auf der Weltkarte.

»Das ist die Insel Sumbawa. Sie liegt, weit von uns entfernt, im Indischen Ozean. Dort brach im Frühjahr des Jahres 1815 ein Vulkan aus, der Tambora. Ihr müsst euch das wie eine riesige Explosion vorstellen.

Gigantische Mengen an Asche wurden in den Himmel geschleudert, verteilten sich in den folgenden Wochen und Monaten fast über die gesamte Erde. Die Asche blieb in der Atmosphäre, in der Luft. Das Wetter änderte sich drastisch, es gab katastrophale Folgen für das Klima. Man bezeichnet das Jahr 1816 auch als ›Das Jahr ohne Sommer‹. Durch die Abkühlung, durch das Wetterchaos gab es in Amerika und in ganz Europa große Verluste für die Landwirtschaft, auch bei uns im Land Salzburg. Kaum etwas wuchs mehr, kein Obst, kein Gemüse, kein Getreide. Das wenige, das wuchs, wurde zu Wucherpreisen verkauft. Was folgte, war eine enorme Hungersnot. Viele Menschen starben, vor allem Kinder und alte Leute. Die Menschen waren ohnehin schon sehr in Mitleidenschaft gezogen durch die Kriege in den Jahren davor. Die Katastrophe wurde auch in den Jahren darauf nicht geringer. Wenn Zeiten schlecht sind, wenn Menschen leiden, dann hoffen sie natürlich umso mehr, dass ihr Elend bald ein Ende hat, dass das Leben wieder besser wird. Und in dieser Zeit der riesigen Not und zugleich der Hoffnung auf eine bessere Zukunft haben Joseph Mohr und Franz Xaver Gruber ihr Lied geschrieben, das wir heute noch gerne zu Weihnachten singen.«

Für einen Moment war es still im Klassenzimmer. Evelyn, die heimlich einen Schokoladenriegel aus der Tasche gezogen hatte, steckte die angebissene Süßigkeit erschrocken zurück, als sie von der gewaltigen Hungersnot hörte. Die Glocke erlöste alle aus der Erstarrung, die Stunde war zu Ende.

Sebastian wollte der Lehrerin noch eine Frage stellen. Ob sie glaube, dass Herr Gruber und Herr Mohr das Lied auch geschrieben hätten, wenn es den Leuten damals nicht so schlecht gegangen wäre. Wenn keine Hungersnot und kein Elend geherrscht hätten und die Menschen nicht hoffen mussten, dass das Leben besser wird, weil es ihnen ohnehin gut ging. Aber Frau Stoydina musste dringend weg. So blieb er mit der nicht gestellten Frage alleine.

Er ging nicht direkt nach Hause, er machte wie so oft den Umweg über den Friedhof.

Der kleine Engel, der sich an den Grabstein der Großeltern lehnte, hatte Schneekronen auf Kopf und Flügeln. An seinen Großvater konnte Sebastian sich nicht erinnern. Als der Opa starb, war Sebastian zwei Jahre alt. Es war kalt. Sebastian hatte die Handschuhe abgelegt, kramte in der Schultasche.

»Hallo, Oma, ich habe dir etwas mitgebracht.« Er zog die Zeichnung hervor, die er gestern am Nachmittag angefertigt hatte. Er bog das Blatt auseinander.

»Siehst du, jetzt brennen schon drei Kerzen auf dem Adventkranz. Und wenn dann alle vier angezündet werden, bekommst du eine neue Zeichnung.«

Er wies mit dem Finger auf ein schwungvoll gemaltes Gebilde neben den roten Kerzen. »Und das ist ein Lebkuchenherz. Weil du so eines immer gerne gegessen hast.« Er rollte die Zeichnung zusammen, öffnete das kleine Tor an der Laterne, nahm die ausgebrannte Kerze heraus und steckte das Blatt hinein.

»Hast du gewusst, dass es sechs Strophen von ›Stille Nacht‹ gibt, Oma?«

Seine Augen richteten sich auf das Keramikbild am Grabstein. Er wusste noch genau, wann dieses Foto gemacht worden war. Bei Omas 65. Geburtstag. Das war zwei Jahre her. Man sah es immer Omas Augen an, wenn sie sich über etwas freute. Auch auf diesem Bild war es zu erkennen.

»Und stell dir vor, was wir heute in der Schule gelernt haben! Wenn ein großer Vulkan ausbricht, sagen wir im Indischen Ozean, das ist viele Tausend Kilometer entfernt, dann kann es sein, dass wir hier in Europa auch davon betroffen sind. Dann wächst kein Getreide mehr, dann gibt es nichts mehr zu essen. Alle müssen Hunger leiden. Genauso ist es damals passiert, als ›Stille Nacht‹ geschrieben wurde.«

Seine Augen waren immer noch auf das Keramikbild gerichtet. Seine Oma konnte ihm keine Antwort geben. Aber er wusste genau, dass sie ihn hörte.

»Ach, Oma.« Er ließ sich auf die Knie nieder, hockte sich auf den Boden. Es hatte wieder zu schneien begonnen. »Ich mag heuer Weihnachten nicht.«

Er blieb lange sitzen, bis ihm so kalt wurde, dass die Zehen schmerzten. Er tauchte die Hand in das Weiß neben sich, rieb mit dem Schnee die Tränen aus seinem Gesicht. Dann machte er sich schlotternd auf den Heimweg.

Carola

Die Besprechung mit Polizeipräsident Günther Kerner war für 18 Uhr angesetzt. An der Längsseite des Konferenzraumes stand eine schmale Anrichte mit einer Espressomaschine und Mineralwasserflaschen. Jemand hatte einen silberfarbenen Keramikengel daneben drapiert, mit einem goldenen Stern auf dem Kopf. Das war sicher Hermine Strehler vom Betrug gewesen, dachte die Chefinspektorin, die hatte auch schon in anderen Abteilungen kleine Engelfiguren und Weihnachtsmänner mit Rentieren aufgestellt. Carola Salman musste unwillkürlich lächeln. Ein Hauch von weihnachtlicher Freude, von glitzernder Harmlosigkeit war in eine Umgebung eingezogen, in der tagein, tagaus nur von Verbrechen geredet wurde, von grausamen Gewalttaten und menschlichen Abgründen. An der Seite ihres Chefs bemerkte die Chefinspektorin zwei Männer. Den einen kannte sie von einer Tagung in Wien. Maik Gartner kam aus dem Innenministerium, Dienststelle BVT, Bundesamt für Verfassungsschutz und Terrorismusbekämpfung. Der andere, ein groß gewachsener Endvierziger mit kräftigem Händedruck, wurde ihr als Polizeihauptkommissar Rolf Ferchen vorgestellt. Er war in Deutschland für die Abstimmung möglicher Einsätze der österreichischen Spezialtruppen mit der GSG9 der Bundespolizei im Grenzgebiet zuständig.

»Bring uns bitte auf den aktuellen Stand deiner Ermittlungen, Carola«, forderte der Polizeipräsident die Chefinspektorin auf.

»Der Tote heißt Laith Hamudi, 32 Jahre alt, geboren in Wien, von Beruf Abteilungsleiter in der Bekleidungsabteilung eines Einkaufszentrums. Seine Eltern kamen schon 1979 nach Österreich. 1991 übersiedelte die Familie nach Salzburg. Es gibt noch eine Schwester, Genna Hamudi, sie ist zehn Jahre jünger, studiert in London. Aber ich denke, das alles weiß das BVT längst.« Sie lächelte Maik Gartner zu. Der lächelte zurück, dann warf er einen Blick auf den Laptop. »Ja, wir haben Laith Hamudi überprüft. So viel uns bekannt ist, gab es bisher keine Auffälligkeiten in seinem Leben. Nichts deutet darauf hin, dass er mit Leuten aus uns bekannten terrorverdächtigen Kreisen in Verbindung stand. Wir haben auch London kontaktiert. Im aktuellen Leben der Schwester und deren Umfeld gibt es nach ersten Erkenntnissen auch keine Auffälligkeiten.« Er schaute vom Bildschirm auf. »Aber wie wir aus einigen anderen Fällen wissen, darf man sich davon nicht täuschen lassen. Manche Attentäter haben sich ohne erkennbare Verbindung zur Außenwelt radikalisiert. Das macht es uns allen schwer, sie als unabhängige Einzeltäter rechtzeitig zu erfassen. Und bei einem mysteriösen Todesfall eines Mitbürgers mit arabischem Hintergrund muss man einfach hellhörig sein. Was haben Ihre bisherigen Ermittlungen ergeben, Frau Dr. Salman?« Carola war erstaunt. Es kam nur selten vor, dass sie jemand mit ihrem akademischen Titel ansprach. »Auch wir haben in der Wohnung keinen Hinweis entdeckt, der auf eine Verbindung zu radikal islamistischen Gruppen schließen lässt. Wir fanden nur Literatur in deutscher und englischer Sprache. Kein arabischer Text. Unter den Büchern war nicht einmal ein Koran. Wir haben einen Laptop sichergestellt. Die Kollegen von der Spurensicherung sind noch dabei, die Zugangscodes zu knacken. Laith Hamudi lebte allein. Von Nachbarn und Arbeitskollegen wird er als freundlich und unauffällig beschrieben. Die Wohnungstür war zugezogen, aber nicht abgesperrt. Das Wohnzimmerfenster stand offen. Nichts deutet beim derzeitigen Ermittlungsstand auf Fremdeinwirkung hin. Ob Herr Hamudi suizidgefährdet war, wissen wir nicht. Abschiedsbrief haben wir keinen gefunden. Vielleicht erfahren wir mehr zu möglichen Ursachen für den Sturz, wenn die Ergebnisse der Gerichtsmedizin vorliegen.«

Sie schloss die Datei auf ihrem Tablet. Hofrat Kerner dankte ihr für den Bericht.

»Wir bleiben jedenfalls dran«, versicherte er in Richtung der beiden hochrangigen Beamten am Tisch. »Sollte sich aus den Ermittlungen, für die die Frau Chefinspektorin verantwortlich zeichnet, etwas Neues ergeben, setzen wir Sie sofort in Kenntnis.«

Die beiden nickten. Dann war Carola entlassen. Beim Hinausgehen streifte ihr Blick den Silberengel auf der Anrichte. Täuschte sie sich oder grinste der Engel sie jetzt mit kleinen frechen Augen an? Hatte er auch schon gelächelt, als sie in den Raum gekommen war? Sie konnte sich nicht mehr daran erinnern. Sie kehrte zurück in ihr Büro, sie hatte noch eine Menge an Arbeit zu erledigen. Dazwischen fragte sie bei den Technikern der Tatortgruppe nach. Aber die Kollegen waren mit dem Laptop des Toten noch nicht weitergekommen. Zwei Stunden später saß sie im Auto. Die Heimfahrt schien ihr wie eine Reise durch eine andere Zeit. Sie lenkte den Wagen durch eine märchenhaft verschneite Stadt. Auf den Gehsteigen tummelten sich Menschen, die lachten. Viele hatten heute Weihnachtseinkäufe erledigt. Einige waren auf dem Weg zu einem der Christkindlmärkte, um mit Freunden ein Glas Punsch zu trinken. An den meisten Häusern und Balkonen der Wohnungen leuchteten Girlanden. In vielen Gärten glitzerten mit Lichterketten geschmückte Weihnachtsbäume. Carola hatte aufgehört, sich andauernd zu fragen, in welch bizarrer Welt sie alle lebten. In einer Woche war Heiliger Abend. Sie hatte zwei Kinder zu Hause, die sich auf dieses Ereignis freuten. So wie Millionen andere Kinder und Erwachsene auch. Weihnachten war ein Fest des Miteinanders, ein Anlass zur Freude, eine Zeit des Friedens. Diesen freudigen, friedlichen Eindruck vermittelte die Welt auch, die sie durch die Windschutzscheibe ihres Wagens wahrnahm. Und zugleich bewegte sie sich durch eine Umgebung, in der schwer bewaffnete Kollegen wenige Kilometer entfernt von ihr Grenzen abschirmten, Straßen kontrollierten, Bahnhöfe, Plätze, Einrichtungen bewachten. Wie viele unschuldig Verdächtige wurden in diesen Minuten festgenommen, weil sie zufällig zur falschen Zeit am falschen Ort waren? Menschen, die mit ihren Familien aus Ländern geflüchtet waren, in denen Kriege tobten. Und ihre Heimatländer waren zugleich auch jene Territorien, zu denen mörderische Attentäter Verbindungen hatten. Wird man neben den falschen auch diejenigen rechtzeitig erwischen, die tatsächlich mit all der unberechenbaren Verachtung in ihren Herzen unterwegs waren, um andere mit in den Tod zu reißen? Kinder, Familien, Nachbarn, Menschen, die ihnen nie etwas zuleide getan hatten. Vor drei Tagen in Wien war es rechtzeitig gelungen, ein Blutbad zu unterbinden. Die professionelle Ermittlungsarbeit der Kollegen hatte ein Massaker verhindert. Aber wann würde der nächste Terrorist zuschlagen? Und würde sie mit Hedwig zufällig in der Ansammlung von Menschen sein, wenn die nächste Bombe explodierte, ein LKW in die Menge raste? Die Fragen schossen durch ihren Kopf, während die Scheibenwischer unaufhaltsam dicke Schneeflocken von der Windschutzscheibe schoben. Sie hatte heute lange in der Wohnung des Toten gestanden, hatte die Umgebung auf sich wirken lassen. Sie hatte es selbst übernommen, einen Teil der Nachbarn und Kollegen zu befragen. Je länger sie recherchiert hatte, desto stärker wurde in ihr die Überzeugung gefestigt, dass Laith Hamudi nichts mit terroristischen Kreisen zu tun hatte. Er war ein ganz normaler Mitbürger wie Millionen andere auch. Alle beschrieben Hamudi als nett und keinesfalls als radikal. Aber konnte Carola sich tatsächlich dessen ganz sicher sein? Eine Frau mit einem Kinderwagen stand auf dem Gehsteig. Die Chefinspektorin bremste ab, um die junge Mutter über die Straße zu lassen. Die Frau winkte ihr dankbar zu. Carola beschleunigte wieder, langsam, um nicht auf der schneebedeckten Fahrbahn ins Rutschen zu kommen. Stimmte ihr Eindruck von Laith Hamudi, den sie aus den Ermittlungen gewonnen hatte? Sie war sich sehr sicher und konnte dennoch nicht die letzte Spur an Zweifel verbannen. Was passierte, wenn man kein Vertrauen mehr haben konnte? Nicht einmal mehr zu seiner eigenen Einschätzung. Worauf konnte man sich dann noch verlassen? Sie fröstelte, obwohl die Heizung auf die zweithöchste Stufe geschaltet war. Sie vertraute auf die Liebe zu ihren Kindern. Das war gewiss. Dieses Gefühl gab ihr Sicherheit. Das war die stärkste Achse, die sie hatte. Sie schaute auf die Uhr. Sie musste sich beeilen. Der Supermarkt in der Nähe ihrer Wohnung schloss in einer Viertelstunde. Sie hatte Hedwig versprochen, die kleinen Bratwürste mitzubringen, die sie so gerne aß. Es musste nicht immer Hirseauflauf oder Quinoa-Gemüse-Risotto sein. Ab und zu taten herzhafte Bratwürste mit Ketchup und Pommes auch ganz gut. Dem Gaumen ihrer Tochter und deren Seele. Und auch ihrer eigenen.

Stella

Gleich nach Verlassen des Krankenhauses hatte sie Filipa angerufen, um sie über Bernardos Zustand zu informieren. Die Journalistin setzte ihrerseits Stella davon in Kenntnis, dass die Chefredaktion der Zeitung entschieden habe, keinen weiteren Reporter nach Österreich zu schicken. Die Zeit sei zu knapp. Man werde sich mit einer der internationalen Agenturen kurzschließen und den Bericht einer anderen namhaften Zeitung übernehmen. Nach dem Telefongespräch nahm Stella ein Taxi und ließ sich zum Hauptbahnhof bringen, um das Gepäck zu holen. Es war inzwischen dunkel geworden. Sie bat den Fahrer zu warten. Drei Minuten später kehrte sie mit ihrem Koffer zum Taxi zurück. Filipa Pardal hatte Stella den Namen des Hotels genannt, das die Zeitung für Bernardo gebucht hatte. »Sternklar«, in Oberndorf bei Salzburg. Stella hatte angerufen. Das Hotel hatte noch Zimmer frei. Sie nannte dem Fahrer die Adresse. Das Verkehrsaufkommen rund um den Bahnhof war stark. Dazu herrschte dichtes Schneetreiben. Sie brauchten fast 20 Minuten, bis sie die Stadtgrenze Richtung Norden erreichten. Es war für Stella ein beklemmendes Gefühl, zu jenem Ort unterwegs zu sein, von dem sie vor 31 Jahren aufgebrochen war. Trotz der Dunkelheit reichte das Licht der Straßenbeleuchtung aus, um die Umgebung einigermaßen auszumachen. Vieles hatte sich verändert. Das wurde ihr schon auf den ersten Metern der Fahrt bewusst. An der Stadtgrenze kam ihnen eine Garnitur der Salzburger Lokalbahn entgegen. Waggons und Lokomotive wirkten um Lichtjahre moderner als der altmodische Zug, mit dem sie in den 1980er-Jahren von Lamprechtshausen fünf Mal die Woche in die Stadt gegondelt war, um die Handelsakademie zu besuchen. Ihr Vater hatte sich das eingebildet. Sie hatte es gehasst. Betriebswirtschaft, Rechnungswesen, Wirtschaftsgeografie, Warenlehre, all diese staubtrockenen Fächer waren ihr ein Gräuel. Sie hätte lieber einen musischen Zweig gewählt. Aber ihr Vater wollte eine tüchtige Betriebswirtin oder Bankdirektorin aus ihr machen. Zwei Wochen nach ihrem 18. Geburtstag hatte sie alles hingeschmissen und war abgehauen. Damals galt man in Österreich erst mit 19 als volljährig. Doch das war ihr egal gewesen. Sie hatte es auch so bis nach Australien geschafft. Ihre Volljährigkeit hatte sie in Darwin gefeiert. Alleine. Drei Tage zuvor hatte sie mit dem Typen Schluss gemacht, mit dem sie sechs Monate herumgezogen war. Eine Woche nach ihrem 19. Geburtstag war sie nach Java weitergereist, bald darauf nach Indien. Anfangs hatte sie es nie lange an einem Ort ausgehalten.

Sie passierten Oberndorf. Das Hotel lag ziemlich abgelegen außerhalb des Zentrums. Der Taxifahrer trug ihr das Gepäck in die Empfangshalle.

Die Rezeptionistin schaute sie erstaunt an, als Stella ihr den Pass reichte.

»Pilar? Sind Sie …?«

»Ja, ich bin Bernardo Pilars Mutter.«

»Der Unfall tut uns allen schrecklich leid. Wir sind überglücklich, dass der Suchtrupp Ihren Sohn rechtzeitig gefunden hat …« Die Rezeptionistin schaute sie mit unsicherer Miene an. Stella verstand die stumme Frage.

»Ich komme direkt aus dem Krankenhaus. Man hat Bernardo nach der Operation in Tiefschlaf versetzt. Sein Zustand ist stabil.«

Ein Ausdruck der Erleichterung glänzte in den Augen der Empfangsdame. »Das ist erfreulich zu hören. Wir halten das Zimmer Ihres Sohnes gerne bis auf Weiteres reserviert. Ich kann Ihnen ein Zimmer in der selben Etage geben, wenn Sie das möchten.«

Stella stimmte zu. Dann brachte der Hoteldiener ihr Gepäck nach oben und schloss mit der Keycard die Zimmertür auf. Sie gab ihm eine Zwei-Euro-Münze als Trinkgeld. Sie schlüpfte aus den Schuhen und ließ sich auf das Bett fallen. Sie war todmüde. Zugleich peinigte sie tiefe Unruhe. Schon die Fahrt mit dem Taxi von Salzburg Richtung Norden hatte ihr zugesetzt. Sie hatte nie mehr in ihrem Leben hierher zurückkehren wollen. Und nun musste sie es, weil ihr Sohn diese Gegend als Ziel gewählt hatte und dabei schwer verunglückt war. Sie spürte Wut in sich. Aber sie wusste nicht so recht, wogegen sich diese Wut richtete. Gegen Bernardo? Weil er sich für seine Arbeit ausgerechnet die Landschaft ausgesucht hatte, aus der sie stammte? Aber er hatte die Region ja gar nicht selbst gewählt. Seit Arbeitgeber hatte ihn hierhergeschickt. Und das alles wegen dieses albernen Weihnachtsliedes! Sie verfluchte die Idioten, die »Stille Nacht«

geschrieben hatten. Wäre den beiden vor 200 Jahren etwas Besseres eingefallen, als diesen kitschigen Schmus in die Welt zu setzen, dann hätte Bernardo nicht nach Oberndorf reisen müssen. Und sie wäre zu Hause geblieben, in Portugal. Die Strahlen ihrer Wut kurvten wie aus der Kontrolle geratene Suchscheinwerfer durch ihr Inneres. Im Grunde war ihr klar, dass sie nicht wegen Bernardo zornig war. Auch nicht wegen anderer Leute. Sie war auf sich selbst wütend. Sie erhob sich ächzend vom Bett, zog sich aus und stellte sich unter die Dusche.

Eine halbe Stunde später legte sie neue Kleidung an, schlüpfte in die dicke Winterjacke und ging nach unten. Sie musste ins Freie. Sie brauchte frische Luft. Und Bewegung. Sie überquerte den großen Parkplatz und schlug den Weg ein, der in Richtung Wald führte. Es hatte aufgehört zu schneien. Am Himmel zeigten sich nur mehr einige Wolkenfetzen. Der Mond war im Zunehmen. In wenigen Tagen würde er als volle Scheibe am Firmament glänzen. Durch das Mondlicht und den hellen Schnee war die Umgebung gut auszumachen. Die kalte Luft tat ihr wohl. Sie beschleunigte ihren Schritt. Nach ein paar Minuten blieb sie stehen, blickte zurück in Richtung Hotel.

Offenbar hatte ein Auto den Parkplatz verlassen und ebenfalls den schmalen Weg genommen, auf dem sie sich befand. Das Auto hatte keine Scheinwerfer eingeschaltet. Aber aufgrund der hellen Umgebung konnte sie die Konturen des Wagens gut sehen. Er rollte langsam in ihre Richtung. Dann blieb er stehen, etwa 200 Meter von ihr entfernt. Der Anblick des dunklen Fahrzeuges mit ausgeschalteten Lichtern irritierte sie. Folgte ihr jemand? Sie verharrte auf ihrer Position. Das Auto stand ebenfalls still. Sie wartete eine Weile, zählte innerlich die Sekunden. Doch der Wagen setzte sich nicht in Bewegung. Sie gab sich einen Ruck, beschleunigte ihren Schritt, hielt direkt auf das Fahrzeug zu. Als sie die Hälfte der Distanz zurückgelegt hatte, flammten die Scheinwerfer auf. Der Wagen stieß zurück, erreichte nach kurzer Fahrt den Rand des Parkplatzes, machte kehrt und fuhr in entgegengesetzte Richtung davon.

Was hatte das zu bedeuten? War jemand hinter ihr her? Ihre Nerven waren angespannt. Sie hatte so gut wie nicht geschlafen, seit sie gestern der Anruf von Filipa Pardal erreicht hatte. Vielleicht bildete sie sich nur etwas ein. Gut möglich, dass der Fahrer einfach den falschen Weg eingeschlagen und ihm sein Navi nun eine andere Route empfohlen hatte. Doch warum hatte das Wendemanöver so lange gedauert? Und warum hatte der Fahrer erst so spät die Scheinwerfer eingeschaltet? Vermutlich gab es für das seltsame Verhalten eine ganz simple Erklärung. Sie war dennoch verstört. Ihr war die Lust auf Frischluft vergangen. Sie stapfte zurück zum Hotel.

»Stella?« Sie hörte ihren Namen, als sie durch das Foyer eilte. Sie drehte sich um.

»Stella Winter? Mein Gott, du bist es tatsächlich!« Ein Mann kam mit schnellen Schritten auf sie zu. In ihrem Inneren ratterte plötzlich eine Flut von Bildern vorüber. Wandertag, Schulausflüge, die vorderste Bankreihe im Klassenzimmer, ein knallgelbes Fahrrad, »Eye in the

Sky« von The Alan Parsons Project aus dem Kofferradio, Schmusen im Strandbad, knallrote Ohren … Im Lächeln des Mannes, der ihr die Hand hinhielt, erkannte sie die blitzenden Augen des 14-Jährigen wieder.

»Hallo, Stefan.« Seine Hand war angenehm warm, der Druck kräftig. »Stefan Hochberg«, erwiderte sie. »Klassenprimus, Mädchenschwarm, Gitarrenspieler und mehrfacher Jugendstaatsmeister auf dem Rennrad.«

»Das hast du dir gemerkt? Ich meine das mit dem Rennradfahren. Nach so langer Zeit?« Er musterte sie. »Ich würde dir gerne ein Kompliment machen, dass du fantastisch aussiehst. Was auch stimmt. Aber, ehrlich gesagt, du wirkst sehr müde. Was bringt dich nach Oberndorf? Besuch in der alten Heimat, nach so vielen Jahren?« Sie sagte es ihm.

»Bernardo Pilar ist dein Sohn? Ein aufgeweckter junger Mann. Ich fand ihn auf Anhieb sympathisch.«

Sie war erstaunt. »Du hast Bernardo getroffen?«

»Ja, er war gleich nach seiner Ankunft bei mir im Büro. Ich versorgte ihn mit Informationen, Namen, Kontakten. Ich bin der Projektkoordinator für »200 Jahre Stille Nacht« im Rahmen der Landestourismusgemeinschaft.«

»Bitte erzähl mir von eurer Begegnung.« Sie blickte sich um. »Darf ich dich auf einen Kaffee in der Hotelbar einladen oder auf ein Glas Wein.«

»Liebend gerne, Stella. Mich würde es auch freuen, mit dir über die alten Zeiten zu plaudern. Mein Gott, das muss ja eine halbe Ewigkeit her sein, dass du von hier weg bist.«

»31 Jahre.«

»Mich interessiert brennend, an welche Flecken des Globus es dich hingetrieben hat, wo du jetzt lebst. Aber ich muss dringend zu meinem Techniker. Ich habe in einer halben Stunde hier im Hotel einen Vortrag zu halten.«

Er deutete auf ein Plakat, das an einem Ständer neben der Rezeption hing.

»Stille Nacht. Ein Welterfolg«, las sie. »Präsentation: Dr. Stefan Hochberg.«

»Die Veranstaltung ist seit Wochen ausgebucht. Aber wenn du nicht zu müde bist und zuhören magst, lasse ich gerne für dich einen Extrastuhl aufstellen. Ich gebe der Dame am Einlass Bescheid. Mein Referat wird rund eine Stunde dauern. Danach freue ich mich sehr, dich in der Hotelbar zu treffen.«

Er hielt ihr nochmals die Hand hin. Wieder lachte der pfiffige 14-Jährige aus seinen Augen. »Lauf mir nicht weg, Stella Winter. Bodenturnerin und beste Sopranstimme des Chores.« Dann eilte er davon. Sie blickte ihm nach. Sie fühlte sich zu müde zum Treppensteigen. Sie nahm den Lift. Im Zimmer zog sie Jacke und Stiefel aus. Dann sackte sie aufs Bett. Die Augenlider waren schwer wie Granitplatten. Ihr müdes Gehirn begann mühsam zu rechnen. Sie war seit 37 Stunden durchgehend munter, von ein paar unruhigen Schlafminuten im Flugzeug abgesehen, in denen sie kurz weggetaucht war. Wenn sie hier auf dem Bett liegen blieb, würde sie gleich einschlafen. Das durfte sie nicht! Sie musste munter bleiben, sonst würde sie Stefan Hochbergs Bericht von dessen Begegnung mit Bernardo versäumen. Das wollte sie nicht. Wer weiß, wann der vielbeschäftigte Stille-Nacht-Projektkoordinator wieder Zeit hätte. Sie richtete sich mühsam auf. Vielleicht war der Vortrag ihres ehemaligen Schulfreundes spannend genug, um sie am Einschlafen zu hindern. Außerdem würde sie dabei einen Eindruck gewinnen, womit ihr Sohn sich in den letzten Tagen beschäftigt hatte. Sie wuchtete die müden Beine über die Bettkante. Dann stand sie auf. Dieses Mal nahm sie die Treppe. Sie ließ sich in der Hotelbar einen dreifachen Espresso geben, trank ihn im Stehen. Die Dame im Trachtenkostüm am Saaleingang wusste Bescheid. Man hatte für Stella einen Extrastuhl in der vordersten Reihe platziert, direkt neben einer geschmückten schlanken Tanne. Der Raum war gerammelt voll. Die Frontwand wurde von einer großen Leinwand beherrscht. Das aufgeräumte Stimmengewirr im Saal wurde schwächer, als ein Mann in dunklem Anzug nach vorne kam. Er ließ sich vom Techniker ein Mikrofon reichen. Er stellte sich als Balthasar Eckner vor, Eigentümer des Hotels. Er freue sich, betonte er, dass er nicht nur zahlreiche Gäste seines Hauses, sondern auch viele Einheimische zum Vortrag begrüßen dürfe. Er sei besonders stolz, dass es gelungen war, für den heutigen Abend einen ausgewiesenen Fachmann zu gewinnen. »Er ist nicht nur mit allen touristischen, kulturellen und wirtschaftlichen Aspekten des Themas bestens vertraut«, erläuterte der Hotelchef und hob seine Stimme. »Er ist generell ein profunder Kenner aller Bereiche, die mit der Geschichte des berühmten Weihnachtsliedes zu tun haben. Meine sehr geehrten Damen und Herren, heißen wir ihn gemeinsam aufs Herzlichste willkommen: Dr. Stefan Hochberg!«

Die Besucher applaudierten. Eine Männerstimme hinter ihr ließ sogar ein kurzes Johlen vernehmen. Stefan stellte sich in die Mitte, übernahm das Mikrofon und verneigte sich kurz. Dann postierte er sich seitlich neben die Leinwand. Das Licht wurde zurückgedimmt. Auf dem riesigen Screen erschien das Schwarz-Weiß-Bild eines Mannes in Sakko und Krawatte. Sein Haar war nach hinten gekämmt, das Lächeln wirkte galant, einnehmend.

Gleichzeitig mit dem Foto erklang Musik. Die Aufnahme rauschte. Streicher waren zu hören, im Zusammenspiel mit Flöten. Gleich darauf vernahm man eine wohltönende Männerstimme. *Silent Night, holy night, all is calm, all is bright. Round yon virgin mother and child …*

»Sie hören eine Aufnahme aus dem Jahr 1935. Und natürlich haben Sie alle längst erkannt, wer hier die englischsprachige Version von ›Stille Nacht‹ singt. Es ist Bing Crosby.«

»… Sleep in heavenly peace, sleep in heavenly peace …«

»Aufgenommen am 13. November 1935 für das Album ›Bing Crosby: The Voice of Christmas‹, 117 Jahre, nachdem das Original des Liedes zum ersten Mal anlässlich der Christmette hier in Oberndorf erklang. Ob das Arrangement mit den picksüßen Geigen, ob das Tremolo und der Schmelz in der Stimme im Verbund mit den schmetternden Backgroundstimmen Ihrem Geschmack entspricht, das darf jeder für sich selbst entscheiden. Tatsache ist, dass sich Bing Crosbys Single von ›Silent Night‹

30 Millionen Mal verkaufte. Das ist nur eine der vielen markanten Zahlen, die zum Gesamtthema unseres Vortrags passt: ›Stille Nacht. Ein Welterfolg.‹ Wir können andere Ziffern und Schlagworte dazusetzen. Zwei Milliarden Menschen in über 300 Sprachen singen jedes Jahr dieses Lied. Quer über den Globus, in unterschiedlichsten Kulturkreisen. Bekanntestes Weihnachtslied der Welt. UNESCO Kulturerbe. Über 14 Millionen Einträge zum Stichwort ›Stille Nacht‹ beim Videokanal Youtube. Das alles und vieles mehr verdeutlicht in Zahlen gegossen die offensichtliche überdimensionale Anerkennung. Aber allein die Aufzählung liefert keine Erklärung, warum es ausgerechnet dieses Lied ist, das ein derartiges weltweites Faszinosum erreichte. Dass die Welt überhaupt von diesem Lied erfuhr, dafür sind Musiker aus Tirol verantwortlich.«

Auf der Leinwand erschien ein neues Bild, eine Farbzeichnung. Fünf Figuren in altertümlicher Tracht waren zu sehen. Vier Männer und eine Frau.

»Das sind die Rainer Sänger aus dem Zillertal. Die Zeichnung stammt aus der ersten Hälfte des 19. Jahrhunderts. Franz Xaver Gruber, der Komponist des Liedes, hielt in einer Aufzeichnung fest, dass sein Werk ›von einem bekannten Zillertaler‹ nach Tirol gebracht wurde. Ob dieser ominöse Zillertaler tatsächlich der angesehene Orgelbauer Karl Mauracher war, wie man oft liest, lässt sich aus den Quellen nicht eindeutig bestätigen. Mauracher hat in Stadt und Land Salzburg Orgelarbeiten durchgeführt, auch in Oberndorf. Es ist zumindest im Bereich des Möglichen, dass er eine Abschrift des Liedes in seine Heimat mitbrachte. Sichergestellt ist in jedem Fall, dass schon ein Jahr nach der Uraufführung im Zillertaler Ort Fügen zur Christmette ›Stille Nacht‹ von den Rainer Sängern gesungen wurde. Ob diese wackere Sängerschar, die Sie hier auf der Leinwand abgebildet sehen, das Lied auch drei Jahre später beim Besuch zweier Monarchen vorgetragen hat, ist jedoch nicht erwiesen, auch wenn man es in vielen Eintragungen liest. Dass der österreichische Kaiser Franz I. und der russische Zar Alexander I. ›Stille Nacht‹ aus tirolischem Sängermund vernommen haben, lässt sich nicht belegen. Aber die Geschichte passt trefflich in die Sammlung der vielen halbwahren Anekdoten, die sich rund um den Erfolgslauf des Weihnachtsliedes im Lauf der Jahre angesammelt haben.«

Über die Zeichnung schob sich das nächste Bild. Erneut blickten Leute in altertümlichen Trachten von der Leinwand. Dieses Mal waren es drei Frauen neben einem Mann.

»Geschwister Strasser aus dem Zillerthale«, stand unter der Grafik.

»Sie sehen hier eine weitere Sängerschar aus Tirol. Die Familie Strasser betrieb eine kleine Landwirtschaft. Zur Aufbesserung ihres kargen Einkommens verkaufte Vater Lorenz zusammen mit seinen Kindern Textilwaren, vor allem Handschuhe, auf den Marktständen der näheren und weiteren Umgebung. So kam die Familie zu Beginn der 1830er-Jahre auch bis nach Leipzig. Und die Strassers hatten nicht nur ihre Fäustlinge im Gepäck, sondern auch Gesangsgut.«

Ein alter Programmzettel erschien auf der Leinwand, daneben das Titelblatt eines Notenheftes. »Ächte Tyroler Lieder der Geschwister Strasser«, wurden dabei angekündigt.

»Wer an seinem Marktstand auch noch singen und musizieren konnte, dem lief mehr Kundschaft zu. Was dem Leipziger Publikum aus dem sängerischen Angebot der Zillertaler Händler besonders gut gefiel, war ›Stille Nacht‹. Sie sehen, bestimmte Lieder als Werbemittel einzusetzen, um kommerzielle Interessen zu verfolgen, ist keine Erfindung unserer Zeit. Die Tiroler Familie und ihre Songs wurden bald zum Gesprächsthema in der Messestadt. Die Sänger wurden sogar eingeladen, im Leipziger Gewandhaus aufzutreten. Und wie einem zeitgenössischen Pressebericht zu entnehmen ist, wurden sie vom Publikum geradezu bestürmt, dieses eine ganz besondere Lied zu singen, eben ›Stille Nacht‹. Bald erschien das Werk auch im Druck.«

Eine Fotografie wurde eingeblendet. Sie zeigte den Ausschnitt einer alten Liedersammlung. Musikalischer Hausschatz der Deutschen, stand auf dem Titelblatt.

Deutlich war die Seite mit Text und Noten von »Stille Nacht« zu erkennen. Gedruckt im Jahre 1845 in Leipzig.

»Zurück zur anderen Familie, zu den Rainer Sängern«, setzte der Vortragende fort. »Wer glaubt, dass Falco der erste österreichische Musiker war, dem mit seinem ›Rock Me Amadeus‹ in den USA ein Hit gelungen war, der täuscht sich. Es war auch nicht die singende Trapp-Familie, die 1938 vor den Nazis floh, nach Amerika auswanderte und Zentrum des Musicals ›Sound of Music‹

wurde. Nein, die ersten, die in den USA einen Hit landeten, waren die Rainers aus Fügen im Zillertal.«

Der große Screen zeigte eine neue Grafik. Eine gezeichnete beschauliche Szene war zu erkennen. Im Hintergrund sah man eine Kirche, davor eine Menschenmenge. Im Vordergrund standen Sänger in Tiroler Trachten, die Männer selbstbewusst und breitbeinig, die Damen mit züchtig verschränkten Armen. Die Gruppe war offenbar beim Singen. Die rechte Seite des Bildes wurde von einem Monument beherrscht.

»Das sind die Rainer Sänger vor dem Hamiltondenkmal in New York im Jahr 1839. Wir sind auf dem Friedhof der Trinity Church am Ende der Wall Street. Die Rainer Sänger waren mit ihren Tiroler Liedern sehr erfolgreich gewesen, nicht nur in Europa, sondern auch in Übersee. Gestartet wurde das Amerikagastspiel in Boston, dann war New York an der Reihe. Die Musiker aus dem fernen Tirol kamen bei ihrer Rundreise bis in die Südstaaten. Die Tour dauerte vier Jahre, war professionell aufgezogen. Die Kosten wurden über die Einnahmen bei den Auftritten finanziert. Die Rainers hatten sogar einen eigenen Tourmanager. Die singenden Bauernleute aus dem Zillertal wurden zu bejubelten Stars in den Vereinigten Staaten. Sie haben den Amerikanern nicht nur das Jodeln nähergebracht, sie begeisterten vor allem mit der Darbietung ihrer Volkslieder. In den Hitlisten der damals in den USA meist verkauften Musikdrucke finden sich die Lieder der Rainer Family unter den Top drei. Aufgrund der Verbreitung des Liedes von Sängern aus dem Zillertal wird auch verständlich, warum ›Stille Nacht‹ jahrzehntelang nicht mit Salzburg und Oberndorf in Verbindung gebracht, sondern als Lied aus Tirol angesehen wurde, das von dort aus in die Welt gelangte.«

Chorgesang war aus den Lautsprechern zu hören. Gleichzeitig erschien auf der Leinwand ein Farbfoto. Es zeigte eine große Schar von Menschen in einer verschneiten Winterlandschaft. Der Schriftzug »Singgemeinschaft Zillertal« blendete sich über den unteren Rand des Bildes.

»Stille Nacht, heilige Nacht, alles schläft, einsam wacht«, sang der Chor.

In der nächsten Sekunde änderte sich der Klang. Jetzt drang tiefer Gesang aus heiseren Kehlen durch den Saal. Die Stimmen führten offenbar das Weihnachtslied weiter, in einer Sprache, die Stella nicht verstand. Über das Bild des Zillertaler Chores blendete sich eine weitere Winterlandschaft, die an den hohen Norden erinnerte. Vier Männer in blauen Jacken standen an einem zugefrorenen See. Sie trugen Fellmützen auf dem Kopf. »Samische Sänger aus Karasjok/Norwegen«, stand unter dem Bild. Schon änderte sich der Charakter der Einspielung erneut. Kinderstimmen übernahmen. Sie waren offenbar bei der Passage »Schlaf in himmlischer Ruh« angelangt. Das konnte man immerhin anhand der Melodie erkennen, auch wenn die Sprache nicht zu verstehen war. Sie klang ähnlich fremd wie das eben gehörte Samisch. Kinder mit dunkler Hautfarbe standen im Sonnenlicht neben einem riesigen Baum in einer afrikanischen Landschaft und winkten fröhlich in die Kamera.

»Kinderchor aus KwaZulu-Natal/Südafrika«, klärte der Schriftzug auf.

Während die Darstellung auf der Leinwand mit einer Gruppe von Sängern aus Peru in die nächste Szene wechselte, setzte Stefan Hochberg seinen Kommentar fort.

»Auch wenn es uns von der Tourismusgemeinschaft ein Anliegen ist, gerade im Jubiläumsjahr darauf hinzuweisen, dass ›Stille Nacht‹ seinen Ursprung in Salzburg hat, so ist es natürlich unübersehbar, dass dieses Lied längst der ganzen Welt gehört, als Ausdruck der weihnachtlichen Freude, als Botschaft des Friedens.«

Stella war seltsam überrascht. Sie musste an sich selbst feststellen, dass sie die Bilder der vielen Menschen aus den unterschiedlichsten Ländern und Kulturen, in Verbindung mit dem Lied, in Bann zogen. Sie versuchte sich dagegen zu wehren. Sie mochte das Lied nicht. Es war ihr ein Gräuel. Zu viele unheilvolle Erinnerungen waren damit verbunden. Sie verachtete es schon deswegen, weil ihr Vater sie jahrelang gezwungen hatte, bei seinem unsäglich spießerhaften Kirchenchor mitzusingen, Solostellen zu übernehmen, gerade auch bei »Stille Nacht«. Nur damit er sich danach in den Lobhudeleien der Menge baden konnte, die ihm zur großartigen Gesangsdarbietung der Tochter gratulierte. Ganz die Mama! Sie spürte, wie der alte Groll erneut in ihr hochkochte. Dieses Mal wusste sie, gegen wen sich die Wut richtete. Gegen ihre Vergangenheit und den Mann, der ihr das Leben zur Hölle gemacht hatte. Und dennoch, sie konnte sich der Faszination, die durch den Einklang von Bildern und Lied entstand, nicht ganz entziehen.

Die Collage war beendet. Das Schlussbild zeigte einen amerikanischen Studentenchor. Die Herkunft der jungen Leute war offensichtlich breit gestreut, sie kamen aus allen Kontinenten.

»Silent Night – The Song heard around the World«, war auf der Leinwand zu lesen.

Eine Frau im Hosenanzug in der ersten Reihe der Zuhörer begann zu klatschen. Ihr Begleiter fiel in den Applaus mit ein. Wenige Sekunden später klatschte der ganze Saal. Stefan Hochberg wartete, bis die Beifallskundgebung verklungen war. Dann wandte er sich wieder der Leinwand zu.

»1914«, wurde als Schriftzug eingeblendet.

»Wir bleiben bei der Welt, kommen jetzt zu ihren allerhässlichsten Seiten. Und doch passiert manchmal im schlimmsten Gräuel ein kleines Wunder. Ich nehme an, viele von Ihnen haben von diesem Ereignis schon gehört. Wir schreiben das Jahr 1914. An der Westfront des Ersten Weltkrieges standen sich in Flandern deutsche und britische Truppen bei heftigen Kämpfen gegenüber. Am Heiligen Abend, am 24. Dezember, legten die Soldaten der verfeindeten Armeen die Waffen nieder. Die Aktion war nicht von den Befehlsstellen autorisiert. Mannschaft und Offiziere auf beiden Seiten hatten von sich aus diese Initiative ergriffen. Tausende Soldaten verschiedenster Nationen feierten miteinander Weihnachten. Man tauschte kleine Geschenke aus, reichte einander die Hand, sang gemeinsam Lieder. Und es gab vor allem ein Lied, das alle miteinander singen konnten, weil es alle kannten: Stille Nacht, Silent Night, Nuit de Paix …«

Ein Schwarz-Weiß-Bild erschien auf der Leinwand. Auf einer schneebedeckten Landschaft standen vier Soldaten neben einem niedergetretenen Eisenzaun. Sie trugen unterschiedliche Uniformen. In der Ferne war ein Nadelbaum zu erkennen. Auf seinen Ästen glänzten ein paar dünne Lichter. Ein Augenblick des Innehaltens war auf diesem Bild verewigt. Der Anblick der vier Gestalten neben dem Stacheldraht mit dem Lichterbaum im Hintergrund berührte Stella tief. Sie hatten sich einen Moment des Friedens herausgenommen, ein kurzes Aufatmen in einem mörderischen Treiben, das noch Millionen Tote fordern wird.

»Wir springen im historischen Ablauf weiter«, setzte der Referent fort. »Wir kommen ins Jahr 1941. Wieder befindet sich die Welt in einem fatalen Krieg, angezündet vom nationalsozialistischen Deutschen Reich.«

Das Portrait eines jungen Mannes wurde sichtbar. Das Foto war alt. Stella glaubte den Abgebildeten von irgendwoher zu kennen.

»Das ist Leopold Kohr im Alter von 32 Jahren«, erklärte Stefan Hochberg. »Jurist, Ökonom, Philosoph, aber vor allem Weltbürger. Sie kennen ihn als Vordenker der Umweltbewegung, als Verfechter des Überschaubaren. ›Small is beautiful‹, dieser Ausspruch stammt von ihm. Kohr war im Widerstand gegen die Nazis, war in die USA emigriert. Er arbeitete mit anderen Publizisten daran, das Image Österreichs in den amerikanischen Medien anders darzustellen, als es sich in der gängigen Sicht der Öffentlichkeit zeigte. Österreich sollte von der Naziherrschaft befreit und unabhängig werden.

Österreich habe eine eigenständige Kultur, betonte Kohr immer wieder. Er wählte als ein besonderes Beispiel für diese Eigenständigkeit das Lied ›Stille Nacht‹, das in seiner Heimat entstanden sei. Leopold Kohr stammt, wie viele im Saal wissen, aus Oberndorf. Und tatsächlich druckten große amerikanische Zeitungen seinen Artikel zu diesem Thema ab. Zu Weihnachten 1941 stand Leopold Kohr zusammen mit vielen anderen Menschen im Garten des Weißen Hauses. Sie warteten darauf, dass der amerikanische Präsident seine Segenswünsche überbrachte. Ein paar Tage davor war Pearl Harbour bombardiert worden. Franklin D. Roosevelt trat auf die Terrasse, begleitet von einem Verbündeten, dem britischen Premierminister Winston Churchill. Und was machten die beiden Politiker? Sie sangen zusammen mit den wartenden Menschen ein Weihnachtslied. Nicht irgendeines, sondern ›Silent Night‹. Stille Nacht. Sie können sich vorstellen, dass der junge Leopold Kohr zu Tränen gerührt war. Aber vermutlich nicht er allein.«

Nun füllte der Klang eines einzelnen Instruments den Raum. Eine Geige spielte die Melodie von »Stille Nacht«. Der zarte Ton schwebte durch den Saal. Zugleich zeigte die Leinwand eine leicht verschwommene Aufnahme von Roosevelt und Churchill, die auf der Terrasse des Weißen Hauses standen und mit den Leuten im Garten sangen.

Diese Episode aus dem Jahr 1941 war Stella neu. Sie konnte sich nicht erinnern, davon je in der Schule gehört zu haben. Ob ihr Sohn all diese historischen Details auch kannte? Es war anzunehmen. Sie hätte gerne gewusst, wie weit er mit seinen Recherchen gekommen war, bevor er beim nächtlichen Spaziergang stürzte. Bei dem Gedanken an Bernardos Unfall im Wald fiel Stella das mysteriöse Auto wieder ein. In der Erinnerung kam es ihr vor, als hätte der unbeleuchtete Wagen in der Dunkelheit auf sie gelauert wie ein sprungbereites Tier. Unsinn! schalt sie sich selbst. Mein übermüdeter Kopf gaukelt mir nur etwas vor. Dennoch fiel es ihr schwer, den weiteren Ausführungen des Vortragenden zu folgen. Immer wieder drängte sich das Bild des dunklen Autos in ihre Gedanken. Erst gegen Schluss gelang es ihr besser, sich auf die Vorgänge im Saal zu konzentrieren.

»Ich danke Ihnen für Ihre Aufmerksamkeit«, beendete Stefan Hochberg sein Referat.

»Sie haben von mir eine Menge an Zahlen, Fakten, historischen Anmerkungen, Anekdoten gehört, die möglicherweise belegen, warum das Lied eines einfachen Schullehrers und eines schlichten Priesters aus einem Salzburger Dorf im Lauf der Jahre zum Welthit wurde. Aber warum es die Menschen tatsächlich bewegt, das lässt sich schwer entschlüsseln, weder mit dem Vokabular der Musiktheorie, noch mit Verkaufsziffern von Schallplatten, noch mit dem Versuch historischer Beschreibungen. Diese Frage ist für mich das eigentliche Geheimnis von ›Stille Nacht‹. Warum berührt ausgerechnet dieses Lied so viele Menschen? Die mögliche Lösung für dieses Mysterium können Sie nur an sich selbst herausfinden, meine Damen und Herren. Ich möchte Ihnen am Schluss noch ein Beispiel vorspielen, das Ihnen vielleicht hilft, der möglichen

Antwort näher zu rücken. Wir haben mit Bing Crosby begonnen, mit einer – lassen Sie es mich so formulieren – schmalztriefenden Aufnahme, die sich dennoch millionenfach verkaufte. Lassen Sie uns mit einer ganz anderen Version enden. Sie stammt von der irischen Sängerin Sinead O'Connor.«

Das Licht wurde schwächer im Raum. In die allmählich wachsende Finsternis schob sich ein breiter, ruhiger Klangteppich, als schwebe eine mächtige dunkle Scheibe herbei. Dann war die Stimme zu vernehmen. Sie schien Stella von den Sternen zu kommen, von weit her und gleichzeitig von ganz nah, aus ihrem eigenen Inneren. Man fühlte sich eingehüllt von den Bögen des Firmaments und dem Pochen des eigenen Herzens.

Silent night, holy night, all is calm, all is bright …

Vielleicht hatte Stella das Stille-Nacht-Lied irgendwann in einer weit zurückliegenden Zeit sogar gemocht. Sie konnte sich nicht mehr daran erinnern. Jetzt war es ihr zuwider, zu viele schmerzhafte Gedanken waren damit verbunden. Aber sie schaffte es nicht, sich der Faszination dieser Stimme zu entziehen. Sie hatte das Gefühl, ein riesiger Vogel breite seine Flügel aus und trage sie davon. Vielleicht war der Vogel ein Schwan. Der Rhythmus des Flügelschlags wurde aus der Melodie des Liedes geboren. Der Eindruck, getragen zu werden, tat ihr gut.

… sleep in heavenly peace …

»Wann bist du zum großen Stille-Nacht-Fan geworden?«, fragte sie den ehemaligen Schulkameraden, als der sich eine halbe Stunde nach Ende der Vorführung zu ihr an den Tisch setzte. Der Barista erschien, fragte nach Hochbergs Bestellung. Der wählte ein Glas italienischen Rotwein.

»Ach, ich mochte das Lied schon als Kind sehr gerne. Wir waren zu Hause eine große Familie, wie du vielleicht noch weißt. Bei uns lief das Weihnachtsfest immer sehr heiter ab. Wir haben viel gesungen. ›Stille Nacht‹ gehörte immer dazu. Für mich trifft das Lied genau jene Stimmung, die ich seit meiner Kindheit mit Weihnachten verbinde. Wie ist das bei dir?«

Sie hatte sich einen alkoholfreien Energydrink bestellt. Sie fürchtete, auf der Stelle einzuschlafen, wenn sie auch nur einen Schluck Wein zu sich nahm. Sie drehte das Glas mit der rötlich schimmernden Flüssigkeit in der Hand. In ihr schwebte immer noch die Sternenstimme der irischen Sängerin.

»Ich komme mit diesem Lied nicht zurecht. Ich mag es nicht.« Stefan erwiderte ihre Antwort mit überraschtem Blick. »Dabei hast du es als Jugendliche so wunderbar in der Kirche gesungen. Ich habe den Klang deiner Stimme immer noch im Ohr.«

»Das ist lange her.« Sie starrte auf das Glas. Sie entsann sich nicht, Stefan Hochberg je in der Kirche gesehen zu haben. Aber sie konnte sich an überhaupt keine Gesichter bei den unendlich quälenden Gottesdiensten erinnern. Kaum hatte die Orgel den Schlusston gespielt, war sie jedes Mal wie gehetzt die Stufen der Chorempore hinuntergestürzt, um fluchtartig das Weite zu suchen. Sie wollte niemanden treffen. Ihr grußloser Aufbruch ohne

Erlaubnis hatte ihr mehr als einmal eine schallende Ohrfeige ihres Vaters eingebracht.

»Ich bin noch gar nicht dazugekommen zu fragen, wie es Bernardo geht.«

Sie erzählte ihm von der Auskunft des behandelnden Arztes.

»Die Ungewissheit ist sicher schwer auszuhalten. Nichts tun zu können als zu warten, muss schwer für dich sein.«

Sie schaute ihn an. »Hast du Kinder?«

»Ja, zwei erwachsene Töchter. Sie sind beide im Ausland. Lotte studiert in Rom. Dagmar lebt mit ihrem Mann in Göteborg.«

Stellas Handy läutete. Sie blickte auf das Display. Wenn sie es richtig in Erinnerung hatte, leuchtete die Nummer des Krankenhauses auf. Für einen Moment setzte ihr Herzschlag aus. Warum rief man sie so spät noch an? Musste sie sich auf das Schlimmste gefasst machen?

»Entschuldige bitte, Stefan.« Sie stand auf, wankte zum Ausgang der Bar. Sie stützte sich am Türrahmen ab. Dann wischte sie über den kleinen Bildschirm.

»Guten Abend, Frau Pilar. Entschuldigen Sie bitte die Störung. Hier spricht Schwester Adama.«

»Ja, bitte?« Das Herzpochen dröhnte ihr bis in die Ohren.

»Ich habe vorhin …«

»Ist etwas mit Bernardo?«

»Nein, machen Sie sich bitte keine Sorgen. Es hat sich seit Ihrem Besuch heute Nachmittag nichts verändert.

Der Hirndruck ist zwar in den letzten Stunden nicht gesunken, aber er ist auch nicht gestiegen.«

Sie atmete tief durch. Sie hatte das Gefühl, eine Eisenkette würde ihre Brust freigeben. Sie ließ deutlich hörbar die Luft ausströmen.

»Verzeihen Sie, ich wollte Sie durch meinen Anruf nicht beunruhigen. Ich wollte Ihnen nur etwas mitteilen. Ich habe vorhin einen der Sanitäter getroffen, die Ihren Sohn ins Krankenhaus brachten. Er hat mir berichtet, Bernardo sei während der Fahrt kurz aus seiner Bewusstlosigkeit erwacht. Nur für ein paar Sekunden.«

»Hat er etwas gesagt?«

»Ja, allerdings konnte man ihn kaum verstehen. Ihr Sohn war durch den Unfall ja sehr benommen. Aber der Sanitäter meinte, etwas wie ›bockiges Haar‹ verstanden zu haben. Sagt Ihnen das etwas?«

Bockiges Haar? Damit konnte sie nichts anfangen.

»Leider nein. Ich bin Ihnen dennoch sehr dankbar für Ihren Anruf, Schwester Adama. Wenn sich sonst etwas Neues ergibt, dann scheuen Sie bitte nicht, mich jederzeit zu kontaktieren.«

»Das werde ich machen, Frau Pilar. Ich richte es auch den Kolleginnen aus. Gute Nacht.«

»Danke, alles Gute für Sie.«

Sie kehrte an den Tisch zurück.

»Ist etwas mit deinem Sohn?«

Sie nickte. »Laut Auskunft eines Sanitäters ist Bernardo bei der Einlieferung kurz aufgewacht.«

»Konnte er sprechen?«

»Ja. Angeblich sagte er ›bockiges Haar‹. Diese Wendung ist für mich völlig unverständlich.«

Im Gesicht ihres Gegenübers schimmerte ein Lächeln.

»Naja, vielleicht hat der Sanitäter sich nur verhört und Bernardo meinte etwas anderes.«

»Was?«

»Lockiges Haar.«

Lockiges Haar? Ihr schien etwas zu dämmern. Kam dieser Ausdruck nicht im Stille-Nacht-Lied vor? Sie dachte angestrengt nach. Ihre Erinnerung hatte Lücken. Schließlich glaubte sie, sich der Textzeile zu entsinnen.

»Holder Knab im lockigen Haar«, zitierte sie.

»Sehr gut, Schülerin Stella. Zumindest den Text der ersten Strophe weißt du noch.«

»Könnte Bernardo mit seiner Bemerkung das Lied gemeint haben?«

»Ja, oder das Bild.«

»Welches Bild?«

»Joseph Mohr schrieb den Text zu ›Stille Nacht‹ in seiner damaligen Dienststelle als Hilfspriester. Das war in Mariapfarr. In der Kirche befindet sich ein prachtvolles Altarbild. Darauf ist Maria zu sehen, die das Jesuskind auf dem Schoß hält. Und auf diesem Gemälde hat der Knabe eindeutig gelocktes Haar.«

»Ist Bernardo bei seinen Recherchen bis Mariapfarr gekommen?«

»Das weiß ich nicht. Ich habe ihn nur die eine Stunde gesehen, als er bei mir im Büro war. Das war gleich nach seiner Ankunft. Aber ich kann mir vorstellen, dass er sich als Journalist zu seinen Recherchen entsprechende

Notizen machte. Du könntest in Bernardos Laptop überprüfen, ob es Eintragungen zu Mariapfarr gibt.«

Rechercheaufzeichnungen, Laptop? So weit hatte Stella noch gar nicht gedacht. Sie hatte in den vergangenen 30 Jahren sich in allen möglichen Jobs versucht, kannte sich in vielen Berufsfeldern aus. Aber wie Journalisten arbeiten, davon hatte sie keine Ahnung. Sie machte sich auf den Weg zur Rezeption. Keine zwei Minuten später kehrte sie mit leeren Händen zurück.

»Der Laptop ist nicht im Zimmer«, erklärte sie. »Laut Angabe der Rezeptionistin hat die Polizei einige von Bernardos Sachen mitgenommen.« Sie warf einen Blick auf die Uhr. Es war spät, nur wenige Minuten bis Mitternacht. Sie wollte es trotzdem versuchen. Sie wählte die Nummer, die ihr Revierinspektor Raimund Zwill gegeben hatte. Er war sofort am Apparat.

»Ja, den Laptop haben wir sichergestellt, zusammen mit der Brieftasche und dem Reisepass. Das ist eine reine Routinemaßnahme, falls sich etwas ergeben sollte, das über einen Unfall ohne Fremdeinwirkung hinausgeht. Sie können den Laptop gerne abholen, Frau Pilar. Ich bin morgen früh ab acht Uhr in der Polizeiinspektion Oberndorf anzutreffen.«

Sie bedankte sich, unterrichtete Stefan über die Auskunft des Postenkommandanten.

»Ich muss morgen nach Mariapfarr«, bemerkte der Tourismusmanager. »Es geht um die letzte Koordinationsbesprechung für die Fernsehliveübertragung am Heiligen Abend. Willst du mich begleiten? Dann kannst du dir den gelockten Knaben selbst anschauen und dich bei den Stille-Nacht-Verantwortlichen in der Gemeinde erkundigen, ob Bernardo sich für das Bild interessierte.«

Sie dachte kurz nach. Warum nicht? Bei dieser Gelegenheit könnte sie zugleich nachvollziehen, womit ihr Sohn sich in den vergangenen Tagen bei seinen Recherchen beschäftigt hatte. Alles war besser, als im Hotelzimmer zu hocken oder am Krankenbett darauf zu warten, in welche Richtung sich die Anzeigen auf den medizinischen Messgeräten bewegten. Sie leerte ihr Glas und bedankte sich für das Angebot. Sie käme gerne mit.

»Ich hole dich morgen um 9.30 Uhr vom Hotel ab.« Er beugte sich vor, legte ihr die Hand auf den Arm. »Dann können wir während der langen Fahrt auch ein wenig über alte Zeiten reden, wenn du magst.« Ob sie das wollte, wusste sie nicht. Im Augenblick war ihr nur eines klar. Sie musste auf der Stelle ins Bett. Sie konnte sich kaum mehr aufrecht halten. Vor ihren Augen verschwamm die Umgebung. Die Müdigkeit legte sich auf sie wie ein bleiernes schwarzes Segel.

DRITTER TAG

Anyana

Ein Schrei weckt sie auf. Die Stimme klingt hoch, schrill, erfüllt von Angst. Gleich darauf brüllt ein Mann. Er ist wütend. Sie hört ein Klatschen. Etwas fällt zu Boden, Glas zerschellt. Das Brüllen des Mannes wird lauter. Erneut ein knallendes Klatschen. Augenblicklich verstummt die hohe Stimme. Nur das zornige Wüten ist noch zu hören. Zwei, drei Schreie, dann ist es vorbei. Sie lauscht in die Stille. Sie versucht die Augenlider zu heben. Sie schafft es nicht. Sie haben ihr etwas gegeben. Ein Medikament, vielleicht auch Drogen. Sie kann sich dumpf daran erinnern. Da waren zwei Männer. Sie sind durch die Tür gekommen. Wann war das? Sie strengt sich an, die Szene in ihren Kopf zu bekommen. Es fällt ihr schwer. Andauernd verschwimmen die Konturen. Kaum hat sie das Gefühl, einen Splitter der Erinnerung erfasst zu haben, zerfällt er im nächsten Moment wie brüchiger Mörtel. Hatte einer der beiden Männer dunkles Haar? Trug der andere ein Tablett in der Hand, auf dem sich kleine Flaschen befanden? Sie weiß es nicht. Sie erinnert sich an einen ganz bestimmten Geruch. Sie versucht mit aller Mühe, sich das Aroma ins Gedächtnis zu rufen.

Knoblauch! Das war es. Plötzlich hat sie das Gefühl, wieder diesen Knoblauchatem auf ihrem Gesicht zu spüren. Er überschwemmt sie wie eine Schlammlawine, raubt ihr die Luft. Ihr wird übel. Der Kopf fühlt sich heiß an. Hat sie Fieber? Noch immer schafft sie es nicht, die Augenlider nach oben zu schieben. *Wo sind die anderen?* Sie erschrickt über die Frage, die plötzlich in ihrem Kopf auftaucht. Welche anderen? Sie versteht die Frage nicht. Langsam lässt sie Luft aus ihrem Mund strömen. Das beruhigt sie, der stickige Knoblauchgeruch lässt nach. Zugleich erscheinen schemenhaft neue Bildfetzen. Sie sieht ein Auto. Es ist groß. Sie erinnert sich an Augen. Erschrockene Augen, geweitet vor Entsetzen. Gesichter von Mädchen. Namen tauchen auf. Savina … Ioana … Mara … Es sind viele Mädchen, aber sie schafft nicht mehr alle Namen. Auch die Gesichter verschwimmen, rinnen weg wie Sand, wie von Wellen weggeschwemmt. Ihr Hals brennt. Etwas Saures, Schleimiges steckt in ihrer Kehle. Es fühlt sich ekelig an. Sie kämpft gegen den Brechreiz. Sie muss das nächste Mal besser achtgeben. Sie muss unbedingt bei klarem Verstand bleiben. Vielleicht kann sie das Medikament ausspucken, das man ihr gibt. Wenigstens einen Teil davon. Unter der Zunge halten, vortäuschen, dass sie alles runterschluckt, und ausspeien, wenn die Männer das Zimmer verlassen. Oder haben sie ihr die Drogen mit einer Nadel gespritzt? Dann kann sie die Substanzen nicht einfach ausspucken. Wann werden die Männer wieder auftauchen? *Sie dürfen das Handy nicht finden!* Welches Handy? Sie glaubt, sich diese

Frage schon einmal gestellt zu haben. Sie strengt sich an, die Augen zu öffnen. Sie schafft es immer noch nicht. Dann hört sie wieder die zornige dunkle Stimme. Sie kommt näher. Panik erfasst sie. Sie muss die Augen aufbekommen! Sie muss wissen, was rings um sie passiert. Streng dich an, Anyana, reiß dich am Riemen! Du hast es geschafft, an deinem fünften Geburtstag auf den Birnbaum zu klettern, höher als alle anderen! Du hast sogar die Buben hinter dir gelassen. Du schaffst es auch jetzt! Mit Aufbietung aller Kraft schiebt sie die schweren Lider in die Höhe. Die Bewegung ist schmerzhaft. Ihre Augen brennen wie Feuer, aber sie sind offen. Rings um sie ist Dunkelheit. Die zornige Stimme ist ganz nahe. Sie hört das Geräusch eines Schlüssels, das Niederdrücken einer Klinke. Wieder überkommt sie das das Gefühl, von einer Lawine aus ekligem Knoblauch überschwemmt zu werden …

Stella

Sie konnte die Laptopdateien nicht öffnen. Sie waren durch ein Passwort geschützt.

Stefan hatte sie um halb zehn vom Hotel abgeholt. Sie wusste nicht mehr, wie sie ins Bett gekommen war. Als der Wecker sie um 8.30 Uhr aus dem Schlaf riss, hatte sie lange gebraucht, um sich zu orientieren. Eine zehnminütige Dusche, erst heiß, dann kalt, brachte ihre Lebensgeister halbwegs zurück. Das erste Ziel war die Polizeidienststelle im Zentrum von Oberndorf. Postenkommandant Zwill konnten sie nicht antreffen, er war zu einem dringenden Einsatz aufgebrochen. Ein anderer Beamter überreichte ihr die Tasche mit dem Computer. Sie versuchte als Codewort Bernardos Geburtsdatum, dann ihr eigenes. Beides passte nicht. Sie probierte alle möglichen Namen und Zahlenkombinationen, die ihr zu ihrem Sohn einfielen. Mit sieben Jahren hatte Bernardo einen Hamster bekommen, den er Raffaelo taufte. Sie gab auch diesen Namen ein. Nichts. Keiner ihrer Versuche führte zur gewünschten Wirkung. Sie ließ es schließlich bleiben. Sie würde den Laptop mitnehmen. Vielleicht kamen ihr während der Fahrt noch andere Ideen für das möglicherweise richtige Passwort. Bevor sie in den Lungau aufbrachen, hatte Stefan noch etwas zu erledigen.

»Ich muss kurz zur Stille-Nacht-Kapelle. Der Regisseur der Fernsehsendung wartet dort auf mich. Es gilt noch ein paar Unklarheiten auszuräumen. Das wird nicht lange dauern.«

Der Stille-Nacht-Bezirk in Oberndorf lag nördlich vom Ortszentrum. Stefan parkte den Wagen neben einem Gebäude mit der Aufschrift »Stille Nacht Einkehr«. Vor den Stufen, die zur Kapelle führten, wartete eine Gruppe von vier Personen auf den Projektbetreuer der Landestourismusgemeinschaft: der Regisseur der TV-Übertragung, die redaktionell verantwortliche Produzentin, ein Bildmeister und der Chefkameramann. Stella hatte kurz überlegt, im Wagen auszuharren, stieg dann aber doch aus, um sich noch ein wenig die Beine zu vertreten. Bei der Fahrt in den Lungau würden sie ohnehin lange im Auto sitzen. Stella war nicht mehr bewusst gewesen, wie nahe der Stille-Nacht-Bezirk an der Salzach lag. Sie stieg langsam die Stufen hoch, die zur Uferpromenade führte. Oben angekommen, fiel ihr Blick zunächst auf ein hoch gestelltes dunkles Objekt mit ausgestanzten Zeichen. Sie trat näher. Es war eine Art Denkmal zu Ehren von Leopold Kohr. Sie erinnerte sich an die Passage aus Stefans Vortrag vom gestrigen Abend, als Kohr am Weihnachtsabend 1941 im Garten des Weißen Hauses den Auftritt von Roosevelt und Churchill erlebt hatte. Stella war überzeugt, dieses Erinnerungsmal noch nie gesehen zu haben. Es musste nach ihrem Weggehen errichtet worden sein. Die aufrecht stehende Tafel war raffiniert gestaltet. Durch die Ausnehmungen der Schrift und der Portraitzeichnung konnte man hindurchsehen. Die Leerstellen gaben den Blick frei auf das jenseitige Ufer. Die Salzach machte an diesem Punkt eine Schleife, vollführte nahezu eine 180-Grad-Wendung. Auf der anderen Seite des Flusses lag die bayrische Gemeinde Laufen. Trotz des leichten Schneefalls war die Sicht passabel. Die markanten Konturen der Stiftskirche waren gut auszumachen. Stella ließ ihre Augen entlang der Promenade über die Schautafeln gleiten, die das diesseitige Ufer säumten. »Wasser: Segen und Fluch«, stand auf einer zu lesen. Oberndorf und Laufen hatten jahrhundertelang unter den Folgen verheerender Überflutungen zu leiden. Nach einer Serie von Hochwasserkatastrophen in kurzen Abständen hatte die Regierung der k. und k. Monarchie 1899 beschlossen, den Ort Oberndorf 800 Meter flussaufwärts zu verlegen. Das bedeutete auch, dass das neue Gemeindezentrum sich ab dem 20. Jahrhundert nicht mehr dort befand, wo es noch zu Zeiten von Gruber und Mohr gelegen war, auf dem Marktplatz rund um die Schifferkirche St. Nikola. Das vom Hochwasser stark beschädigte Gotteshaus wurde 1906 endgültig abgerissen. Somit gab es die Kirche nicht mehr, in der zur Christmette des Jahres 1818 zum ersten Mal »Stille Nacht« erklungen war. Stella stieg langsam die Stufen hinab. Wie eine überdimensionale große Laterne ruhte die achteckige Gedächtniskapelle auf einem flachen Hügel im Zentrum des Areals. Sie war in den 1930er-Jahren auf dem Schuttkegel der ehemaligen St. Nikola Kirche errichtet worden. Am Fuß des Hügels erinnerten noch Mauerreste an den ursprünglichen Bau. Stefan war mit den Fernsehleuten im Inneren der Kapelle verschwunden. Von der Salzachseite fegte ein harscher Wind über das Gelände.

Stella steckte die Hände in die wärmenden Taschen ihrer Jacke. Die Silhouette des Gedächtnisbauwerks war markant. Weltweit kannten Stille-Nacht-Bewunderer die berühmte Ansicht. Auch hier im Stille-Nacht-Bezirk entging man den Abbildungen nicht. Selbst wenn man sich vom Original auf dem Hügel abwandte, stieß man in den Schaufenstern der umliegenden Gebäude ständig auf die Kapelle. Sie prangte auf Tellern und Trinkgläsern, auf Krügeln, Schüsseln und Kaffeetassen, auf Büchern, Puppen, Engeln und Weihnachtskitschkugeln jeglicher Art. Der ehemalige Pfarrhof, in dem Joseph Mohr zwei Jahre lang gelebt hatte, war zum Stille-Nacht-Museum umgebaut worden. Ihm gegenüber befand sich ein helles Gebäude, das als Stille-Nacht-Shop ausgewiesen war. Hier konnten sich die Besucher mit allem Möglichen eindecken, das unter der Marke »Stille Nacht« verkauft wurde. Von der Weihnachts-CD mit dem Lied in 15 Sprachen, darunter auch Chinesisch, Russisch und Koreanisch, bis zum »traditional feel good Stille-Nacht-Trunk«, von »Stille Nacht Kuss«-Süßigkeiten über Sofakissen, Spielzeug, Christbaumschmuck, Wandposter, Miniaturkapellen bis zu Kräuterbitter und Punschgetränken, die das Konterfei von Gruber und Mohr zierten. Stella schüttelte sich. Im Grunde war ihr das Lied egal, sie konnte wenig damit anfangen. Aber die billige Verramschung und schamlose Vermarktung waren ihr dennoch ein Gräuel. Sie stapfte zum Gebäude des ehemaligen Wasserturms und wartete auf Stefan.

»In den vergangenen Jahren hatten wir meist grüne Weihnachten, aber heuer ist es Gott sei Dank anders.«

Er wirkte aufgeräumt, als er bei ihr auftauchte. »Eine richtige Winterlandschaft, so wie man es sich zu Weihnachten vorstellt. Schnee auf den Dächern der Häuser, auf dem alten Turm, auf dem Museum, auf dem Stille-Nacht-Postamt und natürlich auf dem Mittelpunkt des Platzes. Die Meteorologen versprechen, das soll sich bis zum Heiligen Abend nicht ändern. Die Fernsehleute sind begeistert.« Er deutete mit der Hand zur Kapelle. »Stell dir vor, die Kamera schwenkt von der Ansicht des Daches langsam nach unten. Feierliche Klänge von Geigen und Posaunen sind zu hören. Der Blick für die Millionen TV-Zuschauer weitet sich. Die gesamte Kapelle kommt ins Bild. Ihre Mauern schimmern im magischen Licht. Auf den Stufen zum Eingang sind die Musiker des kleinen Orchesters postiert, flankiert von den Sängern des Chores, die rings um den Hügel stehen. Dutzende Fackeln stecken im weißen Schnee. Ein prächtiges Bild. Die Sänger heben an zum ersten Weihnachtslied dieses besonderen Abends … So wird der Auftakt der Jubiläums-Sendung ›200 Jahre Stille Nacht‹ zu erleben sein. Und eine ähnliche Stimmung, festlich, weihnachtlich, winterlich, erwartet uns auch an den anderen der insgesamt fünf Stille-Nacht-Schauplätzen bei dieser Liveübertragung.«

Sie wollte seinen Enthusiasmus nicht bremsen. Sie spürte allerdings nichts von seiner Begeisterung in sich selber. Sie wollte nur möglichst schnell von hier wegkommen. Sie gingen zurück zum Wagen. Stefan öffnete ihr die Tür, ließ sie einsteigen. Dann ging er um das Auto herum.

»Herr Doktor, bitte warten Sie …«

Stefan schaute hinter sich. »Um Himmels willen, nicht der schon wieder«, knurrte er. Ein bärtiger Mann mit grauer Trachtenjoppe und dunklem Hut stürmte auf ihn zu. Stefan hob abwehrend die Hände. »Lieber Herr Hintergattinger, es tut mir furchtbar leid, aber ich habe es sehr eilig. Ich muss dringend nach Mariapfarr.«

Aber der Mann hatte ihn schon erreicht, hielt ihn am Ärmel fest. Als der Angekommene wahrnahm, dass eine zweite Person im Auto saß, lüftete er kurz den Hut, deutete eine Verbeugung an.

»Hintergattinger Benno, angenehm, gnädige Frau …« Dann wandte er sich an den Projektkoordinator der Landestourismusgemeinschaft.

»Es gibt ein neues Gutachten, Herr Doktor. Von einem berühmten Professor aus München. Ich habe es dabei.« Er griff in die Tasche, drückte Hochberg einen Umschlag in die Hand. »Das müssen Sie sich unbedingt anschauen.« Stefan steckte das Schreiben ein. »Gut, ich nehme es mit. Aber jetzt müssen wir aufbrechen.« Mit einem energischen Ruck befreite er sich aus dem Handgriff des Bärtigen und stieg ein.

»Aber Sie könnten doch jetzt gleich einen Blick drauf werfen. Die Zeit drängt. Ich habe auch schon mit dem Herrn Fernsehregisseur gesprochen …«

Stefan schloss die Tür, öffnete mittels Tastendruck das Fenster einen Spaltbreit.

»Ich schaue es mir an, wenn ich Zeit dafür finde. Und wenn sich tatsächlich ein neuer Aspekt ergeben sollte, dann rufe *ich* Sie an. Und nicht umgekehrt. Haben wir uns verstanden?«

Er startete den Motor, stieß zurück.

»Machen Sie sich keine Umstände, Herr Doktor«, hörte er den Mann durch das noch geöffnete Fenster schreien. »Ich rufe gerne Sie an. Oder noch besser, ich komme am Abend zu …« Wohin der Mann kommen wollte, war nicht mehr auszumachen. Stefan hatte das Fenster geschlossen. Er drückte heftig aufs Gaspedal. Stella sah im Außenspiegel noch die Gestalt des Mannes, der ihnen heftig gestikulierend nachwinkte.

»Was war denn das für ein sonderbarer Auftritt? Wer ist der Mann?«

»Benno Hintergattinger, Leiter des Heimatmuseums eines kleinen Salzburger Dorfes, an der Grenze zu Bayern. Vorsitzender der Vereinigung zur ›Erlangung des Prädikates einer Stille-Nacht-Gemeinde‹. Diese Kommission besteht hauptsächlich aus ihm selbst. Angeblich hat Franz Xaver Gruber einmal in seinem Heimatort übernachtet. Historische Belege dafür gibt es allerdings keinen einzigen. Alle die von uns befragten Experten schließen eine mögliche Anwesenheit Grubers in dieser Gemeinde völlig aus. Doch der Kommissionsvorsitzende Benno Hintergattinger besteht auf dieser für ihn unumstößlichen Tatsache. Im Heimatmuseum sei sogar das ehemalige Himmelsbett aus dem Gasthaus zu bewundern, in dem Gruber geschlafen hätte. Sogar der dazugehörige Nachttopf sei noch vorhanden.«

»Mit Inhalt?«

»Das habe ich den guten Benno noch gar nicht gefragt. Besser nicht. Sonst tischt er uns auch noch diese Grubersche Hinterlassenschaft auf.«

Sie versuchte ein Lächeln. »Ja, mein Lieber, das kommt davon, wenn man zum Jubiläum ein derartiges Spektakel aufzieht. Da wollen offenbar alle mitnaschen.« Die Episode amüsierte sie. Im nächsten Moment hielt sie inne, das Lächeln verpuffte. Heitere Stimmung war unangebracht, angesichts der Tatsache, dass ihr Sohn auf der Intensivstation lag und ums Überleben kämpfte. Sie war unterwegs, um sich Eindrücke über die letzten Tage vor Bernardos Unfall zu verschaffen. Sie bogen von der kleinen Zufahrtsstraße ab zur B 156. Auf der Landesstraße konnte Stefan das Tempo erhöhen.

»Du liegst sicher richtig mit deiner Einschätzung, Stella. Wir haben bei der Projektplanung spaßeshalber eine Wette abgeschlossen, wie viele von den 119 Salzburger Gemeinden übrig bleiben werden, die sich angesichts des Jubiläums nicht als Stille-Nacht-Gemeinden deklarieren.«

»Wie ist es ausgegangen?«

»Erstaunlich korrekt.« Er überholte einen Lastwagen, reihte sich dann wieder auf der rechten Spur ein. »Die sieben offiziell aufgelisteten Salzburger Stille-Nacht-Orte haben tatsächlich mit dem Leben von Franz Xaver Gruber und Joseph Mohr zu tun. Das sind Oberndorf, Arnsdorf, Hallein, Mariapfarr, Wagrain, Hintersee und die Stadt Salzburg. Dazu kommen als Stille-Nacht-Orte noch drei Gemeinden in Oberösterreich: Hochburg-Ach, Steyr und Ried im Innkreis. In Tirol sind es die beiden Zillertaler Orte Laimach-Hippach und Fügen. Und Achensee fügt sich auch in den Reigen ein.«

»Wer von den beiden war denn in Achensee, Gruber oder Mohr?«

»Keiner. Als der Zillertaler Ludwig Rainer mit seiner erfolgreichen Gesangstruppe aus den USA zurückkehrte, baute er in Achensee ein Hotel.«

»Ach ja, ich erinnere mich an gestern Abend. Die Rainer Family und ihre erfolgreiche Tournee in Amerika, darüber hast du ja referiert. Wie heißt das Hotel in Achensee?«

»Das gibt es nicht mehr, ist im Jahr 1900 abgebrannt.«

»Was? Weit und breit kein Gruber und kein Mohr? Nur die herumtourende Rainer Family, die ein Hotel baut, das es seit über 100 Jahren nicht mehr gibt! Und das reicht, um Stille-Nacht-Gemeinde zu werden?«

Sie schaute ihn von der Seite her an. Der Projektkoordinator zuckte mit den Schultern. »Ja, das genügt.«

Sie konnte sich einen Anflug von Lächeln nicht verkneifen.

»Vielleicht hat ja einer aus der Zillertaler Strasser Familie seinerzeit auf dem Weg nach Leipzig zufällig in Herrn Hintergattingers Nachttopf uriniert. Das könnte dann vielleicht auch für die Stille-Nacht-Auszeichnung genügen, wenn es schon mit Franz Xaver Gruber nicht klappt.«

Auf der Autobahn Richtung Süden kamen sie wegen des dichten Schneefalls nur langsam voran. An der Steigung vor der Abzweigung Bischofshofen geriet der Verkehr gänzlich ins Stocken. Ein Sattelschlepper war hängen geblieben, blockierte die halbe Fahrbahn. Es dauerte fast eine Stunde, bis sie im Schneckentempo an der Unfallstelle vorbeigelotst wurden. Erst ab Flachau ging es wieder zügiger voran. Knapp vor dem Portal zum Tauerntunnel überholten sie bei heftigem Schneetreiben ein Räumungsfahrzeug der Autobahnmeisterei. Dann wurden sie von der Tunnelröhre verschluckt wie vom Schlund zu einer geheimnisvollen Unterwelt.

»Na, das hätte ich nicht gedacht!«, entfuhr es Stella, als sie nach knapp sieben Kilometern auf der anderen Seite des Gebirges Tageslicht erreichten. Heller Sonnenschein erwartete sie. Vor dem Versenktwerden im Rachen der Tunnelröhre hatten sie mit dichtem Schneefall und eisigem Wind gekämpft. Und jetzt präsentierte sich ihnen eine prachtvolle verschneite Gebirgslandschaft, die im Sonnenlicht glänzte. Ein paradiesischer Anblick. Am marineblauen Himmel trieben nur wenige durchsichtige Wolkenbahnen.

»Ja, das fasziniert mich auch immer wieder«, stimmte ihr Stefan zu. »Der Lungau ist eben besonders. Man überwindet die Tauern und kommt in eine neue Welt, und das hat nicht nur mit dem oft total anders gearteten Wetter zu tun.«

An der Mautstelle St. Michael verließen sie die Autobahn. Stella konnte sich nicht erinnern, ob sie in ihrer Kindheit je in diese Gegend gekommen war. Vermutlich nicht.

Jeder Anblick erschien ihr neu. Als nach zehn Minuten an ihrer rechten Seite am Fuß eines sanft ansteigenden Bergrückens die Türme und Dächer einer stattlichen Burg auftauchten, war sie sich völlig sicher, hier noch nie gewesen zu sein. An diese beeindruckenden Mauern hätte sie sich gewiss erinnert.

»Das ist Schloss Moosham«, erklärte Stefan, »Schauplatz vieler gespenstischer Sagen, vor allem auch um den legendären Zauberer Jackl. An dieser Stelle soll ihn der Teufel zur Höllenfahrt mitgenommen haben. Das Schloss ist ein gefragter Drehort für Filmaufnahmen.«

Andere Mauern tauchten in Stellas Erinnerung auf, die Türme und Zinnen des Convento de Cristo. War das wirklich erst vorgestern gewesen, dass sie im Café auf der Praça da República gesessen und über die Statue des alten Ordensgroßmeisters auf die Dächer der Klosterburganlage geblickt hatte? Es kam ihr vor, als sei das in einem völlig anderen Leben passiert. Tomar schien ihr in diesem Moment so fern wie die nebelverhangene Welt, die sie jenseits des Tauerntunnels verlassen hatten. Ob die Bewohner der Lungauer Region dem sagenhaften Zauberer von Schloss Moosham auch ein Denkmal gesetzt hatten so wie die Leute von Tomar ihrem berühmten Tempelritter?

»Mariapfarr. Wallfahrtsort. Stille-Nacht-Gemeinde«, prangte als Schriftzug auf einem Schild neben der Straße. Schon von Weitem war der Ort an einer markanten Erscheinung auszumachen gewesen. Wie ein zugespitzter riesiger Stift schob sich aus der Ansammlung von Häusern der beachtliche Kirchturm in die Höhe. Stella konnte sich des Eindrucks nicht erwehren, sie schaue auf eine Rakete, ein Himmelsraumschiff, das angedockt war an den Korpus des Hauptgebäudes. Das Kirchengebäude glich einer Bodenstation für die nach oben strebende Nadel, eine Klammer zwischen Himmel und Erde. Der Ort lag auf einer Anhöhe. Stefan lenkte den Wagen ins Zentrum und parkte ihn neben dem Eingang zur Polizeiinspektion.

»Das ist der Pfarrhof.« Stefan wies auf ein großes historisch anmutendes Haus, das sich neben der Kirche befand. Das Areal vor dem Pfarrhof wies ein blaues Schild als Josef-Mohr-Platz aus. Ein auffällig gestalteter Brunnen bildete die Mitte des Platzes. Ein großes, rundes Steinbecken formte den unteren Teil des Brunnens. Darüber erhob sich eine Ansammlung aus Sockeln, Metallschalen und einer Weltkugel. Die Spitze bildete eine Bronzebüste, die offenbar den Textdichter des Stille-Nacht-Liedes darstellte. Eine weißblonde Frau im roten Anorak kam ihnen entgegen. Stefan stellte sie als die Kustodin des Stille-Nacht-Museums vor, zugleich verantwortlich für die Künstlerbetreuung bei der Fernsehsendung. Ihr Händedruck war warm, ihr Lächeln herzlich. »Die anderen sind schon oben. Wir haben mit der Jause auf euch gewartet.« Sie deutete zum Gebäude und ging vor. Stella warf noch einen Blick auf die großen Glastafeln, die das Areal rund um den Stille-Nacht-Brunnen säumten. »Santa nit, plàcida nit«, war auf einer der Tafeln zu lesen. Es folgte der Text des Stille-Nacht-Liedes in katalanischer Sprache. Die katalanische Stadt Matadepera war Partnergemeinde von Mariapfarr. Die anderen Tafeln vermittelten den Liedtext auf Deutsch und Englisch und gaben zudem Auskunft zur Geschichte des Liedes und zum Leben von Joseph Mohr.

»Stella, kommst du?« Stefan winkte ihr zu.

»Ja.« Im Umdrehen fiel ihr noch ein Satz an einer der Erklärungstafeln ins Auge.

Er bezog sich offenbar auf die kleine Weltkugel am Brunnen, die zwischen den beiden Wasserschalen schwebte.

»Das Lied umfließt wie das Wasser in Ruhe und Stille die ganze Welt bis in ihre kleinsten Winkel.«

»Stella!« Stefans Rufen war eindringlicher geworden.

Sie löste sich vom Anblick des Brunnens und eilte den beiden nach.

Das Pfarrhofgebäude war alt, über 300 Jahre in seiner jetzigen Baugestalt, wie sie später erfahren sollte. In einem Raum im ersten Stock erwarteten sie der Bürgermeister der Gemeinde, die Haushälterin des Pfarrers, der Pfarrer selbst, der örtliche Kommandant der Polizei und eine TV-Redakteurin, die für die Liveübertragung am Heiligen Abend verantwortlich zeichnete. Dass Bernardo bei seiner Recherchetour auch in Mariapfarr gewesen war, hatte Stefan schon bei ihrer Abfahrt erfahren. Stella hätte am liebsten den Pfarrer und die Museumkustodin gleich mit Fragen überhäuft. Aber sie musste sich gedulden. Zuerst wurde gegessen, teilte man ihr mit. Das sei hier so üblich, erklärte die Museumsleiterin mit dem schon bekannt freundlichen Lächeln. Das erinnerte Stella an Portugal. Dort hatte sie sich auch erst daran gewöhnen müssen, dass sie mit ihrer angeborenen Ungeduld beim Zusammentreffen mit den Einheimischen nicht weit kam. Was immer es auch Dringendes zu besprechen, was immer es Eiliges zu erledigen gab, zuerst setzte man sich an den Tisch, um gemeinsam ein Mahl einzunehmen. Es musste nichts Großartiges aufgetischt werden. Es genügte, ein wenig Brot, Käse, Oliven, Schinken zu reichen und ein Glas Wein zu trinken. Dann redete es sich leichter. Oliven wurden am großen Holztisch im Lungauer Pfarrhof keine gereicht, aber Käse, Speck und Brot gab es reichlich. Den Wein konnte man in gewohnt kühler Temperatur oder in Form von Glühwein genießen. Auch Tee, Kaffee und Süßspeisen gab es im Angebot.

»Darf ich fragen, was das ist?« Stella wies auf einen lang gezogenen gelblichen Laib, von dem einige halbkreisförmigen Scheiben abgeschnitten waren. Im hellen Teig steckten dunkle Fruchtstücke, offenbar getrocknete Weinbeeren.

»Das müssen Sie unbedingt kosten«, strahlte die Haushälterin und legte Stella zwei Scheiben auf den Teller. »Das ist eine Spezialität unserer Region, das Lungauer Rahmkoch. Das habe ich extra für heute gemacht.«

Kalorienbombe!, warnte Stellas Gehirn, als sie das erste Stück kostete. Aber es schmeckte köstlich. Sie vermeinte den Geschmack von Anis und Zimt zu spüren.

Die Leute am Tisch griffen herzhaft zu. Die gertenschlanke TV-Redakteurin versuchte das Angebot der Haushälterin abzuwehren, hatte aber wenig Chance gegen die gastfreundliche Charmeoffensive der Frau. Ein großes Stück Rahmkoch landete auf ihrem Teller. Stella war überrascht, als ihr der Pfarrer vorgestellt wurde. Sie hatte einen Mann in Soutane erwartet oder in einem anderen Kleidungsstück, das ihn auf den ersten Blick als Vertreter der Kirche auswies. Doch der groß gewachsene Mann, der sie begrüßte, trug Jeans und ein Flanellhemd mit großen Karos. Sein Händedruck war fest. Seine ganze Erscheinung passte eher zu einem Holzfäller, einem Bergbauingenieur oder einem Outdoor-Sportler als zu einem katholischen Priester. Sie bemerkte, dass der Pfarrer ihr immer wieder einen freundlichen Blick zuwarf, während er die TV-Redakteurin über die Besonderheiten des örtlichen Gotteshauses informierte. Er betonte dabei nicht ohne Stolz, dass es sich bei ihrer Pfarrkirche um die größte des gesamten Bundeslandes handle, eine Wallfahrtstätte seit dem Mittelalter. »Und wir bemühen uns seit Jahren, dass unsere Kirche als Basilika anerkannt wird.« Er hoffe sehr, dass vielleicht auch die weltweite Fernsehübertragung am Heiligen Abend mit dazu beitrage, die Genehmigung des Ansuchens zu beschleunigen.

»Bei wem liegt die Entscheidung?«, fragte die Redakteurin.

Der Pfarrer grinste. »Leider nicht bei uns.«

»Verstehe«, entgegnete die Fernsehfrau. »Roma locuta causa finita.«

Der Pfarrer nickte anerkennend. Offenbar saß er einer Mediendame mit guten Lateinkenntnissen gegenüber. Erst wenn Rom entschieden hätte, wäre die Angelegenheit erledigt. Stella hatte den Ausführungen mit halbem Ohr zugehört. Sie spürte, dass ihre Unruhe wuchs. Sie wollte hier keinem intellektuellen Geplänkel folgen, sie wollte Antworten auf ihre Fragen nach Bernardos Recherchen in diesem Ort. Beim Gedanken an ihren Sohn, der in einem Krankenbett vor sich hinvegetierte, künstlich ernährt über Schläuche, die von Maschinen in seinen Körper führten, während sie hier üppige Mehlspeisen verdrückte, wurde ihr leicht übel. Sie schob mit energischer Bewegung den halb geleerten Teller von sich. Dem Pfarrer war ihr plötzlicher Stimmungsumschwung nicht entgangen.

»Was sind die dringlichsten Punkte, die es zu besprechen gilt?«, wandte er sich an Stefan Hochberg. Der Projektkoordinator erklärte es. Morgen würden Beamte des Innenministeriums nach Mariapfarr kommen. Doch er habe jetzt schon eine Liste mit genauen Anweisungen mitgebracht. Die seien abgestimmt auf das erhöhte Sicherheitsaufkommen aufgrund der Warnung vor möglichen Terroranschlägen rund um die Liveübertragung. Diese Maßnahmen betrafen Zufahrtswege, Sperrgitter, Personenkontrollen, vergrößerte Abstände zwischen Bühne und Publikumsbereich, neue Kamerapositionen, aktualisierte Notfallpläne. Deshalb wolle er sich das gesamte Gelände zusammen mit der TV-Redakteurin, dem Bürgermeister, der Kustodin und dem Postenkommandanten nochmals anschauen. Sie würden gemeinsam festlegen, welche Vorschläge für notwendige Änderungen sie den Terrorspezialisten der Polizei unterbreiten könnten.

»Gut. Dazu braucht ihr mich nicht.« Der Pfarrer erhob sich vom Tisch und wandte sich an Stella. »Dann können wir beide uns in aller Ruhe dem gelockten Knaben widmen, wenn Sie möchten.«

Das Kircheninnere war hell, viel heller, als sie es von außen vermutet hatte. Tageslicht flutete durch die hohen gotischen Fenster, brachte den Raum zum Strahlen. Das Leuchten wurde verstärkt durch das makellose Weiß der Wände und den kristallin glänzenden Steinboden. Die kunstvollen schmiedeeisernen Rankengitter im hinteren Drittel der Kirche verliehen dem Raum eine zusätzliche noble Note. An den Wänden entdeckte Stella aufwendig restaurierte Fresken. Am anderen Ende des Hauptschiffes leuchtete der imposante Hochaltar. Der Pfarrer steuerte darauf zu. Stella folgte ihm. Nach wenigen Schritten blieb sie wie angewurzelt stehen. Der Anblick eines beeindruckenden Gebildes hemmte ihre Bewegung, zog ihre Aufmerksamkeit in den Bann. Vor ihr thronte ein mächtiger Steinquader. Seine Farbe war von ähnlicher Helligkeit wie jene des Fußbodens. Gleich einem urzeitlichen Ungetüm schien der Steinblock seine elementare Kraft im Raum zu verströmen. Geheimnisvolle Rinnen und Furchen durchzogen seinen steinernen Leib, verstärkten den Eindruck, der starre Quader sei in Wahrheit ein lebendiges Wesen. Stella trat ehrfürchtig näher, legte achtsam die Hände auf die glatt geschliffene Oberseite. Das Material empfand sie als kühl und zugleich vertraut. Ihre Haut verspürte ein belebendes Kribbeln. Sie ließ langsam ihre Finger bis an die Kanten gleiten, tastete sich entlang der Furchen und Aushöhlungen nach unten. Es fühlte sich an, als sauge der Marmorblock Kraft aus dem Untergrund, schicke sie nach oben zur Kirchendecke und weit darüber hinaus und gebe die Energie zugleich an den Boden zurück.

»Es freut mich, dass Sie der Stein offenbar beeindruckt.« Der Pfarrer war neben sie getreten. Sie war in die Knie gegangen, blickte ihn von unten her an.

»Als wir vor einigen Jahren mit hohem Aufwand die Kirche renovierten, gelang es den Experten, auch den alten Boden wieder im ursprünglichen Glanz erstrahlen zu lassen.« Er wies mit der Hand in den Raum. »Die lichtvolle Aura, die diesem Stein offenbar innewohnt und die wegen der Abnützung über viele Jahre kaum zu sehen war, hat mich nicht mehr losgelassen. Diese jahrhundertealten Platten stammen aus einem nahe gelegenen Steinbruch der Radstädter Tauern. Schon die Römer waren von der besonderen Struktur des Marmors fasziniert gewesen, hatten ihn für Wegsteine und andere Bauten verwendet. Der Steinbruch von Schaidberg ist seit Langem stillgelegt. Alle Experten sagten mir, es gäbe dort nichts mehr zu holen. Ich machte mich dennoch auf die Suche. Denn ich brauchte einen besonderen Stein, der einem neuen Volksaltar in unserer Kirche würdige Gestalt verleihen könnte. Und ich habe ihn entdeckt. Hier ist er, der wohl letzte Findling dieser Größe aus einer alten stillgelegten steinernen Quelle.« Er strich langsam über den Marmor. Seine Hände waren grob, erinnerten an die prankengleichen Gliedmaßen eines kraftstrotzenden Schmiedes. Dennoch war jede Bewegung seiner Finger von unvergleichlicher Zärtlichkeit getragen.

Stella verstand ihn. Sie konnte seine Faszination für diesen urzeitlichen Steinquader nachvollziehen. Auch sie liebte besondere Steine. Als sie sich vor Jahren in Portugal niedergelassen hatte, war sie anfangs viel herumgereist, um sich das Land und dessen Regionen vertraut zu machen. Dabei war sie auch nach Vila Viçosa gekommen, an der Grenze zu Spanien. Der Ort gehörte zusammen mit anderen aus der Gegend zum wichtigsten Abbaugebiet für portugiesischen Marmor. Sie war ähnlich vorgegangen wie der Pfarrer aus der Lungauer Gemeinde. Sie war einfach in einen der Steinbrüche marschiert, hatte sich vor die Felsbrocken gestellt und gewartet, bis sie das Gefühl bestärkte, ein ganz bestimmter Stein ziehe ihre Aufmerksamkeit auf sich. Aus diesem Block hatte sie eine Platte fertigen lassen, als Grundlage für einen Tisch mit einem Rahmen aus Nussholz. Sie hatte ihren späteren Mann Felipe in Lissabon kennengelernt. Ein Jahr darauf hatten sie geheiratet. Sie war schwanger, als sie nach Tomar übersiedelten. Felipe hatte ihr erzählt, er hätte dort ein Haus von seiner Tante geerbt. Sie hatte keine Ahnung gehabt von den Geschäften ihres Mannes. Er hatte sie nach Strich und Faden belogen. Selbst die Tante hatte es nie gegeben. Er hatte sich von einem Tag auf den anderen aus dem Staub gemacht und sie mit dem zweijährigen Bernardo und einem Berg von Schulden allein zurückgelassen. Die Bank hatte sie einen Monat später aus dem Haus geworfen. Sie hatte alles verloren. Aber der Tisch war ihr geblieben. Um ihn zu behalten, hatte sie gekämpft wie eine Löwin. Der Tisch stand heute noch in ihrem kleinen Appartement in der Travessa Serpa Pinto. Sie hatte oft die Hände auf die Marmorplatte gelegt. Dabei hatte sie eine ähnliche Vertrautheit empfunden wie bei der Berührung des urtümlichen Blockes aus den Radstädter Tauern, den sich der Pfarrer aus dem Lungau als Kraftquelle für sich und seine Kirchenbesucher mitten ins Gotteshaus gepflanzt hatte.

»Ihr Sohn hat sich übrigens ähnlich angezogen gefühlt wie Sie. Auch er ist beim Eintritt in die Kirche sofort auf unseren Altarstein zugesteuert, um ihn zu berühren.«

Die Erwähnung Bernardos versetzte ihr einen leichten Stich. Die unerwartete Entdeckung des faszinierenden Marmorblocks hatte sie von ihrer eigentlichen Aufgabe abgelenkt, wegen der sie gekommen war. Zugleich tat ihr der Hinweis des Pfarrers gut, dass Bernardo Ähnliches empfunden hatte wie sie.

»Ich hatte den Eindruck, er würde in seiner Reportage der Besonderheit des Steintisches mehr Platz widmen als unserem berühmten Bild.«

Er deutete zur Apsis. Sie trat neben ihn. In der Mitte des reich verzierten gotischen Altars glänzte ein Figurenensemble in leuchtenden Goldtönen. Eine Madonna mit Kind und Zepter, umgeben von Engeln, schaute auf den Betrachter. Die Flanken des Altars wurden von vier Bildtafeln beherrscht, zwei an jeder Seite. Stella trat näher. Was sie sah, verblüffte sie. Sie hatte sich in den letzten zwei Jahrzehnten einiges an Wissen über Kunstgeschichte angeeignet. Sie brauchte diese Kenntnisse für die Touristenführungen in ihrer portugiesischen Heimat. Es war ihr in diesem Augenblick bewusst, dass sie auf ein besonderes Exponat gotischer Kunstfertigkeit blickte.

Sie hätte in dieser abgelegenen Gegend, weit entfernt von der an kulturellen Prunkstücken reichen Landeshauptstadt, keine derart meisterliche Arbeit erwartet. Soweit sie es einschätzen konnte, stellten alle vier Tafelbilder Szenen aus dem Leben Marias dar, von der Verkündigung durch den Erzengel bis zur Krönung der Gottesmutter im Himmel. Die untere Tafel auf der linken Seite zeigte die Anbetung der Könige in einem wohl eher fiktiven Bethlehem. Maria saß vor einem Gebäude, das an eine mittelalterliche Wehranlage erinnerte. Im Arm hielt sie den Jesusknaben. Der Maler des Bildes hatte dem Kind tatsächlich eine auffallend gelockte dunkelblonde Haarpracht verpasst.

»Und dieses Bild hat Joseph Mohr zur Zeile vom ›holden Knaben im lockigen Haar‹ inspiriert?«

Der Pfarrer lächelte schelmisch. »Könnte doch gut sein. Was meinen Sie?«

Sie zuckte mit den Schultern. Der pfiffige Ausdruck in seinem Gesicht blieb. »Ich habe das zumindest vor Jahren einmal in einem Artikel erwähnt. Andere haben das aufgegriffen, und seitdem steht es in allen Büchern.« Sie blickte ihn von der Seite her an. Aus seinen Augen leuchtete der Schalk. Er setzte sich auf einen der hölzernen Hocker. Sie nahm neben ihm Platz.

»Diese Kirche strahlte vor 200 Jahren nicht den Glanz aus, den wir heute im meisterhaft renovierten Zustand erleben. Das Innere zeigte sich weitaus düsterer, wohl auch geheimnisvoller. Der Coadjutor Joseph Mohr hatte es nicht leicht, so wie die meisten Menschen zu dieser Zeit. Sie wissen sicher, dass 1816 als sogenanntes Jahr ohne Sommer voll von Katastrophen war. Die Menschen litten unter bitterer Armut, waren Not und Hunger ausgeliefert. Ich kann mir gut vorstellen, dass Joseph Mohr sich mehr als einmal zur nächtlichen Stunde hierher in seine Kirche begab, sich vor den Altar kniete, um zu beten, zu meditieren, um Trost zu finden. Vielleicht wollte er einfach die Stille auf sich wirken lassen, wollte eine Zeit lang wachen und achtsam sein. Und vielleicht sind ihm mit einem Blick auf dieses Bild die ersten Worte zu einem Text gekommen, der auch seine eigene Situation des Einsamseins, des Trostsuchens spiegelte. Stille Nacht, heilige Nacht. Alles schläft, einsam wacht. Nur das traute heilige Paar, holder Knab im lockigen Haar …«

Seine Augen ruhten auf dem Bild. Längst war aus ihnen der Ausdruck des Schalks gewichen. Der Mann neben ihr strahlte große Ernsthaftigkeit aus, und zugleich wohltuend tiefe Ruhe.

»Sie haben sich wohl eingehend mit Ihrem Vorgänger beschäftigt?«

Er nickte. »Ja, Joseph Mohr ist mir ein Vorbild geworden. Er kam aus ärmlichen Verhältnissen, wurde als uneheliches Kind geboren. Ein Domvikar in der Stadt Salzburg ermöglichte ihm Schulbesuch und Studium. Er war Zeit seines Lebens ein Kämpfer, der die Augen nicht vor den Sorgen und dem Elend der Menschen verschloss. Und er war zugleich auch ein geselliger Typ. Dieser Charakterzug von Mohr hat übrigens auch Ihren Sohn begeistert, als ich ihm davon erzählte.«

Sie versuchte sich Bernardo vorzustellen, wie er hier in der Kirche stand, die Hände auf den steinernen Altar legte, die Eindrücke auf sich wirken ließ.

»Es hat Ihrem Sohn gefallen, dass sich hinter der Person des Stille-Nacht-Autors weit mehr zeigte als ein klischeehafter schlichter Landpfarrer, der nur die Messe las und sich ausschließlich für die gottgefällige Ergebenheit seiner Schäfchen interessierte. Es imponierte ihm, dass man in Joseph Mohr einen Mann entdeckten konnte, der, wo immer er war, großes soziales Engagement an den Tag legte. In Mohr steckte ein für seine Vorgesetzten unbequemer Kritiker. Er krempelte die Ärmel hoch, um Hilfe für Bedürftige zu organisieren. Und bei all dem sorgenvollen Kümmern hatte Mohr auch große Freude am Feiern, an den geselligen Seiten des Lebens. Er liebte es, mit den Leuten im Wirtshaus zu sitzen, mit ihnen zu singen und zu musizieren.«

Im Gasthaus hatte man wohl andere Texte gesungen als »Einsam wacht« und »Schlafe in himmlischer Ruh«, war Stella überzeugt.

»Mein Sohn ist bei der Einlieferung ins Krankenhaus noch einmal kurz zur Besinnung gekommen. Einer der Sanitäter gibt an, Bernardo hätte etwas geflüstert, das sich anhörte wie *lockiges Haar*. Hat er sich über diese Phrase Ihnen gegenüber besonders ausgelassen?«

»Ja, das hat er tatsächlich. Und zwar mehrfach.«

Sie hob den Kopf, verspürte ein Kribbeln im Gesicht. Würde sie jetzt etwas erfahren, das ihr weiterhalf, die näheren Umstände zu Bernardos Unfall besser zu verstehen?

»Zunächst erwähnte Ihr Sohn, dass er sich erst im Zuge der Recherche mit dem deutschen Text des Liedes auseinandergesetzt hatte. In der portugiesischen Fassung von ›Noite feliz‹ käme die Wendung vom gelockten Knaben gar nicht vor.«

Ihr war das nie aufgefallen. Aber sie konnte sich auch nur an ein paar Brocken des portugiesischen Textes erinnern. Sie hatte nie mitgesungen, wenn Teresa oder andere in ihrer Gegenwart ›Noite feliz‹ angestimmt hatten.

»Ihr Sohn betonte auch, dass ihm seine Deutschkenntnisse bei den Recherchen sehr zugute kämen. Er wäre seiner Mutter heute noch dankbar, dass sie ihn zweisprachig erzogen hätte.«

Ja, das hatte sie. Obwohl sie mit ihrer alten Heimat gebrochen hatte und nie wieder zurückzukehren beabsichtige, wollte sie ihrem Sohn im Klang ihrer Muttersprache ein wenig von ihrer ursprünglichen Herkunft näherbringen. Sie hatte es immer genossen, sich mit Bernardo auch auf Deutsch auszutauschen. Das hatte sie beide in einer Umgebung mit völlig anderen sprachlichen Lauten immer auf besondere Weise verbunden. Dennoch war sie verwundert und zugleich berührt, dass Bernardo mit dem Lungauer Pfarrer, einem völlig Fremden, darüber gesprochen hatte.

»Sie sagten, Bernardo hätte bei Ihrer Begegnung auf die Phrase vom lockigem Haar gleich in mehrfacher Form Bezug genommen. Worum ging es noch?«

»Er lieferte nicht nur den Vergleich zum portugiesischen Text, er brachte auch eine wohl nicht ganz ernst gemeinte Überlegung ins Spiel. Mich hat seine Betrachtungsweise sehr amüsiert. Er fragte, von wem der Knabe wohl sein lockiges Haar habe, von der Mutter oder vom Vater.« Bei dieser Erinnerung musste der Pfarrer schmunzeln.

»Und er formulierte auch selbst gleich die Antwort. Das Kind konnte die Lockenpracht wohl nur von der Mama geerbt haben, meinte er, denn der gutmütige Zimmermann sei ja nur als sogenannter Nährvater aufgetreten, und laut Überlieferung keinesfalls als samenspendender Erzeuger. Das genetische Erbgut des Heiligen Josef sei gemäß Bibel nicht im Spiel gewesen.« Das Schmunzeln des Pfarrers wurde breiter.

»Und Ihr Sohn wies mich auf noch etwas hin. Man müsse nur die Bilder in unserer Kirche genauer betrachten, dann hätte man schon den Beweis, dass die Locken von der Mama stammen.«

Stella musterte das Gemälde vor ihr. Sie verstand nicht, was der Pfarrer meinte. An der Figur der Maria konnte man keine Haarpracht erkennen. Ihr Kopf war von einem silberfarbenen Tuch bedeckt. Auch nicht eine einzige Strähne war auszumachen, an der man die von Bernardo ins Spiel gebrachte Schlussfolgerung nachvollziehen könnte.

»Sie müssen Ihre Aufmerksamkeit auf das Bild über Ihnen richten.«

Stella sah nach oben. Die Tafel oberhalb der Bethlehemdarstellung zeigte die Verkündigungsszene. Ein Engel mit goldenen Flügeln und aufgebauschtem Gewand rauschte in das Zimmer, in dem die Jungfrau an einem Lesepult saß. Marias Haupt war auf diesem

Bild unbedeckt. Das Haar, das ihr vom Kopf auf die Schultern rieselte, war anmutig gewellt. Die kupferne Farbe glich den Strahlen der Abendsonne.

»Marias prachtvolle Locken sind auch auf der rechten Altarseite zu sehen, bei der Darstellung ihrer himmlischen Krönung.«

Stella stellte sich Bernardos verschmitztes Gesicht vor, als er mit dem Pfarrer die genetische Übertragung der Lockenform von Maria auf ihren Sohn erörterte. Schon als Kind hatte es ihm helle Freude bereitet, sich stundenlang in gespieltem Eifer über Antworten auf die absurdesten Fragen auszulassen. Dennoch fand sie in der Schilderung des Pfarrers auch nicht den Ansatz einer Erklärung, warum Bernardo im Krankenwagen ausgerechnet von *lockigem Haar* geredet hatte. Vielleicht hatte der Sanitäter sich doch nicht verhört. Vielleicht hatte Bernardo tatsächlich *bockiges Haar* gesagt. Vielleicht hatten die geflüsterten Worte aber auch gar keinen Bezug zum Unfallhergang, und sie trachtete nur mühevoll einen Bezug herzustellen, den es gar nicht gab.

»Jedenfalls hat Ihrem Sohn die Wendung *lockiges Haar* gut gefallen«, setzte der Priester seinen Bericht fort. »Sollte er je ein Liebesgedicht in deutscher Sprache schreiben, dann würde er die Phrase einbauen, meinte er. Auf Deutsch klänge die Wendung für ihn weitaus poesievoller als auf Portugiesisch.«

Auf Portugiesisch? *Cabelo encaracolado*? Gelocktes Haar? Diese Anspielung auf ein mögliches Gedicht verwirrte sie noch mehr. Sie hatte sich an einen Strohhalm geklammert. Sie hatte gehofft, die Darstellung auf dem

Altarbild würde sie vielleicht einen Schritt in der Frage nach den Umständen des Unfalls weiterbringen. Aber Bernardos rätselhafter Ausspruch war wohl doch nur das bedeutungslose Gestammel eines verwirrten Schwerverletzten.

»Haben Sie mit Ihrem Sohn, als er noch Kind war, zu Weihnachten beide Versionen gesungen, die deutsche und die portugiesische?«

»Keine von beiden.« Sie blies unwirsch die Luft aus ihrer Nase. »Ich kann mit dem Lied nichts anfangen.« Falls ihn ihre Antwort überraschte, zeigte er es nicht. Er setzte in ruhigem Ton fort.

»Für mich ist ›Stille Nacht‹ schon wichtig. Einerseits als Botschaft des Friedens. Halb Europa hatte jahrelang unter den Verwüstungen der Napoleonischen Kriege gelitten. Die Länder waren ausgeblutet. Alles, woran die Menschen sich klammern konnten, war ein Funke von Hoffnung. Diese Sehnsucht auf ein besseres Leben klingt in Joseph Mohrs Text auch an. Aber viel mehr noch ist ›Stille Nacht‹ für mich ein Lied, das in meinem Innern eine ganz bestimmte Saite anklingen lässt. Es erinnert mich an Weihnachten, wie ich es als Kind erlebt habe. Zu Hause, in der Familie. Wir haben immer ›Stille Nacht‹ gesungen. Nicht weil es Tradition war, sondern weil uns das Lied berührte. Ich glaube, Weihnachten ist auch dazu da, dass wir die Verbindung zum eigenen Kindsein nicht verlieren. Und dieses Lied schafft es für mich, das Tor immer wieder neu zu öffnen.«

Sie saßen schweigend nebeneinander auf den Hockern. Nach einer Weile fragte der Pfarrer: »Gefällt Ihnen das

Bild?« Er deutete auf die Bethlehemszene. Sie musste sich eingestehen, dass die Kunstliebhaberin in ihr von der meisterlichen Ausführung der Bildtafeln beeindruckt war.

»Ja, ich finde, hier war ein großer Meister am Werk. Die Darstellung ist sehr gelungen. Nur mit der Geschichte, die dahintersteckt, kann ich nichts anfangen. Das liegt schon daran, dass ich nicht an das Märchen von der Jungfrauengeburt glaube. Und an einen heilsbringenden Gott, der damit zu tun hat, schon gar nicht.«

Er nickte langsam, bedächtig.

»Ja, das verstehe ich gut. Mir geht es manchmal ganz ähnlich. Man kann all diese Szenen einfach als eine Ansammlung von Legenden, Halbwahrheiten, Symbolen betrachten, ohne viel darüber nachzusinnen. Man kann sich aber auch nur hierher setzen und das Bild auf sich wirken lassen. Das mache ich oft. Und alles, was ich dann sehe, ist einfach eine Mutter und ihr Kind.«

Sie blickte mit Verwunderung auf den Mann im karierten Hemd, der neben ihr saß. Seit ihrer Ankunft setzte er sie in Erstaunen. Das war ein ganz anderer Pfarrer als der, den sie aus ihrer Kindheit kannte. Der hatte sich immer mit Süßigkeiten bei ihr eingeschleimt. Und dabei hatte er ihr mit seinen schwitzenden Händen aufs Knie gegriffen. Einmal hatte er auch ihre Brust betatscht. Dabei hatte er so getan, als sei ihm das völlig unabsichtlich passiert. Sein scheinheilig schmieriges Grinsen sah sie immer noch vor sich. Als sie ihrem Vater von diesen Übergriffen erzählte, hatte der den Ledergürtel geschnappt und sie verdroschen. Als verleumderische Lügnerin hatte er sie hingestellt. Sie hatte die Bluse, auf der die eklige Hand des Pfarrers gelegen hatte, verbrannt. Die Abscheu, die sie dabei empfunden hatte, kam ihr auch jetzt wieder in den Sinn. Ihr wurde übel.

»Möchten Sie reden?«

Sie blickte ihn an. »Worüber?«

»Worüber Sie im Augenblick gerne sprechen wollen.«

Sie erhob sich mit einer hastigen Bewegung.

»Tut mir leid, Herr Pfarrer, das ist sicher nett gemeint. Aber ich war seit meiner Kindheit in keinem Beichtstuhl mehr. Und ich habe nicht vor, daran etwas zu ändern.«

Ihre Stimme klang eisig, schroffer, als sie es beabsichtigt hatte. Er stand langsam auf. Würde er sie jetzt anfassen? Ihr mit feuchten Händen irgendeine Form von verlogenem Mitgefühl aufpressen?

»Ich käme nie auf die Idee, Sie zu einer Beichte zu drängen, Frau Pilar. Ich hatte einfach nur *reden* gemeint. Sonst nichts.« Er hob seine Schmiedehände, aber er berührte sie nicht.

»Ich lasse Sie gerne allein, falls Sie noch hierbleiben wollen. Sie finden mich im Pfarrhof. Ich habe dort einiges zu erledigen.«

Er drehte sich zum Altar, machte das Kreuzzeichen. Dann bewegte er sich mit ruhigen Schritten auf den Seitenausgang zu. Sie hatte das Gefühl, ersticken zu müssen. Kaum war der Pfarrer verschwunden, stürzte sie durch das Hauptportal nach draußen. Sie stand mitten auf dem Friedhof. Der Gottesacker zog sich rings um die Kirche. Der imposante spitze Glockenturm stach in die Höhe. Der Himmel zeigte sich inzwischen schiefergrau. Das Kirchengebäude erinnerte sie nicht mehr an ein interstellares Raumgefährt. Eher an ein Schiff auf hoher See. Eine Arche, die fest ihren Kurs hielt, umgeben von einem Wellenmeer aus gusseisernen Grabkreuzen. Sie suchte hastig den Ausgang. In der Ferne erkannte sie Stefan. Er befand sich zusammen mit den anderen immer noch auf dem Platz für die geplante Liveübertragung. Die TV-Redakteurin zeigte eben mit ausholender Bewegung bestimmte Positionen an. Was mache ich nur hier?, hämmerte es in Stellas Kopf. Warum sitze ich nicht am Krankenbett meines Sohnes? Warum halte ich nicht seine Hand und bete, dass er nicht stirbt? *Beten?* Zu wem? Sie würde nicht beten. Aber was sollte sie sonst anstellen in ihrer Verzweiflung? Ein Tier opfern? Ein Lamm schlachten? Ihr eigenes Leben hergeben für das ihres Sohnes? Ja, das würde sie machen. Sie würde ihr Leben ohne zu zögern anbieten. Sie wusste nur nicht, wem. Sie beschleunigte ihren Schritt. Die Luft auf ihren Wangen fühlte sich kühl an. Sie begann zu laufen. Schneller! Sie hörte ihrem eigenen Keuchen zu. Noch schneller! Die Kälte begann an ihrer Haut zu schaben, frostiges Kribbeln machte sich breit. Doch das war ihr zu wenig. Was ihr fehlte, war die grimmige Faust des Atlantikwindes, der ihr die Kristallsplitter ins Gesicht drosch, dass sie vor Schmerz alles ringsum vergaß. Beweg dich, Stella! Du musst Tempo aufnehmen! Sie knallte die Sohlen ihrer Stiefel in den Boden. Seltsame Gebilde huschten an ihr vorbei. Ein Haus, auf dem »Sportwetten« stand. Ein riesiger doppelter Mühlstein in einem abgezäunten Feld. Ein Schild mit der Aufschrift »Totengassl«. Sie bekam wenig mit davon, achtete nicht darauf, was neben ihr passierte, hämmerte nur ihre Schritte über die Schneefahrbahn. Ein wütender Hupton fuhr sie an. Etwas Rotes schlitterte auf sie zu. Sie bremste ab, ließ sich zur Seite fallen, knallte auf den Straßenbelag. Ein Kastenwagen kam wenige Zentimeter vor ihr schlitternd zum Stehen. Der Fahrer kurbelte das Fenster herunter.

»Sind Sie wahnsinnig geworden?« Sie rappelte sich auf, schaute in dunkle Männeraugen. Aufwallender Zorn spiegelte sich darin, gepaart mit Entsetzen.

»Entschuldigen Sie!« Sie brachte die Worte fast nicht heraus. Ihr Atem glich dem Dampfen einer rastlosen Lokomotive. Der Mann schüttelte missmutig den Kopf. Dann stieß er den Wagen zurück und fuhr davon. Sie lehnte sich an die nächste Hausmauer. Am schiefergrauen Himmel zerflossen die Kondensstreifen eines Flugzeuges. Sie wartete, bis sich ihr wildes Keuchen allmählich beruhigte. Dann lenkte sie ihre Schritte zurück zum Pfarrhof.

Sie hatte erwartet, Stefan und das Veranstaltungsteam anzutreffen. Aber der Pfarrer saß allein am großen Holztisch. Auch die Haushälterin war nirgends zu sehen. Der Geistliche blickte von seinem Schreibheft hoch. Er lächelte ihr freundlich zu. Sie nahm am anderen Ende des Tisches Platz. Er stand auf, brachte ihr eine Tasse Tee.

»Möchten Sie noch ein Stück Rahmkoch oder etwas anderes zu essen?«

Sie schüttelte den Kopf. »Nein, danke.«

Er setzte sich wieder an den Tisch, fuhr fort, in sein Notizheft zu schreiben. Sie kostete vom Tee. Er war heiß. Ein zartes Aroma von Himbeeren machte sich in ihrem Mund breit.

»Darf ich fragen, woran Sie gerade arbeiten?« Er antwortete, ohne aufzublicken.

»Ich muss meine Predigt für kommenden Sonntag vorbereiten.«

»Worüber werden Sie reden am vierten Adventsonntag, einen Tag vor dem Heiligen Abend?« Nun hob er den Kopf.

»Darüber, was wir vorhin auf dem Bild gesehen haben.«

Sie blickte ihn fragend an.

»Über eine Mutter und ihr Kind.« Er blätterte nachdenklich in seinem Heft, als suche er eine bestimmte Stelle. Offenbar fand er sie nicht. Er begann wieder zu schreiben.

Sie nahm einen weiteren Schluck vom Tee. Der Geschmack der Himbeeren erinnerte sie an die Sommerdüfte im großzügig angelegten Garten ihres ehemaligen Hauses in Tomar. Bernardo planschte in einem Plastikbecken. Sie trank Himbeerbowle, Felipe Rotwein. Damals hatte die Welt noch keine Risse.

»Ich habe meinen Sohn seit drei Jahren nicht mehr gesehen. Wir sind im Streit auseinandergegangen.«

Sie erschrak über ihre Stimme. Der Klang war fremd. Als würde eine andere Frau hier im holzgetäfelten Raum sitzen und nicht sie. Die Augen des Pfarrers ruhten auf ihr.

»Dass sie beide die Verbindung zueinander abgebrochen haben, dafür gibt es wohl einen tief sitzenden, schmerzhaften Grund.«

Ja, den gab es. Doch sie hatte nicht vor, dem Priester auch nur irgendetwas darüber zu erzählen. Der Mann am Tisch machte keine Anstalten, sie danach zu fragen.

»Ich wünsche Ihnen von Herzen, dass der Zustand Ihres Sohnes sich bessert, damit Sie miteinander reden können. Es wäre furchtbar, wenn Sie beide im Streit Abschied nehmen müssten.«

Ja, das wäre furchtbar. Sie mochte es sich nicht ausmalen. Die Angst, Bernardo für immer zu verlieren, schnürte ihr die Kehle zu. Der Hals schmerzte wie eine offene Wunde. Sie hatte im ersten Jahr mehrmals versucht, Bernardo zu erreichen. Sie wollte sich für ihr törichtes Verhalten entschuldigen. Er hatte auf keine ihrer Nachrichten reagiert. Ihre Augen begannen zu brennen. Das Ziehen im Hals schwoll an. Sie kannte dieses Gefühl von früher, wenn Weinkrämpfe sie schüttelten. Aber jetzt kamen keine Tränen. Sie hatte keine mehr.

Sebastian

Der Schmerz in seinem Hals war wieder stärker geworden. Er griff zu den Lutschtabletten, die ihm die Mama vor zwei Stunden aus der Apotheke gebracht hatte. Er hatte sich am Vormittag bei der Probe in der Schule kurz auf die Bühnenbretter setzen müssen, weil ihm schwindlig geworden war. Die Lehrerin hatte seine Stirn betastet. »Du hast Fieber, Sebastian.« Darauf hatte Frau Stoydina seine Mutter angerufen. »Hoffentlich hat sich Sebastian nicht angesteckt«, hatte die Lehrerin gesagt, als die Mama ihn mit dem Auto abholte. »Nicht nur der Wernfried liegt mit Mittelohrentzündung im Bett. Auch zwei weitere Kinder sind krank geworden.« Er glaubte nicht, dass der Wernfried oder eines der anderen Kinder ihn angesteckt hatten. Ein Frösteln samt leichtem Halsweh hatte er schon gestern verspürt, als er nach der Schule heimgekommen war. Er hatte seiner Mutter nichts davon erzählt. Dass er fast täglich die Oma an ihrem Grab besuchte, dafür hatte die Mama volles Verständnis. Aber dass er sich eine Stunde lang auf den eiskalten Boden in den Schnee setzte, um zu weinen, dafür hätte sie ihn sicher geschimpft. Nicht wegen des Weinens, sondern wegen der Gefahr, sich zu erkälten. Er schraubte die Thermoskanne auf und goss sich Tee ein. Brrrr! Dieses Hustenteegebräu schmeckte schauderhaft. Er liebte Hagebuttentee und ganz besonders den süßen

Waldfrüchtetee, den ihm die Oma immer zur Kuchenjause in seiner Biene Maja-Tasse serviert hatte. Beim Gedanken an die Großmutter stiegen ihm wieder Tränen in die Augen. Auch bei der Oma hatte es mit Fieber begonnen. Aber die hatte sich nicht davor auf einen eiskalten Schneeboden gesetzt. Das wäre auch gar nicht möglich gewesen. Es war Frühsommer, als sie krank geworden war und man sie ins Spital brachte. Er konnte sich noch genau erinnern. Es war Mitte Mai gewesen. Alles hatte geblüht. Sogar das Schwimmbad war schon geöffnet. Die Sonne hatte zwei Wochen lang ununterbrochen vom Himmel gelacht. Keine Spur von einem auch nur klitzekleinen Fleckchen Schnee, an dem man sich erkälten konnte. Aber es war bei der Oma ja auch viel schlimmer gewesen als bei einer normalen Verkühlung. Sie war aus dem Krankenhaus nicht mehr heimgekehrt. Am zweiten Freitag im Juli hatten sie das Zeugnis erhalten. In Rechnen hatte er einen Zweier bekommen, sonst alles Einser. Eine Woche nach der Zeugnisverteilung war die Oma gestorben. Beim Begräbnis hatte die Sonne nicht mehr vom Himmel gestrahlt. Da hatte es gegossen wie aus Kübeln. Er griff nach einem Papiertaschentuch und schnäuzte sich. Sie fehlte ihm so sehr. Er wünschte, sie wäre noch am Leben und könnte am Freitag bei der Aufführung in der Schule in der ersten Reihe sitzen. Im vergangenen Jahr war sie beim Weihnachtstheater unter den Zuschauern gewesen. Aber da hatte er nur einen Hirten gespielt. Alles, was er zu tun hatte, war auf dem Boden zu liegen und vorzutäuschen zu schlafen, bis die Amalie im umgeänderten Erstkommunionskleid samt aufgeklebten Flügeln als Engel erschienen war, um sie aufzuwecken. Gezählte sieben Worte Text hatte er gehabt, mehr nicht. Und am Stall war er als einer der kleinsten Hirten zwischen den anderen kaum zu sehen gewesen. Aber heuer spielte er den Heiligen Josef. Er hatte den meisten Text im ganzen Stück und durfte sogar eine eigene Laterne mit einer echten brennenden Kerze halten. Aber die Oma würde nicht mehr dabei sein. Auch nicht daheim am Heiligen Abend. Er stieß einen tiefen Seufzer aus. Vielleicht war es gut, dass er ausgerechnet jetzt krank wurde. Dann sollte eben ein anderer den Heiligen Josef spielen. Und er könnte am Heiligen Abend mit Fieber und Husten im Bett bleiben. Dann müsste er nicht mit den Eltern und seiner Schwester vor dem Christbaum stehen. Ohne Oma. Er würde sowieso nicht singen wollen. Und die Geschenke konnte er auch zwei Tage später öffnen. Ein Schluchzen quälte sich aus seiner Brust. Er vermisste sie so. Auch ihre Stimme, mit der sie ihm oft Märchen erzählt hatte. Mit der sie ihm Lieder vorgesungen hatte, damit er sie nachsang. Diese Stimme hatte eine ebenso große Wärme ausgestrahlt wie ihre Hand. Man konnte sich so gut daran festhalten. Auch bei »Stille Nacht«. Seine Stimme war beim Singen mit ihrer Stimme eins geworden. Er biss sich auf die zuckenden Lippen. Dann wirbelte er herum, warf sich auf den Bauch und vergrub das Gesicht im Polster. Er presste den Mund gegen den Stoff des Kissens. Er wollte nicht, dass die Mama in der Küche sein Schluchzen mitbekam. Es dauerte eine Weile, bis er sich wieder umdrehte. Er wischte sich mit der Bettdecke die Tränen ab. Er starrte an die Decke, als sei dort oben etwas abgebildet, das ihm in seinem Kummer half. Nach einiger Zeit richtete er sich auf, griff nach der Teetasse. Er fasste einen Entschluss. Nein, er durfte nicht mehr krank sein! Wie zur Bestätigung nahm er einen großen Schluck Tee. Er hoffte, das widerliche Gebräu würde helfen. Er musste gesund werden und das Bett verlassen. Am besten schon morgen. Auch wegen der Schulaufführung. Er spielte den Josef wirklich sehr gerne. Aber viel wichtiger war die Idee, die ihm eben gekommen war. Er erhoffte sich davon Hilfe. Vielleicht würde der Schmerz in seinem Herzen wenigstens ein klein wenig nachlassen, wenn er sein Vorhaben umsetzte. Er nahm noch einen Schluck Tee. Er musste es wenigstens versuchen.

Sie erreichten auf der B 311 die Abzweigung nach Wagrain. Es begann zu dämmern. Nach seinen Recherchen am vergangenen Freitag war Bernardo direkt zu diesem Pongauer Ort weitergefahren, hatten sie von der Museumskustodin in Mariapfarr erfahren. Stefan wollte ursprünglich vom Lungau direkt nach Salzburg zurückkehren. Doch Stella hatte ihn bekniet, mit ihr anschließend noch nach Wagrain zu fahren. Sie wollte unbedingt mit jedem in Kontakt kommen, der mit ihrem Sohn in den Tagen vor dem Unglück gesprochen hatte. Sie wusste zwar nicht, was sie sich davon versprach. Aber es drängte sie dazu. Stefan hatte eingewilligt. Er verschob seine für den Abend geplanten Termine auf einen anderen Zeitpunkt. Dann hatte er telefonisch ihre Ankunft angekündigt, und sie waren losgefahren. Bei Bischofshofen hatten sie die Tauernautobahn verlassen, um ins Salzachtal Richtung Westen abzubiegen. Die Wagrainer Straße, die sie von St. Johann im Pongau weiterführte, stieg steil an und wurde im Verlauf immer enger. Viele Autos kamen ihnen entgegen, Schifahrer, die aus den Schigebieten nach Hause fuhren. Als sie den Ort endlich erreichten, war es dunkel. Die meisten Häuser im Ort waren erhellt vom Licht der Straßenlaternen, vom Schein der Reklameschilder und der schimmernden Weihnachtsbeleuchtung. Sie kamen nur langsam voran, Touristen und Einheimische drängten sich durch das enge Straßengewirr. An den weit ausladenden Ästen eines riesigen Baumes hingen kugelförmige Objekte. Von Weitem erweckte es den Eindruck, als hockten rätselhaft unförmige Vögel in den schneebeladenen Zweigen. Beim Näherkommen entpuppten sich die Körper als kunstvoll gestaltete Gebilde aus Metall und bunt erleuchteten Glasplatten. Rings um den mächtigen Stamm waren Stände eines Adventmarktes zu sehen. »Wagrainer Wunschlinde«, stand auf einem Hinweisschild, das in Richtung Baum wies. Die Lichtergirlanden mit den großen Sternen, die zwischen Geschäften und Hotels über die Straßen gespannt waren, erinnerten Stella an die weihnachtlichen Dekorationen in Tomar. An einer Hausmauer mitten im Ort prangte neben einer festlich geschmückten Tanne ein imposantes Plakat. Es zeigte einen älteren Mann mit schütterem Haar. Seine Rechte führte eine altertümliche Schreibfeder über ein Blatt Papier. Die Linke hatte er halb erhoben. Sein Gesichtsausdruck wirkte konzentriert, fast ein wenig entrückt. Es hatte den Anschein, als lausche er auf eine Eingebung. »Joseph Mohr 1792–1848«, war am unteren Rand des Plakates zu lesen.

»Wagrain war Mohrs letzte Station«, erklärte Stefan, während er das Auto im Schritttempo an der Hausmauer entlanglenkte. »Er kam 1837 als Vikar in den Ort, verbrachte hier die letzten elf Jahre seines Lebens. Sein Grab befindet sich auf dem hiesigen Friedhof. Die Gemeinde hält sein Ansehen nach wie vor hoch in Ehren. Mohr war ein engagierter Seelsorger. Er gründete einen Hilfsfonds, erwirkte, dass auch die Kinder aus ärmsten Familien die Schule besuchen konnten. Auf seine Initiative wurde später das erste Armen- und Altenheim errichtet.«

Sie schaute über die Schulter zurück. Der Mann auf dem Plakat mochte um die 50 sein. Aber dann konnten die Zeilen, die er in dieser Darstellung niederschrieb, nicht zum Stille-Nacht-Gedicht gehören. Diesen Text hatte er bekanntlich 1816 in Mariapfarr verfasst. Da war Mohr wesentlich jünger gewesen, gerade einmal 24 Jahre alt. Aber vielleicht nahm man das in einem Ort, der sich in die erlesene Gilde der Stille-Nacht-Gemeinden einreihte, nicht so genau.

Stefan hielt den Wagen an und ließ sie, wie vereinbart, aussteigen. Sie wollte alleine zur Kirche vorgehen. Er würde sie später dort abholen. Er wollte die Gelegenheit nützen, mit der örtlichen Kulturchefin und dem Bürgermeister über den aktuellen Stand der Vorbereitungen zur Fernsehübertragung zu reden.

»Herr Pilar war am Freitag ab dem späten Nachmittag hier«, hatte die Kulturvorsitzende am Telefon mitgeteilt. »Er interessierte sich sehr für das Joseph Mohr Gedächtnissingen, das bei uns jedes Jahr am Stefanitag zu erleben ist. Er hat dazu ein langes Interview mit der Organisatorin des Konzertes geführt. Sie probt derzeit mit einigen Musikern in der Kirche. Ich werde Ihren Besuch ankündigen.«

Die Kirchenanlage befand sich etwas oberhalb des Ortszentrums. Ein Schildergewirr begleitete Stella auf dem steil ansteigenden Weg. Eislaufplatz. Waggerl Haus. Stille-Nacht-Gedenkstätte. Kirchboden. Joseph-Mohr-Weg. Flying Mozart. Mit letzterem war wohl eine Schiliftanlage gemeint. Neben »Flying Mozart« prangte das Symbol einer Gondelkabine. Auf diese Weise hatte es der weltberühmte Komponist zumindest namentlich von der Stadt hier herein ins hinterste Tal geschafft. Sie hatte den obersten Bereich des Weges erreicht, das Gelände wurde flacher. Vor ihr tauchten die Umrisse der Kirche auf. Auch diese besaß einen Turm mit einer auffallend langen Spitze. Doch das gesamte Gebäude erschien Stella kleiner als jenes in Mariapfarr.

»Grüß Gott!« Drei junge Männer schritten nebeneinander aus dem Friedhofseingang, nickten in ihre Richtung. Auf dem Land grüßte man offenbar noch, selbst eine Fremde wie sie. Das erinnerte sie an Portugal. Auch dort wurde man meist offenherzig begrüßt. Und das sogar in manchen Städten. Sie erwiderte den Gruß. Die Männer trugen unförmig lange Gebilde. Stella brauchte etwas, bis sie erkannte, was die drei Herren geschultert hatten. Alphörner! Sie konnte sich nicht erinnern, wann sie zum letzten Mal die wuchtigen hölzernen Blasinstrumente gesehen hatte. Das musste in ihrer Kindheit gewesen sein. Der Eingang zum Friedhof war mit Christbäumen geschmückt. Stella bewegte sich durch das Tor. In fast allen Grablaternen flackerten Lichter. Auch auf diesem Areal prägte eine stattliche Anzahl schmiedeeiserner Kreuze die Aussicht auf die Gräber, ähnlich wie in Mariapfarr. Die große Eingangstür war angelehnt. Sie stieß sie sachte auf. Im selben Augenblick floss ihr Musik entgegen, wie klingende Wellen an einem Gestade. Bläsertöne waren zu hören. Die Musiker befanden sich offenbar im Bereich über ihr, vermutlich auf der Empore des Chores. Sie hielt abrupt inne, als sie bemerkte, welche Bewegung ihre Hand ausgeführt hatte. Sie hatte unbewusst die Finger ins Weihwasserbecken getaucht. So wie man es ihr als Kind von klein auf eingetrichtert hatte. Sie riss die Hand aus der Schale, trat rasch zwei Schritte zurück. Wo waren nur ihre Gedanken gewesen? Die Finger waren nass. Sie hob sie hoch, betrachtete sie verwundert. Das ist nur Wasser, Stella, sagte sie sich. Uraltes Symbol für den Quell des Lebens in allen Kulturen dieser Erde. Immer noch wurde sie vom Klang der Bläsermusik umspült, wie eine Insel im See. Eine Zeit lang verharrte sie unschlüssig. Dann trat sie entschlossen an das Becken und tauchte die Hand erneut ein. Sie benetzte sich Stirn und Mund. Dabei dachte sie an Bernardo. Sie wünschte innig, dass ihr Sohn noch Leben in sich spürte, dass der Quell des Daseins nicht versiegte. Sie legte die Finger ein weiteres Mal ins Becken, führte die Hand mit dem Wasser an die Brust, dort wo am Platz des Herzens der verdorrte Klumpen schlug. Ihre Gedanken überbrückten die Entfernung zwischen ihr und Bernardo, verweilten bei ihm im abgedunkelten Zimmer der Intensivstation. Dann tastete sie sich langsam vor ins Innere der Kirche. Sie nahm in einer der hinteren Bänke Platz, achtsam bemüht, kein Geräusch zu machen, um die Musiker nicht bei ihrer Probe zu stören. Der hintere Bereich des Kirchenraumes lag im Dunkel. Nur die erste Hälfte und der Bereich vor dem Altar waren erhellt. Stühle und kleine Tische waren auf der großflächigen Erhebung vor dem Altar aufgestellt.

Stella konnte einige abgelegte Musikinstrumente ausmachen. Eine Gitarre, ein Hackbrett, eine Ziehharmonika. An einer Säule lehnte ein Kontrabass, daneben war eine Harfe platziert. An einem der Tische saß eine Frau. Ihr wirres kupferrotes Haar schimmerte im Schein der Lichter. Ihr Kopf war nach oben zur Orgelempore gerichtet. Sie lauschte mit geschlossenen Augen den Bläserharmonien. Nach etwa einer Minute gelangten die Musiker ans Ende des Stückes. Der gemeinsame Schlusston war kräftig, wurde lange ausgehalten. Die Frau hielt noch immer die Augen geschlossen, wiegte sich im Nachhall des verebbenden Klanges. Dann öffnete die Rothaarige die Augen. Ihr Gesicht strahlte wie das eines glücklichen Kindes.

»Wunderbar!«, hallte es durch den leeren Kirchenraum. Die Frau applaudierte in Richtung Empore. »Genau so machen wir es. Diese ›Gagliarda‹ kommt als Nummer zwölf vor dem ›Adeste fidelis‹ des Chores. Vielen Dank, meine Herren. Wir sehen uns am Freitag bei der Hauptprobe.«

Gemurmel war von oben zu hören, das Schaben von Füßen auszumachen. Ein schwerer Gegenstand wurde zur Seite gerückt. Die Frau am Tisch griff nach einem Tuch, zog es zur Seite. Eine Zither kam zum Vorschein. Sie warf einen prüfenden Blick zur Orgelempore. Dann nickte sie, legte die Hände auf die Saiten und begann zu spielen. Im nächsten Augenblick überkam Stella das Gefühl, eine Stimme erreiche sie direkt aus dem Himmel, selbst wenn sie sich immer weigerte, an einen solchen zu glauben.

»Alle Jahre wieder kommt das Christuskind«, klang es von der Empore. Es war die Stimme einer jungen Frau, die durch den Kirchenraum schwebte, »auf die Erde nieder, wo wir Menschen sind.«

Die Stimme machte Stella neugierig. Sie verließ die Sitzreihe, um weiter vorne einen Blick auf die Sängerin zu werfen. Sie bewegte sich zu hastig, stieß mit der Hüfte gegen die Umrahmung einer der Bänke. Das Geräusch, das sie dabei verursachte, hörte sich im halligen Geviert an wie ein Knall. Die Rothaarige unterbrach augenblicklich ihr Spiel, blickte irritiert in die Richtung, aus der der Lärm zu vernehmen war. Auch der Gesang verstummte.

»Entschuldigung«, stammelte Stella. »Ich wollte Sie nicht unterbrechen.«

Die Frau an der Zither schirmte mit der Hand ihre Augen ab, um besser erkennen zu können, woher die fremde Stimme kam. Stella machte hastig ein paar Schritte nach vor, um in den beleuchteten Bereich zu gelangen. Die Frau nahm die Hand herunter.

»Guten Abend«, sagte sie in freundlichem Ton. »Sind Sie die Dame, die mich wegen des portugiesischen Journalisten zu sprechen wünscht?«

»Ja, aber ich will Sie nicht bei der Probe stören. Ich warte gerne bis zum Ende.«

»Wir sind in ein paar Minuten fertig, dann habe ich Zeit für Sie.«

»Vielen Dank.« Stella blieb im vorderen Bereich, nahm in der fünften Bankreihe Platz. Die Frau blickte hinauf zur Empore.

»Wir setzen mit der zweiten Strophe fort, mein Schatz. Wie ist das Tempo für dich?«

»Es passt schon, Oma«, war eine junge Stimme von oben zu vernehmen. »Langsamer sollte es auf gar keinen Fall sein.«

»Das finde ich auch. Lass es uns einmal eine Spur schneller probieren.«

»Gerne.«

Die Frau am Tisch griff wieder in die Zithersaiten. Stella wandte den Kopf, blickte nach oben. Am vorderen Rand der Empore war eine junge Frau mit langen braunen Haaren auszumachen. Sie stützte die Hände auf die Umrahmung, wartete konzentriert auf ihren Einsatz.

»Kehrt mit seinem Segen ein in jedes Haus. Geht auf allen Wegen mit uns ein und aus.«

Die beiden Frauen probten das ganze Lied nochmals. Dazu wählten sie ein neues Tempo. Dann waren beide zufrieden. Die Frau am Tisch griff nach dem Tuch, bedeckte damit ihr Instrument. Schritte hallten über das Steinpflaster. Die junge Sängerin eilte durch das Kirchenschiff nach vorne. Sie drückte der Rothaarigen einen Kuss auf die Wange. »Bis später, Oma. Ich sage den anderen Bescheid.«

Dann wandte sie sich um. Im Hinaushuschen winkte sie Stella kurz zu.

»Das ist meine Enkelin«, erklärte die Frau. »Sie ist nicht nur mein Sonnenschein, sie ist auch eine wunderbare Musikerin, spielt Harfe und Klavier und hat eine klassische Gesangsausbildung.« Sie deutete einladend auf einen freien Stuhl neben sich. Stella verließ die Kirchenbank. Sie reichte der Frau die Hand und nahm Platz.

»Mein Mann hat vor fast 60 Jahren diese Veranstaltung zusammen mit mir ins Leben gerufen. Seit seinem Tod kümmere ich mich alleine um die Konzerte.« Stella musterte erstaunt ihr Gegenüber. Vor fast 60 Jahren war die erste Veranstaltung? Dann musste die Frau weitaus älter sein, als sie vermutet hatte. Sie hatte sie beim ersten Hinschauen auf allerhöchstens Anfang 70 geschätzt. Das Gewirr der roten Haare, das ihr nach allen Seiten vom Kopf stand, ließ sie aussehen wie eine verschmitzte Waldelfenkönigin. Kaum eine graue Strähne war zu erkennen. Und die blitzenden Augen gehörten eher einem jungen Mädchen als einer Frau, die mindestens um die 80 sein musste.

»Normalerweise präsentieren wir unser Joseph Mohr Gedächtnissingen nur zu Stefani, am zweiten Weihnachtsfeiertag. Aber heuer bringen wir einen Teil davon schon am Heiligen Abend wegen der Fernsehübertragung.«

Sie griff nach unten, hob eine Thermoskanne vom Boden auf. »Möchten Sie auch einen Tee?« Stella lehnte dankend ab. Die Musikerin schenkte sich ein.

»Wie kann ich Ihnen helfen?«

Stella stellte sich vor, erläuterte die Zusammenhänge. Als sie von Bernardos Unfall und seinem kritischen Zustand auf der Intensivstation berichtete, zeigte die Frau eine Reaktion, die Stella überraschte. Die Rothaarige stellte die Teetasse ab. Dann beugte sie sich vor und umarmte Stella. Sie zog sie fest an sich. Im ersten

Moment wollte Stella die Umklammerung abwehren, sich dem Zugriff der ihr völlig fremden Frau entziehen. Aber dann ließ sie es geschehen. In Portugal waren die Menschen auch schnell bereit, andere zu umarmen. Es gehörte zum Ritual bei Begrüßungen, selbst Fremden gegenüber. Stella hatte sich in den letzten Jahren diesem Vorgehen meist entzogen. Sie wollte nicht, dass jemand mit ihrer leblosen Brust in Berührung kam. Anstelle eines Herzens steckte darin nur ein verwelkter Klumpen. Teresa hatte sich gelegentlich über Stellas Widerstreben hinweggesetzt. Doch deren Umarmungen fühlten sich anders an, belangloser. Die Frau hier in der Kirche drückte sie auf besondere Weise an sich. Stella war erstaunt, welche Wärme von der zierlichen Musikerin ausging. Sie sprach kein Wort. Sie sagte nicht, wie sehr sie es als Mutter nachvollziehen könne, was Stella durchmachte. Sie gab ihr keine allerbesten Genesungswünsche für den Schwerverletzten mit auf den Weg. Nichts von alledem. Sie hielt Stella einfach fest. Und das war gut. Stellas Verkrampfung begann sich zu lösen. Sie hob zögernd die Arme und legte sie um die Schultern der Frau. Einige Herzschläge lang verharrten sie in der Umarmung. Dann lösten sie sich voneinander. Die Frau am Tisch sprach noch immer kein Wort. Stattdessen griff sie nach dem Tuch und deckte die Zither ab. Sie begann zu spielen.

Im ersten Augenblick dachte Stella, die Frau stimme »Stille Nacht« an. Die erste Intervallfolge war dem Beginn des Weihnachtsliedes ähnlich. Doch dann nahm die sanfte Weise eine ganz andere Richtung. Zur ersten

Melodiestimme gesellte sich bald eine zweite, in Terzen, wie Stella erkannte. Gleich darauf folgten tiefere Töne.

»Das ist einer meiner Lieblingsjodler«, sagte die Frau, während sie gleichmäßig die Saiten zupfte. »Ich habe ihn oft mit meinem Mann gesungen, wenn uns schwer ums Herz war.« Die Stimme der Zither berührte Stella, strich über sie hinweg, füllte den leeren Raum mit Klang.

Als sie fertig war, legte die Musikerin wieder das Tuch über die Zither, so als würde sie einem schlafenden Kind die Bettdecke richten.

»Ihr Sohn war am Freitagabend hier. Ich habe ihm einiges über das Gedächtnissingen und über unsere Familienmusik erzählt.« Ihre Hand machte eine ausladende Bewegung, wies auf die Harfe, den Kontrabass und die übrigen Instrumente. »Die anderen kommen in einer Stunde. Dann wird weiter geprobt. Die Familienmusik ist der Kern unserer Veranstaltungsreihe. Ich habe Ihren Sohn als äußerst sympathischen jungen Mann erlebt. Wir haben hier in der Kirche gesessen und viel gelacht. Er hat sehr charmant mit meiner Enkelin geflirtet. Und er wollte unbedingt, dass ich ihm auf der Zither vorspiele.« Sie lächelte. Aus den Augen blitzte das schelmische Leuchten der Waldelfin. Dann erzählte sie weiter von ihrer Begegnung mit Bernardo. Stella hörte zu, stellte ab und zu eine Frage. Über *lockiges Haar* hätte der sympathische junge Mann mit ihr nicht gesprochen, bedauerte die Frau. Da könne sie Stella leider nicht weiterhelfen. Er habe ihr am Schluss der Begegnung versprochen, im nächsten Jahr wiederzukommen, um sich das Konzert anzuhören. Heuer wäre ihm das leider nicht möglich, da er in wenigen Tagen nach Portugal zurückkehren müsse, um den Bericht für die Zeitung fertigzustellen.

Die Eingangstür wurde aufgestoßen. Beide Frauen richteten ihren Blick auf den abgedunkelten hinteren Bereich. Stefan tauchte auf, eilte die Bankreihen entlang bis zu ihnen. Er begrüßte die Musikerin, die beiden kannten sich seit vielen Jahren.

»Kommst du zur Generalprobe?«

Er bestätigte. »Ist fix in meinem Terminkalender eingetragen. Wie geht es euch mit den Vorbereitungen?«

»Alles bestens«, strahlte die rothaarige Waldelfenkönigin. Die beiden tauschten noch ein paar Bemerkungen bezüglich des geplanten Programmes aus. Dann war es Zeit aufzubrechen. Stella erhob sich, bedankte sich und folgte Stefan. Sie hatten schon fast den Ausgang erreicht, als ihr die Frau hinterherrief.

»Ich gehe fest davon aus, dass Ihr Sohn im nächsten Jahr zu unserem Konzert kommen kann. Es wäre schön, wenn Sie mitkämen.« Stella wandte sich um, winkte noch einmal zurück. Was in einem Jahr sein könnte, daran wollte sie in diesem Augenblick nicht denken. Ihre und Bernardos Zukunft war schicksalshaft mit den zuckenden Lichtstreifen verbunden, die an den elektronischen Geräten an der Seite des Krankenbettes glühten. Alles hing davon ab, in welche Richtung sie sich bewegten.

»Der Wagen steht gleich da drüben in einer Seitenstraße«, sagte Stefan, als sie Seite an Seite den Friedhof verließen. Die Luft erschien ihr eisig. Stella empfand sie noch um einiges kälter als vorhin beim Anstieg. Aber vielleicht hatte sie durch ihr rasches Tempo, durch das sie ins Schwitzen gekommen war, die Umgebungstemperatur auch anders wahrgenommen.

»He, was soll das?« Stefans Brüllen riss sie aus ihren Gedanken. Am unteren Ende der dunklen Seitenstraße war eine Gestalt auszumachen. Sie stand neben Stefans Wagen. Die erhobene Hand drosch mit einem länglichen Gegenstand auf das Fahrzeug. Glas zersplitterte. Im selben Moment heulte die Sirene der Alarmanlage auf. »Sind Sie verrückt?« Stefans Stimme hörte sich schrill an. Er begann zu laufen. Stella blieb wie erstarrt stehen. Die Gestalt vor ihnen griff in den Wagen. Stefan war schon am Auto, um den anderen zurückzureißen. Erneut hob die Gestalt den Arm. Stefan duckte sich. Der Schlag traf ihn an der Schulter. Seine Beine knickten ein. Stella begann zu schreien. Die Gestalt blickte in ihre Richtung. Dann setzte sie sich in Bewegung. Es war ein Mann, der auf Stella losstürmte. Seine rechte Hand umklammerte ein Eisenrohr. In der Linken hielt er die Tasche, die er aus dem Wagen gezerrt hatte. Rufe wurden hinter Stellas Rücken laut. Der Mann stoppte ab. Einen Herzschlag lang setzte Stellas Schreien aus. Sie war verblüfft. Dieses Gesicht hatte sie doch schon einmal gesehen. Aber wo? Die Rufe wurden lauter, das Geräusch von schnellen Schritten war zu hören. Der Mann spähte hastig nach allen Seiten. Dann ließ er das Rohr fallen, sprang samt der Tasche über einen hüfthohen Gartenzaun. Zwei junge Männer erreichten Stella im Laufschritt.

»Was ist passiert?« Sie sackte in die Knie. Alles, was sie herausbrachte, war ein Wimmern. Sie deutete hilflos mit der Hand in Stefans Richtung. Weitere Personen tauchten auf, zwei Frauen und ein älterer Herr. Sie nahmen Stella an den Armen, halfen ihr, wieder in die Höhe zu kommen. Die jungen Männer waren auf Stefan zugeeilt, der sich langsam aufrappelte. Stella blickte zum Gartenzaun. Der Unbekannte war weg, die Dunkelheit hatte ihn verschluckt. Durch die Nacht hallte immer noch das Schrillen der Sirene.

Der ältere Herr stellte sich als Gemeindearzt vor. Er tastete Stefans Schulter ab. »Es scheint nichts gebrochen zu sein«, bemerkte er. Die dick gepolsterte Winterjacke hatte die Wucht des Schlages offenbar gedämpft. Dennoch empfahl der Arzt dringend eine Abklärung mittels Röntgenaufnahme. Ein Streifenwagen tauchte auf, eine der Frauen hatte die Polizei alarmiert. Erst in diesem Augenblick registrierte Stella, was der Unbekannte aus dem Auto gestohlen hatte. Die Tasche mit Bernardos Laptop! Die Erkenntnis traf sie wie ein Keulenschlag. Ihre Knie wurden weich. »Ist Ihnen schwindlig?«, fragte der hilfsbereite Gemeindearzt. Sie winkte ab. »Nur ein kleiner Schwächeanfall. Es geht schon wieder.«

Ihre Gedanken begannen zu rasen. Jemand schlug mit einem Rohr eine Autoscheibe ein, um eine Tasche zu entwenden. In der Verpackung befand sich Bernardos Laptop. Handelte es sich bei dem Zugriff um einen zufälligen Raubüberfall oder steckte mehr dahinter? Sie versuchte, sich das Gesicht des Mannes in Erinnerung zu rufen. Wo hatte sie es schon gesehen? Sie kam nicht drauf. Dann mussten Stefan und sie die Fragen der Beamten beantworten.

»Das war leider nicht der erste Überfall dieser Art«, bemerkte einer der Polizisten. »Das war schon der vierte Diebstahl in diesem Monat. Wir haben es in der Gegend mit einer Bande zu tun, deren Mitglieder vor allem aus Osteuropa kommen. Ich hoffe, Sie sind gegen Diebstahl versichert.«

Die Nachricht vom Überfall hatte sich rasch herumgesprochen. Immer mehr Leute eilten herbei, darunter auch die rothaarige Musikerin mit ihrer Enkeltochter. Der Bürgermeister bot sich höchstpersönlich an, Stefan und Stella ins Krankenhaus nach Schwarzach zu bringen, damit man den Grad der Verletzung mittels Röntgenaufnahme abklären konnte. Der Gemeindearzt versprach, sich um den aufgebrochenen Wagen zu kümmern. Sein Schwager hätte in St. Johann eine Autowerkstätte. Der könne Stefans Volvo abschleppen und sich um die zerbrochene Scheibe kümmern.

Eine Stunde später lag das Ergebnis der Untersuchung vor. Die Einschätzung des Gemeindearztes bestätigte sich. Die Röntgenbilder zeigten keine Bruchverletzung. Allerdings würde sich im Schulterbereich bald ein großes Hämatom bilden. Stefan bedankte sich für die Hilfe und schluckte zwei der dargebotenen Schmerztabletten. Der Bürgermeister fragte, ob sie beide im Ort übernachten wollten, dann würde er sich gleich um ein Hotelzimmer bemühen. Er könnte auch einen Taxidienst organisieren, der sie zurück nach Oberndorf brachte. Noch ehe Stella antworten konnte, lehnte Stefan das fürsorgliche Angebot des Bürgermeisters ab. Er wolle lieber selbst mit dem Wagen heimfahren, falls der Mechaniker anstelle des zerbrochenen Fensters ein taugliches Provisorium anbringen konnte.

Und so waren sie eine halbe Stunde vor Mitternacht wieder auf der Autobahn. Stefan lenkte den Volvo in Richtung Salzburg. Der hilfsbereite Schwager des Gemeindearztes hatte nicht einmal zu einer Ersatzvorrichtung greifen müssen. Im Lager hatte sich eine passende Scheibe für das linke hintere Fenster gefunden. Stefan wollte die Reparaturarbeit bezahlen. Doch der Bürgermeister ließ das nicht zu. Die Kosten für die Unannehmlichkeit übernehme selbstverständlich die Gemeinde, hatte er erklärt. Während der gesamten Heimfahrt sprachen sie nur wenig. Der Schreck des brutalen Überfalls steckte beiden tief in den Knochen.

Vor dem Hoteleingang ließ Stefan sie aussteigen. Er versprach, sich im Lauf des kommenden Vormittags telefonisch zu melden. Stella schleppte sich hundemüde in die Eingangshalle und fuhr mit dem Lift nach oben. Seit sie Wagrain verlassen hatten, hämmerte ein und dieselbe Frage in ihrem Gehirn. *Wo habe ich das Gesicht dieses Mannes schon einmal gesehen?* Obwohl die Müdigkeit an ihr fraß wie ein hungriges Tier und sie sich nichts sehnlicher wünschte, als sich hinzulegen, stellte sie sich noch unter die Dusche. Zehn Minuten lang ließ sie heißes Wasser auf ihre müde Haut prasseln. Dann warf sie sich aufs Bett. Bilder, Sätze, Eindrücke dieses unendlich langen Tages schwirrten durch ihren Kopf. Der Pfarrer im karierten Hemd tauchte in ihrem Geist auf. Der gelockte Jesusknabe auf dem Schoß der Maria. Der schlitternde rote Kastenwagen und die vor Schreck geweiteten Augen des Fahrers. Die Stimme der jungen Sängerin, die »Alle Jahre wieder« intonierte. Die alte Frau mit den jungen Waldelfenaugen, die sie innig an sich drückte. Und immer wieder fegten die Bilder aus der düsteren Seitenstraße durch ihre Gedanken. Wie in einem verlangsamten Film lief die Szene ab: Die Gestalt, die mit dem Rohr ausholte. Der Schlag, der Stefan niederstreckte. Die Konturen des Mannes, der auf sie zuhetzte. Woher kannte sie dieses Gesicht?

Sie wälzte unruhig den Kopf über das Kissen. Sie bemühte sich krampfhaft, eine geeignete Stellung zu finden, um endlich einschlafen zu können. Ihr war heiß. Sie schleuderte die Bettdecke zu Boden, nur um sie Minuten später wieder aufzuheben. Die drängende Frage ließ sie nicht los. Wo hatte sie den Mann schon einmal gesehen? Das Umgebungslicht in der Seitenstraße war schwach gewesen. Doch es hatte gereicht, um das Gesicht zu erkennen, als der Mann frontal auf sie zulief. Sie versuchte, sich an Details zu erinnern. Die Form des Kopfes war schwer auszumachen gewesen. Der Kerl hatte eine Kapuze getragen. In Gedanken tastete sie die Gesichtspartien ab. Die breite Stirn, die Augen, die Nase, die aufgewölbten Lippen. Wie von unsichtbarer Hand gezogen schnellte ihr Oberkörper mit einem Mal in die Höhe. Die Antwort war da! Schlagartig war ihr klar, wo ihr der Mann zuvor schon begegnet war. Im Krankenhaus! Es war der breitschultrige Kerl mit den wulstigen Lippen. In der Klinik hatte der Mann keine Kapuze getragen, sondern eine Baseballkappe. Er hatte sich im Wartebereich in der zweiten Etage kurz umgesehen und war dann wieder verschwunden. Sie sprang aus dem Bett, zitterte am ganzen Leib. Ihr war heiß und zugleich übel. Es fühlte sich an wie fiebriger Schüttelfrost. Sie stützte sich an der Wand ab. Was hatte das alles zu bedeuten? Derselbe Mann, dem sie am Vortag im Krankenhaus begegnet war, tauchte heute Abend in Wagrain auf und brach ausgerechnet jenes Auto auf, in dem die Tasche mit Bernardos Sachen lag. Das konnte kein Zufall sein!

Sie kämpfte gegen das Schwindelgefühl, ließ sich auf die Bettkante nieder. Die seltsame Begebenheit vom Abend ihrer Ankunft fiel ihr ein. Sie hatte das Hotel verlassen, um Luft zu schnappen. Sie hatte sich dabei auf den Wald zubewegt, in dem Bernardos Unfall passiert war. Hinter ihr war ein Auto stehen geblieben. Der Fahrer hatte die Scheinwerfer ausgeschaltet. Steckte auch hinter diesem seltsamen Vorfall der Kerl mit den wulstigen Lippen? Saß er hinter dem Steuer? War ihr der Mann vom Krankenhaus gefolgt, um sie zu beobachten? Im Spital hatte sie noch mit dem Gedanken gespielt, der Kappenträger suche vielleicht den Weg zur Entbindungsstation. Möglicherweise waren seine Absichten von ganz anderer Art, als einen Krankenbesuch abzustatten? Erneut schüttelte sie ein fiebriger Schauder. Sie langte nach ihrem Handy. Es war drei Uhr morgens. Sie wählte die Nummer der Klinik. Adama war nicht auf der Station, sie hatte heute keinen Nachtdienst. Die Frau am Telefon stellte sich als Schwester Rosanna vor. Stella bemühte sich, ihrer aufgeregten Stimme einen festen Klang zu verleihen. Sie wollte nicht den Eindruck einer durchgeknallten hysterischen Person erwecken, die um drei Uhr morgens nichts Besseres zu tun hatte, als auf Intensivstationen anzurufen. Sie stellte sich als Bernardo Pilars Mutter vor, erklärte hastig die Zusammenhänge.

»Derselbe Mann, den ich am Montagnachmittag im zentralen Wartebereich der Klinik sah, hat uns heute Abend in Wagrain überfallen. Er hat meinen Begleiter verletzt und aus dem Auto eine Tasche gestohlen. Diese Tasche gehört meinem Sohn. Das kann kein Zufall sein! Ich fürchte, der Mann könnte erneut auftauchen, um dann Bernardo etwas anzutun.«

Schwester Rosanna bemühte sich, Stella zu beruhigen. Sie hätte vor einer Stunde nach dem Patienten gesehen. Es wäre alles in bester Ordnung. Niemand könne die Intensivstation ohne den passenden Zugangsschlüssel betreten. Und der sei sicher verwahrt. Sie versprach, gleich nochmals nach dem Patienten zu schauen. Und sie würde auch den Nachtportier informieren. Dann beendete Schwester Rosanna das Gespräch. Stellas nackte Füße pflügten über den Teppichboden des Zimmers. Das Telefonat hatte sie nicht beruhigt. Im Gegenteil, ihre Angst wuchs. Wer mit Eisenrohren Autoscheiben einschlägt und Leute niederprügelt, der kann auch einen Nachtportier austricksen. Dem würde es nicht schwerfallen, eine Nachtschwester zu überwältigen und den Schlüssel für die Intensivstation in seine Gewalt zu bringen. Erneut schaute sie auf die Digitalanzeige des Handys. 3.32 Uhr. Egal! Sie musste es tun. Sie wählte die Nummer des Postenkommandanten. Raimund Zwills Stimme klang verschlafen.

»Ja, bitte?«

Sie schilderte ihm, was passiert war.

»Sie müssen meinen Sohn schützen, Herr Zwill! Bitte schicken Sie augenblicklich einen bewaffneten Polizisten in die Klinik.«

Der Postenkommandant hatte ihr schweigend zugehört. Seine Stimme klang nach wie vor müde.

»Frau Pilar, bitte verstehen Sie mich nicht falsch. Ich zweifle nicht an Ihren Beobachtungen. Dennoch könnten Sie sich auch geirrt haben. Sie stehen seit der Nachricht vom Unfall Ihres Sohnes unter großem psychischen Stress. Es ist halb vier Uhr morgens. Da kann ich ohnehin nicht viel tun. Die Nachtschwester haben Sie schon verständigt, das war sehr vernünftig. Ich mache Ihnen folgenden Vorschlag. Sie versuchen zu schlafen. Und um 8.30 Uhr kommen Sie zu mir ins Büro. Dann sehen wir weiter.«

Er legte auf. Sie warf das Handy aufs Bett und begann wieder im Zimmer auf und ab zu marschieren.

VIERTER TAG

Carola

Der Frühverkehr auf der Alpenstraße war wie gewohnt dicht. Carola bremste scharf, brachte ihren Wagen gerade noch vor dem Heck eines Kleintransporters mit der Aufschrift »Installateur Express Notdienst« zum Stehen. Die Digitalanzeige am Armaturenbrett zeigte 7.01 Uhr. Sie schaltete das Radio ein, um die Nachrichten zu hören.

»… wurde von einem Sprecher des Innenministeriums bestätigt. Demnach hätten österreichische Sicherheitskräfte in Zusammenarbeit mit der deutschen Polizei eine Reihe weiterer Personen festgenommen, die in Verdacht stehen, an der Planung der Anschläge auf zwei Wiener Weihnachtsmärkte beteiligt gewesen zu sein. Ob die im Internet kursierenden Meldungen der Wahrheit entsprächen, es hätten sich im Zuge der Festnahmen eindeutige Hinweise auf weitere Attentatsplanungen in München, Nürnberg, Salzburg und Innsbruck ergeben, wollte der Sprecher des Innenministeriums nicht bestätigen …«

Doch, es entsprach der Wahrheit! Ihr Chef hatte es vor einer halben Stunde am Telefon bestätigt. Das Ministerium hatte Nachrichtensperre verfügt. Die Details würde Carola bei der Besprechung erfahren, die für 7.30 Uhr angesetzt war. Der Kleintransporter vor ihr setzte sich langsam in Bewegung. Welches Ziel der Installateur-Notdienst auch immer erreichen wollte, *express* würde es wohl nicht gehen. Die Kolonne kam nur im Schneckentempo voran.

Alle anderen waren schon da, als Carola fünf Minuten nach halb acht mit einer Geste der Entschuldigung den Raum betrat und sich am Besprechungstisch niederließ.

Maik Gartner leitete die Sitzung. Der Salzburger Polizeipräsident war nicht unter den Anwesenden. Auf der Leinwand hinter dem Beamten des Innenministeriums waren Fotos von vier Männern und einer Frau zu sehen. Carola fand auf ihrem Platz einen schmalen Heftordner mit Unterlagen. Auch dort waren die Personen abgebildet, ergänzt um Namen und persönliche Daten. Gartner erläuterte kurz, wie es in Zusammenarbeit mit den deutschen Behörden zu den Verhaftungen gekommen sei. Er skizzierte auch die Verbindungen, die zwischen den fünf Festgenommenen und den verhinderten Attentätern von Wien bestand. Dann übergab er das Wort an Hauptkommissar Ferchen. Das Foto der Frau auf der Leinwand wurde größer.

»Namika Abbas, 26 Jahre alt, deutsche Staatsbürgerin. Sie wurde in Nürnberg festgenommen. Die Details zum persönlichen Umfeld entnehmen Sie bitte den Unterlagen. In der Wohnung der Verdächtigen fanden unsere Kollegen einen eindeutigen Hinweis auf ein geplantes Attentat in Salzburg.«

Das Portrait der Frau verschwand, auf der Leinwand erschien die Website einer Veranstaltung. »Salzburger Adventsingen im Großen Festspielhaus«, war zu lesen.

»Erste Erkenntnisse haben ergeben, dass der Anschlag für die letzte Aufführung der Veranstaltungsreihe am kommenden Freitag geplant war. Weitere Details sind nicht bekannt. Die Untersuchungen laufen. Die Zahl der Ermittler wird nochmals aufgestockt, das haben beide Ministerien, in Deutschland und in Österreich, zugesagt.« Der Hauptkommissar blickte zu Maik Gartner, der Beamte des BMI übernahm wieder.

»Die Veranstalter des Salzburger Adventsingens sind informiert. Das Konzert ist wie alle bisherigen restlos ausverkauft. Besucher und Mitwirkende zusammengezählt, würden sich am Freitag rund 2.300 Menschen im Großen Festspielhaus befinden. Die Entscheidung, ob die Aufführung unter erhöhten Sicherheitskontrollen stattfinden kann oder abzusagen ist, wird heute Nachmittag fallen.« Er richtete seinen Blick auf Carola. »Frau Dr. Salman, haben Ihre Ermittlungen im Fall des Toten Laith Hamudi irgendeinen Aspekt erbracht, der auf eine mögliche Verbindung zu einem der fünf heute Nacht Festgenommenen ergeben?«

Carola verneinte. Sie hatte schon während Ferchens Ausführungen Namen und Angaben in den Unterlagen im Schnellüberblick gecheckt. Nichts von all dem passte zum Umfeld des aus dem Fenster gestürzten Abteilungsleiters irakischer Herkunft.

»Die Bekleidungsfirma, für die Herr Hamudi arbeitete, hat auch eine Filiale in Nürnberg«, setzte Gartner fort. »Könnte sich hier eine mögliche Verbindung offenbaren? War er je in Nürnberg, eventuell bei einer Schulung oder einer Produktpräsentation?«

»Soviel ich derzeit weiß, war das nicht der Fall. Aber wir werden dem nochmals nachgehen.«

Gartner schaute auf sein Notebook. Die Hand betätigte die Computermaus.

»Ich kontrolliere gerade die Aufstellung der vorgefundenen Objekte aus Laith Hamudis Wohnung, die mir Ihre Abteilung übermittelt hat. Wie ich hier sehe, lag auf dem Küchentisch ein Prospekt des Salzburger Landestheaters. Dieser Folder bewirbt eine Stille-Nacht-Produktion des Theaters.« Er hob den Kopf vom Notebook, schaute sie an. »Das Programm zu einer weihnachtlichen Veranstaltung in der Wohnung eines Moslems, finden Sie das nicht auch etwas eigenartig, Frau Kollegin?«

Sie hielt seinem Blick stand. Was sollte das? Nur weil sich in Hamudis Küche ein Theaterprospekt fand, sollte ihn das automatisch zum Verdächtigen machen? Nicht nur das Salzburger Adventsingen setzte sich heuer voll und ganz auf das 200 Jahre alte Ereignis. Auch das Landestheater nützte das gewinnträchtige Jubiläum und hatte sogar einen oscarnominierten Komponisten für ein eigenes Musical engagiert. Kaum ein Kulturbetreiber des Landes ließ die Chance aus, sich auch ein gehöriges Stück vom großen Kuchen abzuschneiden. Alle machten mit. In den vergangenen Monaten war man von einer wahren Lawine an Prospekten, Postwurfsendungen, Zeitungsbeilagen und Werbebotschaften via Internet förmlich überrollt worden. Keiner war dem ausgekommen.

»Erstens, Herr Kollege, fanden wir keinen Hinweis, dass Laith Hamudi praktizierender Muslim war. Und selbst wenn, darf ein bisher völlig unbescholtener Bekleidungsverkäufer, der in Österreich geboren wurde, seit 32 Jahren hier lebt, der vielleicht auch für die Kultur dieses Landes offen ist, sich doch wohl für ein Musical im Landestheater interessieren, das dem internationalen Phänomen eines Weihnachtsliedes nachspürt. Was ist daran verdächtig? Außer man versucht, hinter allem und jedem einen Hinweis auf Terrorgefahr zu sehen. Möglicherweise interessierte Herrn Hamudi das Landestheaterspektakel auch gar nicht und er hat auch nur übersehen, den Folder in den Papierkorb zu werfen.« Der Beamte des Innenministeriums setzte zu einer Entgegnung an, wurde aber durch ein Klopfen unterbrochen. Eine Frau mit hochgesteckten Haaren und elegantem Kostüm erschien in der Tür.

»Entschuldigen Sie bitte die Störung, aber der Herr Polizeipräsident bittet dringend um das Erscheinen der Frau Chefinspektorin.«

»Jetzt?« Maik Gartner war verwundert. »Die Besprechung ist noch nicht beendet.«

»Das weiß der Herr Hofrat, aber die Sache ist wirklich von allerhöchster Dringlichkeit.«

Carola wartete nicht die Zustimmung des Sitzungsleiters ab. Sie packte ihren Kram zusammen und folgte der Frau im Kostüm. Eine Pause einzulegen und die Terrorprofis eine Weile sich selbst zu überlassen, konnte nicht schaden. Außerdem: Wenn Günther Kerner seine Sekretärin höchstpersönlich losgeschickt hatte, dann musste der Grund wirklich ein brisanter sein. Sie war verwundert, im Büro des Chefs auch Abteilungsinspektor Klaus

Trofler anzutreffen. Der Polizeipräsident hielt sich nicht lange mit Vorreden auf.

»Carola, du musst auf der Stelle nach Hallein.«

Sie schaute ihn irritiert an. »Warum? Sind dort neue Terrorverdächtige aufgetaucht?«

»Nein, die Gruber-Gitarre ist verschwunden!«

»Wie bitte?«

»Heute Nacht wurde ins Stille-Nacht-Museum eingebrochen und die Gitarre entwendet.«

»Und deswegen holst du mich aus dem Meeting, wo wir Terrorbedrohungen und mögliche Auswirkungen für Salzburg erörtern?«

»Darum kümmert sich ab sofort Abteilungsinspektor Trofler. Ich gebe dir fünf Minuten Zeit, um ihn auf den Stand der Ermittlung zu bringen. Und dann machst du dich auf den Weg nach Hallein!«

»Bist du verrückt geworden, Günther? Wir sind die Mordkommission! Ich kümmere mich doch nicht um den Diebstahl irgendeiner schwindligen Gitarre!«

»Das ist nicht irgendeine Gitarre, sondern jene, mit der vor 200 Jahren die Uraufführung von ›Stille Nacht‹ begleitet wurde!«

»Na und?«

»Diese Gitarre ist Mittelpunkt der heurigen weltweiten Fernsehübertragung. Sie wurde über hundert Jahre nicht mehr gespielt und soll heuer erstmals anlässlich des Jubiläums wieder erklingen. Was glaubst du, was hier los ist, seit die Diebstahlsmeldung aus Hallein kam? Die Fernsehverantwortlichen stehen Kopf. Der Landeshauptmann hat mich höchstpersönlich angerufen. Und vor zehn Minuten hatte ich sogar den Minister am Telefon.«

»Den Minister? Hat der nicht genug mit der Terrorgefahr und den möglichen Anschlägen zu tun?«

»Nicht der Innenminister. Der Minister für kulturelle Angelegenheiten hat mich angerufen, und zwar im Auftrag des Herrn Bundeskanzlers. Stell dir vor, was das für eine Blamage ist, wenn die Spitzen der heimischen Politik sich zusammen mit ihren ausländischen Staatsgästen bei der Fernsehübertragung in den Stille-Nacht-Orten tummeln und wir eingestehen müssen, dass die original Gruber-Gitarre entwendet wurde. Ich habe dem Herrn Minister versprochen, dass sich der Kripochef höchstpersönlich der dringenden Angelegenheit annimmt. Da wir Kollegen Merana kurzfristig an die Interpolgruppe zur Terrorbekämpfung abgeben mussten, ist jetzt der Stellvertreter am Zug. Und das bist du, Carola. Du machst dich augenblicklich auf den Weg. Ich werde auch nicht eine Sekunde länger mit dir darüber diskutieren.« Er hatte die Stimme angehoben. Das Telefon auf dem Schreibtisch summte. Der Herr Hofrat verdrehte die Augen nach oben. »Schon wieder das Büro des Ministers.« Er machte eine unwirsche Handbewegung. »Also Abmarsch, Carola. Thomas Brunner und seine Tatortleute habe ich schon vorausgeschickt.«

Sie verließ zusammen mit Klaus Trofler das Büro. Sie instruierte ihn und bat, er möge an ihrer Stelle am laufenden Meeting teilnehmen.

»Und, Klaus, du kannst mich jederzeit am Handy erreichen. Der Chef soll seinen Willen haben. Ich fahre nach Hallein. Aber ich habe nicht vor, meine Zeit mit der Jagd nach einer alten Gitarre zu verplempern.«

Der andere grinste. »Mach dir keine Sorgen, Carola. Wir kriegen das schon hin.«

Mit raschen Schritten eilte sie zu ihrem Büro. Unterwegs klopfte sie an die Tür mit der Aufschrift »Otmar Braunberger, Abteilungsinspektor«.

»Ja, bitte.« Sie trat ein.

»Guten Morgen. Woran immer du gerade arbeitest, es kann nicht so wichtig sein wie die aktuelle Staatsaffäre Nummer eins. Und ich meine nicht die Gefahr wegen möglicher Attentate.«

Er lachte. »Ja, ich habe es vorhin in den Nachrichten gehört. TV-Satellitenwagen sind schon unterwegs. In einer halben Stunde bringen fast alle Medien Breaking News vom Ort des schaurigen Verbrechens. Ich bin sicher, es dauert nicht lange, dann legt irgendein Schmierfink eines Krawallblattes eine Spur vom Gitarrendiebstahl zu den finsteren Kreisen der Terrorszene. Muslimische Attentäter bedrohen abendländisches Kulturgut!«

»Na, dann brauche ich ja besonderen Schutz, Herr Abteilungsinspektor. Du begleitest mich.«

»Zu Befehl, Chefin. Gründen wir die SOKO EADGHE.«

Sie schaute ihn fragend an.

»Das sind die Töne, nach denen die Saiten der Gitarre gestimmt sind. Um sich das leichter zu merken, kennt man den Spruch: Ein Anfänger der Gitarre hat Eifer.«

»Ich staune immer wieder, was du alles weißt!«

»Vierte Klasse Volksschule, ein Jahr Gitarrenunterricht. Und viele Blasen auf den Fingern.«

Stella

Sie hatte um halb fünf das letzte Mal auf den Wecker geblickt. Danach musste sie weggetaucht sein. Als sie aus dem schweren traumlosen Schlaf hochtaumelte, war es sieben. Sie brauchte eine Zeit lang, um sich zu orientieren. In den ersten Sekunden hatte sie den Eindruck, sie läge zu Hause in Tomar in ihrem Bett. Ihr Blick wanderte nach links. Doch dort war keine geklöppelte Gardine zu erkennen, hinter der die kleine Loggia eine wunderbare Aussicht auf den Fluss gewährte. Die halb geöffnete Badezimmertür erinnerte sie daran, dass sie in einem Hotelzimmer lag, weit weg von Portugal. Im nächsten Augenblick kollerten die Ereignisse des gestrigen Tages durch ihren Kopf wie die Teile eines schweren Mühlrades, das langsam Schwung aufnimmt. Der Besuch in

Wagrain, der Überfall, der Unbekannte mit der geraubten Tasche. Sie setzte sich auf. Dann griff sie zum Handy und rief in der Klinik an. Sie hörte die vertraute Stimme von Schwester Adama. Das beruhigte das aufgeregte Pochen ihres Herzens für ein paar Momente. Die Nachtschwester hätte sie schon von Stellas Anruf in Kenntnis gesetzt, teilte Adama mit. Sie versprach, alle Mitarbeiter der Station zu besonderer Wachsamkeit anzuhalten. Sie fand es gut, dass Stella sich mit ihrem Verdacht an die Polizei gewandt hatte. Nach dem Gespräch überlegte sie, ob sie Stefan anrufen sollte. Sie wollte sich nach dessen Zustand erkundigen. Aber vielleicht lag er noch im Bett, um sich von den Schmerzen und Strapazen des Überfalls zu erholen. Sie schickte ihm eine SMS.

Sie tauchte bereits eine Viertelstunde früher als vereinbart in der Polizeiinspektion auf. Sie musste sich dennoch gedulden. Der Postenkommandant hatte noch eine Reihe von Telefonaten zu erledigen. Es dauerte fast 40 Minuten, bis Revierinspektor Zwill sie in sein Büro bat. Seine Einladung zu einem Kaffee lehnte sie dankend ab.

»Ich habe eben mit den Kollegen in Wagrain telefoniert. Der Täter konnte bisher nicht ausgeforscht werden. Es fanden sich auch keine Zeugen, die den Mann gestern Abend in der Nähe des Tatortes beobachtet hätten. Das Rohr, das der Täter benutzte, haben die Kollegen sichergestellt. Es wurde heute früh an die kriminaltechnische Abteilung der Polizeidirektion übermittelt.«

Ihre Hände fühlten sich feucht an. Das lange Warten hatte ihre Ungeduld noch verstärkt.

»Was ist mit Personenschutz für meinen Sohn?«

»Das kann nur der Staatsanwalt anordnen.«

»Dann rufen Sie ihn bitte an.«

Ein nachsichtiges Lächeln erschien auf dem Gesicht des Postenkommandanten. »Liebe Frau Pilar, ich möchte Ihnen ja gerne helfen. Aber so einfach geht das nicht. Bevor die Staatsanwaltschaft Personenschutz beauftragt, braucht sie einen Bericht der ermittelnden Polizei. Auf dieser Grundlage gilt es dann abzuwägen, wie vorzugehen ist.«

»Aber die Grundlage ist vorhanden. Ich bin mir zu 100 Prozent sicher, dass der Mann, den ich im Krankenhaus sah, und der Mann, der gestern Abend Bernardos Laptop aus dem Auto stahl, ein und dieselbe Person sind.«

»Ich will Sie nicht verunsichern und keinen Vortrag halten über wissenschaftliche Studien, die besagen, wie leicht sich das menschliche Hirn täuschen lässt, vor allem wenn es einer besonderen Stresssituation ausgesetzt ist. Sie sollten nicht gänzlich ausschließen, dass Sie sich eventuell doch geirrt haben. Vielleicht ergibt sich aber anhand der kriminaltechnischen Überprüfung des Eisenrohres eine Spur zur möglichen Identität des Angreifers. Dann wüssten wir mehr.«

»Wie lange wird die Untersuchung dauern?«

»Das kann ich Ihnen leider nicht sagen. Alle Kollegen sind derzeit enormem Druck ausgesetzt. Der Fokus aller Einsatzkräfte ist im Augenblick vor allem auf eins gerichtet: weiterhin mögliche terroristische Anschläge zu verhindern.«

Der Postenkommandant ergänzte, dass die Kollegen der Salzburger Kripo zu all dem einen rätselhaften Todesfall mit möglichem terroristischen Hintergrund aufzuklären hatten.

Stellas Gefühl von Unruhe und Hilflosigkeit wuchs. Es war ihr klar, dass man einer Frau nicht von vornherein zuhören würde, deren Beobachtungen man ohne Weiteres als Hirngespinst beiseiteschieben konnte. Doch sie wollte nichts unversucht lassen.

»Ich könnte eine genaue Beschreibung des Mannes liefern. Bei der Polizei gibt es doch Zeichner, die nach Angaben von Zeugen Fahndungsbilder erstellen. Das geht vielleicht schneller, als auf die Laborergebnisse der Untersuchungen zu warten.«

Er schnaufte tief durch. Es war Raimund Zwill anzumerken, dass er mit einer Entscheidung rang. Schließlich sagte er: »Ich muss in zwei Stunden in die Polizeidirektion zu einer Besprechung. Ich vertrete den Bezirkskommandanten. Ich nehme Sie mit. Ich kann Ihnen nichts versprechen. Vielleicht finden wir einen Kollegen in der Kriminalabteilung, der Zeit hat, sich der Sache anzunehmen.«

»Danke.« Sie spürte plötzlich eine heftige Anwandlung, den Mann auf der Stelle für sein Entgegenkommen zu umarmen. Sie unterließ es. Ihm würde dieser plötzliche Anfall von Vertraulichkeit sicher befremdlich erscheinen, und ihr selbst noch mehr.

»Soll ich Sie vom Hotel abholen?«

Sie wollte lieber im Ort bleiben, sich die Beine vertreten, frische Luft in ihre Lungen tanken.

Sie nahmen die Alpenstraße Richtung Süden, Otmar Braunberger saß am Steuer.

Stadtauswärts war der Verkehr erträglich, sie kamen gut voran. Die Fahrt würde nicht lange dauern. Hallein lag nur wenige Kilometer von der Stadt Salzburg entfernt.

»Was bekommt Hedwig heuer zu Weihnachten?«, fragte der Abteilungsinspektor.

»Ein Xylophon. Vor einem Monat war eine Musikerin aus dem Orff-Institut in der betreuten Gruppe. Sie bastelte mit den Kindern Instrumente aus Holz und Metall. Sie ließ die Kleinen auch auf professionellen Percussioninstrumenten spielen. Seit damals gibt es für Hedwig nur einen großen Wunsch: Sie will unbedingt ein Xylophon.«

»Na, da wird es im Haus Salman heuer zur stillsten Zeit des Jahres ziemlich laut hergehen.«

Sie lachte. »Ja, das fürchte ich auch.«

»Mein Christkind liefert wie vereinbart ein neues Krokodil, einen Polizisten und eine lustige Giraffe für das Kasperltheater.«

»Das ist lieb von dir, Otmar. Da wird Hedwig sich freuen, vor allem, wenn du dich in den engen Theaterkasten zwängst und ihr ein neues Kasperl-Abenteuer vorspielst.«

Otmar Braunberger und sie waren weitaus mehr als nur Kollegen im Polizeidienst. Über all die Jahre hatte sich eine tief gehende Freundschaft entwickelt. Seit Hedwig auf der Welt war, hatte sich die Beziehung noch mehr verfestigt. Auf den ersten Blick mochte der korpulente Abteilungsinspektor einen eher brummigen Eindruck erwecken. Doch wer sah, wie er mit Hedwig umging, kam oft aus dem Staunen nicht heraus. Die Kleine war ganz vernarrt in ihn. Hedwig neigte manchmal dazu, von einer Sekunde auf die andere in völlig unerklärliche Tobsuchtsanfälle auszubrechen. Sie ließ sich meist schwer aus diesen Anwandlungen herausholen, auch nicht von ihrer Mutter. Aber wenn Otmar Braunberger zugegen war, sie auf den Arm nahm, ihr mit seiner klobigen Pranke sanft übers Haar streichelte, beruhigte sie sich jedes Mal innerhalb kürzester Zeit. Zwischen ihrer Tochter und dem brummigen Mann bestand eine ganz eigene, tiefe Vertrautheit, das hatte Carola schon oft festgestellt.

»Habt ihr auch schon Lieder gesungen?«

»Ja, bevor Günther mich am Sonntag ins Präsidium zitierte, haben wir gerade ›Leise rieselt der Schnee‹ geübt. Die ersten beiden Strophen beherrscht sie schon sehr gut.«

Sie hatten das Radio eingeschaltet. Das Musikprogramm wurde durch eine Verkehrsnachricht unterbrochen. Bei Salzburg Süd hatte sich ein Unfall ereignet.

Der Stau auf der Autobahn war bereits drei Kilometer lang. Sie beschlossen, die B 159 über Niederalm zu nehmen.

»Du hast mir nie erzählt, dass du als Kind Gitarrenunterricht hattest.«

»Das hat auch keine nachhaltigen Spuren in den Gefilden der Musikgeschichte hinterlassen. Ich tat es mehr, um meinen Eltern eine Freude zu machen. Aber die haben bald eingesehen, dass meine Talente doch eher woanders zu suchen wären.«

Sie sah ihn von der Seite her an. »Also wenn ich dich höre, wie du mit Hedwig ›Alle meine Entlein‹ und ›Mann im Mond‹ von den Prinzen singst, dann klingt das gar nicht schlecht. Vielleicht hast du dein musikalisches Talent doch vergeudet.«

Er schmunzelte. Dann veränderte sich seine Miene. Ein ernster Ausdruck trat in seine Augen.

»Ich habe vor einem Jahr ein paar Unterrichtsstunden für Hackbrett genommen.«

»Hackbrett?« Der Kollege, den sie seit 15 Jahren auch als Freund kannte, erstaunte sie immer mehr.

»Wie du weißt, war mein Vater ein großer Musikliebhaber, ein begeisterter Amateur. Ein Jahr vor seinem Tod ist er erblindet. Keine Bücher mehr zu lesen, keine alten Filme mehr anzuschauen, war schon hart für ihn. Aber dass er nicht mehr Hackbrett spielen konnte, war das Allerschlimmste. Ich glaube, dieser Verlust hat sein Hinscheiden mitbeschleunigt. Nach dem Tod meiner Mutter hat meine Schwester immer das Weihnachtsfest für die Familie ausgerichtet. Dabei wurde auch das eine oder andere Lied gesungen. Aber ein ganz besonderer Moment war immer, wenn mein Vater auf dem Hackbrett die Melodie von ›Stille Nacht‹ spielte. In diesem

Augenblick war er ganz bei sich und zugleich ganz bei uns. Es war sein Lieblingslied. Da brauchte es keinen Text. Wenn die Melodie sich Ton für Ton aus den angeschlagenen Saiten ausbreitete, das hatte etwas Magisches. Du weißt, ich halte nicht viel von all dem Weihnachtsklimbim, der mancherorts zelebriert wird. Aber wenn etwas für mich einem weihnachtlichen Gefühl nahe kommt, dann war es genau dieser Moment.«

»Das hast du mir nie erzählt.«

Er blickte geradeaus, seine Augen waren auf die Straße gerichtet.

»Es war noch nie die passende Gelegenheit. Das Weihnachtsfest im Vorjahr war das erste ohne unseren Vater. Er ist im Herbst gestorben, wie du weißt. Ich neige nicht sehr zum Sentimentalen, aber ich wusste, für meine Schwester und die Nichten würde es ganz schlimm werden. Also habe ich mir ein Hackbrett gekauft und Stunden genommen. Wir sind um den Christbaum gestanden und ich habe die Melodie von ›Stille Nacht‹ gespielt, dafür reichten meine erworbenen Kenntnisse. Und irgendwie hatten wir alle das Gefühl, der Papa sei auch da. Wir haben ein paar Minuten geheult, drei Packungen Taschentücher verbraucht, und dann haben wir gelacht und uns gefreut, dass er irgendwie bei uns war.«

Eine Zeit lang sprachen beide nichts.

»Bist du heuer am Heiligen Abend wieder bei deiner Schwester und deren Familie?«

Er nickte.

»Wenn du am Christtag zu uns kommst, bringst du dann das Hackbrett mit?«

Er überlegte. Dann nickte er.

»Auch auf die Gefahr hin, dass Hedwig dein Spiel sofort mit wilden Schlägen auf dem Xylophon unterstützen wird.«

»Das macht nichts. Das hält das Lied schon aus. Und meinem Vater würde es gefallen.«

Sie passierten die Anlage des Hofbräu Kaltenhausen. Der Gebäudekomplex der alten Brauerei schmiegte sich an der rechten Straßenseite eng an zwei hoch aufragende Bergflanken. Die mächtigen Felswände waren als Großer und Kleiner Barmstein bekannt. Experten vermuteten, der Name »Barm« sei keltischen Ursprungs, verweise auf eine alte Bezeichnung für Fels oder Übergang. Keltische Spuren waren in der Region viele zu finden. Auch im Namen Hallein steckte Hall, das keltische Wort für Salz. Die im Kern immer noch mittelalterlich anmutende Stadt lag am Fuße des Dürrnbergs. Dort hatten die Kelten schon vor Jahrtausenden Salz abgebaut. Der Handel mit dem wichtigen Rohstoff hatte der Siedlung zu Reichtum verholfen. Am Dürrnberg hatte sich für einige Jahrhunderte ein wirtschaftliches und kulturelles Zentrum gebildet. Zeugnisse davon waren reichlich im Keltenmuseum der Stadt zu bewundern. Auch die Salzburger Erzbischöfe machten sich die nahe gelegenen Salzvorkommen ab dem Mittelalter zunutze. Der heute immer noch sichtbare Reichtum der Stadt Salzburg basiert auf den Gewinnen aus den Bergwerksstollen des Dürrnbergs. Verarbeitet wurde das Salz im Tal, in den riesigen Sudhäusern der Stadt. Als diese nicht mehr benötigt und entfernt wurden, entstanden durch die Abrisse große Plätze inmitten der Stadt. Das verlieh Hallein heute noch einen Hauch von italienischem Flair. Man hatte den Eindruck, auf südländischen Piazze zu wandeln, umgeben von mittelalterlichen Häusern. Das stellte Carola erneut fest, als sie vom Norden her in die Stadt einfuhren und Otmar den Polizeiwagen durch die engen Straßen lenkte. Carola kannte Hallein gut. Erst vor Kurzem war sie mit Hedwig in den ehemaligen Salinengebäuden auf der Flussinsel gewesen. In den historischen Gemäuern gab es in der Adventzeit einen Weihnachtsmarkt, den Hedwig besonders liebte. Otmar dirigierte den Wagen umsichtig durch die Fußgängerzone, lenkte ihn über die Steigung des Unteren Marktes bergauf. Ihr Ziel war das Stille-Nacht-Museum, das sich im ehemaligen Wohnhaus von Franz Xaver Gruber befand, direkt neben der Kirche. Sie parkten am Ende der Pfarrgasse. Am Anfang des Platzes außerhalb der Polizeiabsperrung stand ein TV-Übertragungswagen. Zwei Kameras waren auf eine Frau im blauen Anorak gerichtet. Sie interviewte einen bärtigen Mann in Trachtenjoppe. Hinter der von Uniformierten kontrollierten Barrikade hatte sich eine große Menge an Schaulustigen eingefunden. Die Chefinspektorin und der Abteilungsinspektor nahmen langsam die flachen Stufen, die nach oben führten. Die Redakteurin senkte eben das Mikrofon und reichte ihrem Gesprächspartner die Hand. Der TV-Einstieg war offenbar zu Ende. Der Mann verabschiedete sich und entdeckte die beiden Kriminalbeamten. »Grüß Gott.« Er kam rasch auf sie zu. Er stellte sich als Präsident der Stille-Nacht-Gesellschaft vor. »Ihre Kollegen sind im Museum. Ich darf Ihnen den Weg zeigen.« Der bärtige Mann machte einen sympathischen und sehr gefassten Eindruck, stellte Carola fest. Dafür, dass in der vergangenen Nacht offenbar ein Prunkstück der Stille-Nacht-Welt abhandengekommen war, wirkte er eher unaufgeregt. Der gesamte Platz zwischen Kirche und Museum war schneebedeckt. Auf dem leeren Areal fiel nur ein einziges Objekt ins Auge. Rechts vor dem Gebäudeeingang befand sich ein Grab. Das wuchtige Kreuz und die Umrahmung schimmerten dunkel, waren aus schwarzem Schmiedeeisen geformt.

»Hier ruht also der Komponist des berühmten Liedes«, bemerkte der Abteilungsinspektor und blieb neben dem Grabmal stehen. Der Präsident wackelte langsam mit dem Kopf, als überlege er die genaue Formulierung der Antwort.

»Diese Stätte wird zwar als ›Franz-Xaver-Gruber-Grab‹ bezeichnet, aber in Wahrheit handelt es sich dabei nur um ein Ehrenmonument.« Er breitete die Arme aus, als wolle er den Platz umfassen. »Früher erstreckte sich der Friedhof rings um die Stadtpfarrkirche. Franz Xaver Gruber starb 1863 und wurde auch hier auf dem Friedhof begraben. Knapp 20 Jahre später wurde der Friedhof aufgelassen und das Areal schließlich eingeebnet. Für den Komponisten des Stille-Nacht-Liedes hatte sich jahrzehntelang keiner interessiert. Als die Stadtverantwortlichen sich dann doch auf ihren berühmten Bürger besannen, war es zu spät. Keiner konnte mehr angeben, wo genau im Umfeld der Kirche Gruber begraben liegt. Also beschloss man, nahe am Eingang zum ehemaligen Wohngebäude ein Ehrengrab zu errichten.«

»Also ein Fake!«, bemerkte Braunberger.

»Ja, es passt irgendwie zu der an wunderlichen Begebenheiten nicht gerade armen Geschichte rings um das Stille-Nacht-Lied.«

»Wie wird man denn Präsident der Gesellschaft?«, wollte die Chefinspektorin wissen.

Der Angesprochene atmete tief durch. »Indem man jahrelang von anderen bedrängt wird, weil sich kaum jemand diesen arbeitsaufwendigen Job für reinen Gotteslohn antun will. Und weil man offenbar auch seiner eigenen schicksalhaften Verknüpfung nicht entkommt.«

Die beiden schauten ihn fragend an. In seinem vom grauen Bart umrahmten Antlitz machte sich ein Lächeln breit. Er wies auf das Gebäude.

»Ich bin hier aufgewachsen. Mein Vater war Mesner. Wir haben also im selben Haus gewohnt wie einst Franz Xaver Gruber. Hier am Grab wird jedes Jahr am Heiligen Abend eine stimmungsvolle Feier abgehalten, bei der auch ›Stille Nacht‹ zu hören ist. Als Bewohner des Hauses habe ich diese Feierstunde stets viel intensiver miterlebt als alle anderen Besucher. Aber ich hätte mir damals nie gedacht, dass ich eines Tages Präsident der Stille-Nacht-Gesellschaft sein würde.« In den Augen hinter den Brillengläsern begann es zu funkeln. »Und schon gar nicht, wenn ich mit meinen Freunden, fern des strengen Blicks der Eltern, ab und zu ein ganz eigenes Franz-Xaver-Gruber-Gedächtnisritual zelebrierte«, fügte er mit verschmitztem Lächeln hinzu. »Aber das Leben schlägt oft wunderliche Haken. Und somit stehe ich jetzt hier in meiner Eigenschaft als Präsident vor

Ihnen.« Die beiden fragten nicht nach, worin dieses burschikose Ritual bestanden hatte. Die unaufgeregte Art des Mannes und sein feiner Humor gefielen ihnen.

Die Hausfassade war übersät mit alten Tafeln und Inschriften. »Hier wohnte und starb Franz X. Gruber«, stand in dicken altertümlichen Lettern oberhalb des Eingangs. Darüber war eine Steinbüste des ehemaligen berühmten Bewohners auszumachen. In der offenen Tür erschien ein Mann im orangen Overall, Thomas Brunner, der Chef der Tatort-Technikertruppe. Er begrüßte Carola und Braunberger, brachte sie auf den Stand der bisher gewonnen Erkenntnisse. Dann zeigte er ihnen die Räumlichkeiten. Das Museum erstreckte sich über mehrere Stockwerke. Das Gebäude war anlässlich des Jubiläums renoviert worden. Die Innenräume wurden dabei neu gestaltet. Helle, großzügig gestaltete Rundpodeste dienten als Bühne für die verschiedenen Exponate. In einigen Vitrinen waren Noten ausgestellt. Dazu zeigten sich dem Besucher Bücher, Schriften, alte Möbel, Instrumente samt Hinweistafeln. Eine der Vitrinen war leer.

»Hier lag die Gitarre«, erklärte Thomas Brunner. »Es gibt keine Spuren von gewaltsamer Einwirkung am Glaskasten.«

»Wie kam der Täter ins Haus?«

»Auf den ersten Blick scheint es, als wäre er durch ein aufgebrochenes Fenster im Parterre auf der Rückseite des Hauses eingebrochen.«

»Ich nehme an, es gibt eine Alarmanlage.«

»Ja, aber die hat offenbar nicht funktioniert. Wir untersuchen das noch.«

Carola blickte sich um.

»Wir wollen mit den Museumsverantwortlichen reden.«

»Die haben wir ins Nebengebäude gebeten, damit wir hier in Ruhe unserer Arbeit nachgehen können. Ihr findet sie im Erdgeschoss, erstes Zimmer links.«

In dem von Thomas Brunner beschriebenen Raum erwarteten sie zwei Frauen und zwei Männer. Eine der Personen war der Präsident der Stille-Nacht-Gesellschaft. Kaum hatten sie das Zimmer betreten, sprang der zweite Mann vom Tisch auf und stürmte auf sie zu. »Es wird allerhöchste Zeit, dass Sie hier erscheinen!« Er war groß und hager, fuchtelte aufgeregt mit den Händeln. »Haben Sie schon eine Spur? Sie müssen unter allen Umständen die Gitarre herbeischaffen. Und zwar unbeschädigt! Alles andere wäre eine Katastrophe. Es gilt jede Sekunde zu nützen!«

Carola legte den Kopf ein wenig schief, lächelte ihre Gegenüber freundlich an.

»Na, dann fangen wir doch einmal damit, dass wir uns gegenseitig bekannt machen. Ich bin Chefinspektorin Carola Salman, das ist mein Kollege Abteilungsinspektor Otmar Braunberger. Und wer sind Sie?«

»Domenicus Zügler, Leiter des hiesigen Stille-Nacht-Chores.« Die Worte sprudelten aus seinem schmallippigen Mund, das Gesicht war vor Anstrengung gerötet. »Ich habe die ehrenvolle Aufgabe, bei der Fernsehliveübertragung am Heiligen Abend das Stille-Nacht-Lied auf der Originalgitarre zu begleiten. Ich bin mit dem Landeshauptmann gut bekannt. Er hat mir zugesichert, dass die Polizei die besten Kräfte aufbieten wird, um unser wertvolles Instrument unversehrt zurückzubringen. Also, was gedenken Sie zu unternehmen?«

Die Stimme war lauter geworden. Der Kopf zuckte nach vor wie bei einem angriffslustigen Pfau. Carola hob beschwichtigend die Hände.

»Die Fragen stellen wir, wenn Sie erlauben.«

Wieder schnellte der Pfauenkopf vor. Die Farbe im Gesicht wurde um eine Nuance dunkler. Die Stimme schwoll noch mehr an.

»Sich mit Fragen an uns aufzuhalten, ist meines Erachtens reine Zeitverschwendung. Ich habe nichts dagegen, dass offenbar auch Frauen bei der Polizei in leitender Position sind, aber vielleicht sollte der Herr Polizeipräsident, den zu kennen ich ebenfalls die Ehre habe, sich schnellstens nach Hallein bemühen, damit wir hier keine überflüssige Zeit …«

»Papa, du nervst! Kapierst du das nicht?« Die zischende Bemerkung kam von einer der beiden Frauen, einem Mädchen im Teenageralter. Der Hagere wirbelte herum, sein Finger stach nach vorn. »Du hältst den Mund!«

Carola hatte genug von diesem Theater. »Nein, das tut sie nicht.« Ihre Stimme klang eisig. »Die junge Dame wird den Mund öffnen und unsere Fragen beantworten. Dann, wenn es so weit ist. Aber Sie sind jetzt augenblicklich still und setzen sich wieder hin.« Er versuchte zu protestieren. Der Stille-Nacht-Präsident mischte sich ein. »Bitte, Domenicus, reiß dich zusammen. Wir wollen die Polizei bei ihrer Arbeit in allen Belangen unterstützen. Der Vorfall ist so schon schwierig genug.«

Mit einem zur Schau gestellten Ausdruck des Beleidigtseins ließ sich der Mann auf seinen Stuhl plumpsen. Die Tochter des Chorleiters stellte sich als Bianca Zügler vor, 16 Jahre alt. Sie ging in Hallein zur Schule und arbeitete gelegentlich als Aushilfskraft im Bereich des Museums, erfuhren die beiden Ermittler. Neben dem Mädchen saß in aufrecht gestraffter Haltung eine etwa 50-jährige Frau mit kurzen grauen Haaren. Das war Dr. Anja Birkner, die Kustodin des Museums.

Carola begann mit den Fragen.

»Frau Dr. Birkner, wann nahm man denn die Gruber-Gitarre zum letzten Mal aus der Vitrine, ehe sie heute Nacht entwendet wurde?«

Die hervortretenden Wangen der Museumsleiterin hoben sich zu einem Lächeln.

»Ich darf Sie kurz korrigieren, Frau Chefinspektorin. Es handelt sich um die Joseph-Mohr-Gitarre.«

Der Einwand irritierte Carola. Sie glaubte sich zu erinnern, dass der Polizeipräsident ausdrücklich von einer *Gruber-Gitarre* gesprochen hatte.

»Dieser Irrtum grassiert leider immer noch«, erläuterte die Kustodin. »Es ist auch nicht verwunderlich. Betrachten Sie nur in Oberndorf das Glasfenster in der Stille-Nacht-Kapelle und das Relief auf dem Platz. Auf beiden Darstellungen hält fälschlicherweise Franz Xaver Gruber die Gitarre in der Hand. Dabei hat er vermutlich dieses Instrument nicht einmal beherrscht. Seine Fertigkeiten als Musiker galten vielmehr der Orgel, dem Klavier, der Violine.«

»Schon wieder ein Fake«, entfuhr es dem Abteilungsinspektor. »Zuerst das falsche Grab, jetzt die falsche Gitarre.«

»Stimmt nur zur Hälfte«, erwiderte Anja Birkner und hob mit gespielt strenger Miene den Zeigefinger. »Die Grabstätte am Eingang unseres Hauses ist tatsächlich nur eine Andeutung, aber die Gitarre ist echt. Nur gehörte sie eben nicht Franz Xaver Gruber, sondern Joseph Mohr. Das ist unzweifelhaft bewiesen. Wir haben das Instrument zur Altersbestimmung einer dendrochronologischen Analyse unterzogen. Die Jahresringe des Ahornholzes ergeben einen Zeitraum von 1765 bis 1785. Wenn man bedenkt, dass das Holz rund 20 Jahre rasten musste, ehe es als Material für den Bau des Instrumentes brauchbar war, dann kommen wir gut hin. Wir sind sicher, dass Joseph Mohr zu Weihnachten 1818 sich selbst und den Komponisten des Liedes auf dieser uns bekannten Gitarre begleitete. Es gibt so viele falsche Anekdoten und hartnäckig verbreitete Irrtümer zur Geschichte von ›Stille Nacht‹, da passen die falschen Darstellungen von Gruber als Gitarristen bestens dazu. Aber wir wissen, dass das Instrument im Besitz von Mohr war, und zwar bis zu seinem Tode.«

»Wie gelangte die Gitarre dann nach Hallein?«, interessierte sich Braunberger.

»Das ist eine lange Geschichte. Felix Gruber, der Enkel des Komponisten, erhielt sie als Hochzeitsgeschenk. Über ihn kam sie hierher.«

Die Chefinspektorin konnte sich ein Schmunzeln nicht verkneifen.

»Gut, dann formuliere ich die Frage korrekt: Wann wurde die *Mohr-Gitarre* zuletzt aus der Vitrine genommen?«

»Vor knapp einem Jahr. Sie war schon seit Langem nicht mehr spielbar. Wir haben sie mit großem Aufwand restaurieren lassen. Im Herbst erhielten wir sie zurück.«

»Und heuer soll sie zum ersten Mal wieder zu ›Stille Nacht‹ erklingen!«, mischte sich erneut der Chorleiter ein. »Das Lied auf der Originalgitarre! Ein weltumspannendes TV-Ereignis! Kapieren Sie jetzt endlich, welche Katastrophe durch den Diebstahl über uns hereingebrochen ist?«

Die Chefinspektorin beachtete ihn nicht. Sie sprach weiterhin mit der Museumsleiterin.

»Wurde außer der Gitarre noch etwas entwendet?« Frau Dr. Birkner schüttelte den Kopf. »So viel wir festgestellt haben, nicht.«

»Was haben Sie in Ihrem Museum ausgestellt?«

»Jede Stille-Nacht-Gemeinde konzentriert sich neben einer allgemeinen Darstellung zur Geschichte des Liedes auf die Besonderheiten, die der jeweilige Ort zu bieten hat. Der 28-jährige Aufenthalt in unserer Stadt war die längste Station im Leben von Franz Xaver Gruber. Er war hier als Organist, Chorleiter, Kirchenmusiker und Komponist tätig. Er hat das kulturelle Leben dieser Stadt maßgeblich geprägt. Davon kann man sich in unserer Ausstellung ein Bild machen. Wir zeigen die Originalmöbel, Instrumente, Handschriften, Dokumente und –

darauf sind wir besonders stolz – drei in Hallein gefertigte Autografe.«

»Hat Gruber mehrere Fassungen von ›Stille Nacht‹ geschrieben?« Die Frage kam vom Abteilungsinspektor.

»Ja, soviel wir derzeit wissen, sind es insgesamt sieben. Von den erhaltenen vier Autografen liegt eines in Salzburg und drei in unserem Museum. Gruber hat das Arrangement erweitert, andere Instrumente eingesetzt, zum Beispiel zwei Hörner, Fassungen für Orchester und Chor angefertigt. Durch das musikalische Umfeld in Hallein bot sich ihm die Gelegenheit für eine aufwendigere Umsetzung. Gruber hatte sich selbst ja in erster Linie als Komponist von Messen verstanden. Dass ihm da 1818 zufällig ein bescheidenes Liedlein gelungen war, das imponierte ihm selbst eher weniger. Es gibt keine einzige Eintragung von ihm, die besagt, dass er auf dieses Lied besonders stolz war. Als Urheber größerer klassischer Werke angesehen zu werden, das war sein Bestreben.«

»Würden wir Franz Xaver Gruber heute noch kennen, wenn ihm nicht dieser eine musikalische Streich passiert wäre?«, fragte Braunberger.

Die Museumsleiterin schüttelte den Kopf. »Vielleicht wäre sein Name ein paar Kirchenmusikhistorikern bekannt, aber mehr wohl nicht.«

»Also ein One-Hit-Wonder! Und das Dokument der Urfassung von 1818 ist nie aufgetaucht?«

»Wenn Sie das im Zuge Ihrer Ermittlungen finden, wären wir Ihnen sehr dankbar«, antwortete anstelle der Kustodin der Präsident der Stille-Nacht-Gesellschaft mit einem Grinsen. »Das wäre der absolute Knüller zum 200. Jubiläum.«

Braunberger deutete eine Verbeugung an. »Wir werden uns sehr bemühen, Herr Präsident. Aber zunächst einmal müssen wir die Gitarre auftreiben, deren Saiten bei der Christmette 1818 in Oberndorf nicht Herr Gruber, sondern Herr Mohr gezupft hatte. Ist es so korrekt, Frau Doktor?«

»Völlig korrekt, mit der Einschränkung, dass es nicht während der Mette, sondern danach passierte. ›Stille Nacht‹ war ja kein beglaubigtes Kirchenlied, konnte somit nicht Teil der Liturgie sein. Aber die beiden Herren wollten der Gemeinschaft nach der offiziellen Messe noch einen Benefit bieten, wie wir heute sagen würden. Dass Gruber dafür eine Gitarrenbegleitung wählte, war eher ungewöhnlich. Vielleicht wollte er Mohr einfach eine Freude machen. Vielleicht hatte der Priester ihm das Gedicht auch relativ spät anvertraut, sodass Gruber wenig Zeit blieb, jemand anderen einzusetzen. Dass die beiden selber sangen und Mohr die Gitarre schlug, war wohl die praktikabelste Lösung.«

Carola wandte sich an den Präsidenten. »Ich nehme an, die Gitarre ist versichert.«

»Ja, mit 20 Millionen Euro.«

»Viel zu niedrig, wie ich immer schon sagte!« Der Chorleiter ließ die Handfläche auf den Tisch knallen. »Den Amerikanern war sie jedenfalls mehr wert! Die haben sie hoch versichert.«

Die beiden Ermittler erfuhren, dass das Instrument schon zweimal in Übersee zu sehen war, in den USA und in Kanada. Mehr als 80 Millionen Besucher hätten sich dafür interessiert. Das Medieninteresse war riesig. Kein geringerer als Bing Crosby hatte die Gitarre in seiner Fernsehshow einem Millionenpublikum vorgestellt.

Zur Frage der Polizisten, ob jemand eine Vorstellung habe, wer das Instrument entwendet haben könnte, vermochte keiner der Anwesenden etwas beizutragen.

Schließlich verabschiedete sich die Chefinspektorin. Der Abteilungsinspektor würde die Ermittlungen alleine weiterführen.

Während der Rückfahrt hörte Carola die Mittagsnachrichten. Das Verschwinden der Gitarre aus dem Stille-Nacht-Museum war die Topmeldung. Der Diebstahl des Instruments hatte sogar die tagelang dominierenden Schlagzeilen über die Attentatsgefahren in den Hintergrund gedrängt. Der Polizeipräsident höchstpersönlich war im Interview zu vernehmen. Er versprach, die Salzburger Kriminalpolizei werde alles Erdenkliche unternehmen, um den Fall umgehend aufzuklären. Bei seiner Versicherung, das berühmte Instrument komme bald wieder nach Hallein zurück, sprach er wiederum von der *Gruber-Gitarre*, wie Carola mitbekam. Oje, dachte sie, das wird Frau Dr. Birkner gar nicht gefallen.

Stella

Sie verließ die Polizeiinspektion in Oberndorf und wandte sich nach links. Vor ihr spannte sich die Brücke über die Salzach. Das historische Bauwerk war von einer geschwungenen Eisenkonstruktion getragen. Säulen, Wappen und vier mächtige Adlerfiguren schmückten die Überführung. Sie verband den Ort mit dem bayrischen Laufen auf der anderen Seite des Flusses. Als Stella 1987 ihre Heimat verlassen hatte, war hier noch eine Zollstation gewesen. Österreich war erst sieben Jahre später der Europäischen Union beigetreten. Seit diesem Zeitpunkt konnte man, wie fast überall in der EU, ehemalige Grenzen problemlos passieren. Doch heute gab es kein ungehindertes Weiterkommen. Polizisten mit Maschinenpistolen kontrollierten Fahrzeuge und Fußgänger auf beiden Seiten des Flusses. Die schwer bewaffneten Uniformierten erinnerten Stella an die Szenen in Wien und auf dem Salzburger Hauptbahnhof. Sie wäre gerne über die Brücke geschlendert. Die gegenüberliegende Seite der Salzach war ihr schon in der Jugendzeit immer ein sehnsuchtverheißendes Ziel gewesen. Man zeigte seinen Ausweis, machte die wenigen Schritte über die Brücke, und schon war man in einer anderen Welt. Die tatsächliche Entfernung war nicht groß, gerade einmal die Länge des historischen Steges von knapp 170 Metern. Aber Stella war es jedes Mal erschienen, als wäre ihr mit dem Überqueren der Brücke ein unermesslich großer Sprung gelungen, weg von ihrer verhassten Umgebung. Deutschland war anders, auch wenn es nur grenznaher bayerischer Boden war, den sie betrat. Dass Laufen im Grunde ein kleines Kaff war, mit damals gerade einmal 6.000 Einwohnern, wollte sie nie sehen. In Laufen gab es in der Nähe des Marienplatzes eine Boutique. Die führte Kleider, Hosen, Shirts, Modeschmuckstücke, wie man sie weder in Oberndorf noch in der Stadt Salzburg bekam. Die Besitzerin war eine ehemalige Schauspielerin aus München. Und München, das hatte für Stella damals nach Freiheit geklungen, so wie Hamburg und Berlin Tore zur großen Welt. Sie kramte in ihrer Tasche, wurde nicht fündig. Sie hatte offenbar den Reisepass im Hotelzimmer vergessen. Dann würde es wohl nichts werden mit der Stippvisite im deutschen Nachbarort, um nachzuschauen, ob es die kleine Boutique noch gab. Der Streifzug hätte ihr gutgetan, hätte sie abgelenkt von den Gedanken, die sich ständig in ihren Kopf drängten. Sie wollte Schwester Adama nicht schon wieder nerven. Aber nicht nachzufragen, hielt sie auch nicht aus. Also rief sie an. Die Krankenschwester beruhigte sie. Mit Bernardo sei alles in bester Ordnung. Den Schwesternschlüssel zur Intensivstation könnte niemand unbeobachtet an sich nehmen, sie führe ihn immer bei sich. Stella bedankte sich für Adamas Freundlichkeit. Sie überlegte, ob sie in der Bäckerei, die gleich in der Nähe lag, eine Kleinigkeit zu sich nehmen sollte. Zum Frühstück hatte sie nur Tee getrunken und einen halben Apfel verspeist. Sie unterließ es. Sie rief Stefan an. Er meldete sich sofort.

Es gehe ihm einigermaßen gut, berichtete er. Er hätte beim Heimkommen ein zusätzliches starkes Schmerzmittel genommen. So hatte er problemlos einige Stunden geschlafen. Sie erzählte ihm von ihrem Verdacht bezüglich des unbekannten Angreifers, berichtete vom Anruf in der Klinik, vom Treffen mit dem Postenkommandanten und dessen Versprechen, sie nach Salzburg zur Kriminalpolizei zu bringen.

»Soll ich mitkommen, Stella? Ich weiß allerdings nicht, ob ich zur Beschreibung des Unbekannten allzu viel beisteuern kann. Es war ziemlich dunkel und ging sehr schnell. Ich kann mich nur an die Kapuze erinnern, aber kaum an das Gesicht des Mannes.«

Sie bedankte sich für sein Angebot. Ihre Erinnerungen würden sicher genügen, um ein brauchbares Phantombild zu erstellen. Für Stefan wäre es besser, sich zu erholen.

»Dazu werde ich kaum Zeit haben. Meine Sekretärin hat ein paar Lücken gefunden, um meine Termine umzuschichten. Ab dem frühen Nachmittag muss ich wieder ran. Halt mich bitte auf dem Laufenden.«

Sie versprach es und steckte das Handy ein. Dann schlenderte sie langsam die Brückenstraße in Richtung Ortsmitte. Wieder standen die Bilder des gestrigen Abends vor ihren Augen. Sie sah in Gedanken den Kerl mit der Eisenstange auf sie zuhetzen. Unwillkürlich blieb sie stehen. War er vielleicht immer noch hinter ihr her? Sie blickte sich nach allen Seiten um. Von der Kirchplatzseite kommend überquerten viele Leute die Straße. Sie ließ ihre Augen über die Menge streifen. Sie erschrak. Zwischen den Köpfen der Passanten bemerkte sie eine Gestalt mit Kappe. Genauso eine Kopfbedeckung hatte der Unbekannte bei ihrer Begegnung in der Klinik getragen. Sie wirbelte herum. Das Gebäude der Polizeiinspektion war keine 200 Meter entfernt. Ihr Instinkt befahl ihr, dorthin zu laufen. Aber ihre Neugierde war größer. Sie wartete, bis der Kappenträger näher kam. Auch diesem Mann lugte dichtes Haar unter der Kopfbedeckung hervor. Aber es war nicht der Kerl, der im Spital aufgetaucht war und sie in Wagrain überfallen hatte. Sie atmete durch. Zugleich fühlte sie, wie ihr Herz raste. Sie beschloss, sicheres Terrain aufzusuchen. Sie steuerte kurzentschlossen auf die Bäckerei zu. Sie brauchte dringend einen starken Espresso und eine süße Mehlspeise zur Beruhigung der Nerven.

Eineinhalb Stunden später saß sie neben Raimund Zwill im Streifenwagen. Der Revierinspektor dirigierte das Fahrzeug durch den dichter werdenden Mittagsverkehr.

Knapp vor der Stadtgrenze hörten sie in den Radionachrichten die Meldung vom Diebstahl der Stille-Nacht-Gitarre in Hallein. Im Livebericht von der Pressekonferenz beantwortete der Salzburger Polizeipräsident die Fragen der Reporter. Er versprach, alle verfügbaren Kräfte einzusetzen, um das Verbrechen rasch aufzuklären und das wertvolle Instrument sicherzustellen.

»Auch das noch!«, kommentierte Stella die Meldung. »Jetzt werden Ihre Kollegen noch weniger Zeit für mich haben.« Ihr Begleiter erwiderte nichts. Doch seiner Miene war abzulesen, dass er Ähnliches dachte. Aber Stella würde nicht lockerlassen! Egal, wie viele Meldungen über ungeklärte Todesfälle, Polizeieinsätze gegen Attentäter oder Alarmmeldungen über gestohlene Gitarren noch auftauchen würden.

»Wurde über Bernardos Unfall auch in den Medien berichtet?«

Der Revierinspektor hielt an einer Kreuzung, überließ einem Touristenbus die Vorfahrt, ehe er antwortete. »Ich kann mich an eine Radiomeldung erinnern. Und es war auch in einigen Zeitungen darüber zu lesen. Natürlich nicht auf den vorderen Seiten. Die waren dominiert von Berichten über die Attentatsgefahr und den Maßnahmen der Sicherheitskräfte.«

Er bog in die Alpenstraße ein, der Verkehr verteilte sich auf mehrere Spuren. Sie kamen gut voran.

»Wir sind gleich da«, erklärte er. »Ich habe am Vormittag nochmals mit den Kollegen aus Wagrain telefoniert. Die gehen immer noch davon aus, dass der Überfall einem Mitglied der räuberischen Bande aus Osteuropa zuzuschreiben sei.«

Sie erreichten die Polizeidirektion. Der Revierinspektor parkte das Auto in der Tiefgarage.

»Wer ist der Leiter der Salzburger Kriminalpolizei?«, fragte Stella.

»Kommissar Martin Merana. Doch der verstärkt derzeit im Zuge der Terror-Sonderkommission das Interpolteam in Wien. Bis zu seiner Rückkehr führt seine Stellvertreterin Chefinspektorin Dr. Carola Salman die Abteilung.«

Der Lift brachte sie nach oben ins Erdgeschoss. Raimund Zwill zeigte der Beamtin am Kontrollschalter den Dienstausweis. Die Polizistin kontrollierte den Namen auf einer Liste. »Die Sicherheitsbesprechung der Bezirkskommandos ist im dritten Stock, Raum G, Herr Kollege.«

Zwill bedankte sich für die Mitteilung. Er war schon halb auf dem Weg zum Lift, als Stella mit zwei raschen Schritten zum Schalter zurückeilte.

»Wo finden wir Frau Salman?«, fragte sie. Der Postenkommandant wandte sich verärgert um, wollte seinem Unmut über Stellas eigenwilliges Verhalten Luft machen. Doch die Frau am Schalter gab bereitwillig Auskunft. »Die Chefinspektorin befindet sich in einem Meeting mit dem Herrn Polizeipräsidenten. Sie ist derzeit nicht zu sprechen.«

»Danke.« Stella wandte sich um.

»Schauen Sie nicht so finster, Herr Zwill. Ich wollte ja nur wissen, wo man die Kripochefin findet.« »Polizeidirektion, 1. Stock, Zi 100«, entnahm sie der großen Tafel neben dem Haupteingang. »Sie müssen sicher dringend zu Ihrer Besprechung. Ich bin Ihnen sehr verbunden, dass Sie mich hergebracht haben. Aber jetzt finde ich den Weg schon alleine.«

»Sie können nicht einfach unangemeldet ins Büro des Polizeidirektors marschieren.«

»Das habe ich nicht vor«, entgegnete sie. »Ich werde vor dem Büro warten.« Plötzlich lenkte er den Blick von ihrem Gesicht auf etwas hinter ihr. Ein erstaunter Ausdruck trat in seine Augen. Sie drehte sich um.

Eine schlanke Frau mit langen braunen Haaren eilte mit federnden Schritten die Treppe herunter.

»Wer ist das?«

»Das ist Carola Salman.« Stella setzte sich in Bewegung. Noch ehe die Frau den Treppenabsatz erreichte, der zur Tiefgarage führte, rief sie: »Frau Chefinspektorin, darf ich Sie einen Moment stören?«

Carola

Der Polizeichef war überrascht gewesen, als Carola Salman in seinem Büro aufgekreuzt war. »Warum bist du nicht in Hallein? Habt ihr die Gitarre schon gefunden?«

Sie hätte Otmar Braunberger dort gelassen, hatte sie erklärt, um ihren Vorgesetzten über die bisherigen Ermittlungen in Kenntnis zu setzen.

»Das scheint mir ein sonderbarer Fall zu sein, Günther. Laut unserer Spurensicherung wurde beim Diebstahl kein Alarm ausgelöst. Ob das Sicherheitssystem defekt war oder jemand die Anlage ausgeschaltet hat, wird noch untersucht.«

»Könnte ein Museumsinsider beteiligt sein?«

»Möglicherweise. Wenn Otmar mit den Vernehmungen fertig ist, wissen wir mehr. An der Glasvitrine haben Brunners Techniker keine Spuren von Gewaltanwendung entdeckt. Der Täter ist möglicherweise von der Rückseite des Gebäudes ins Museum gelangt. Im Erdgeschoss ist ein Fenster aufgebrochen. Das Instrument ist jedenfalls mit 20 Millionen Euro ziemlich hoch versichert.«

»Und wie stellst du dir das vor, Frau Kollegin? Sollen die Stille-Nacht-Leute am Heiligen Abend bei der Fernsehübertragung zur Begleitung des Liedes auf der Versicherungspolice schaben?«

Die Vorstellung hatte ihr ein Lachen entlockt. »Es wäre zumindest nicht ganz reizlos. Eine 20-Millionen-Urkunde als subtiler Hinweis auf die weltweite schamlose Vermarktung des Liedes.«

»Sparen Sie sich Ihre spöttischen Bemerkungen, Frau Chefinspektorin! Gibt es eine Lösegeldforderung?«

»Nein, aber im Netz tauchen schon die kuriosesten Bekennerschreiben zum Diebstahl auf.«

»Wenn Otmar aus Hallein zurück ist, wünsche ich euch beide auf der Stelle bei mir im Büro zu sehen. Der Fall hat allerhöchste Priorität. Du wirst die Causa nicht an Otmar abgeben, sondern dich gefälligst selbst darum kümmern! Haben wir uns verstanden, Frau Chefinspektorin?«

Sie hatte knirschend zugestimmt, schon, um das Gespräch möglichst schnell zu beenden.

»Um 17 Uhr ist Pressekonferenz mit über 200 Medienleuten. Sogar CNN schickt ein eigenes Team. Der Landeshauptmann und der Herr Kulturminister haben ihr Kommen zugesagt. Wir blamieren uns vor der gesamten Weltöffentlichkeit, wenn es der Salzburger Polizei nicht rasch gelingt, die Gruber-Gitarre aufzutreiben.«

»Die Mohr-Gitarre.«

»Was?«

»Es ist nicht die Gruber-Gitarre. Der konnte vermutlich gar nicht Gitarre spielen. Es ist die Gitarre von Joseph Mohr.«

Er hatte sie mit großen Augen angestarrt. »Wie kommst du darauf?«

»Wenn wir einmal sehr viel Zeit haben, dann mache ich dich mit Frau Dr. Birkner, der Museumskustodin aus Hallein, bekannt. Sie kann dir alles über die sonderbaren Wege dieses Instrumentes und den damit verbundenen Geschichten erzählen. Aber jetzt ist keine Zeit dafür. Ich muss mich gemäß deiner Anordnung ja schleunigst an die Arbeit machen und mittelgroße Wunder vollbringen, damit wir uns nicht vor der versammelten Weltöffentlichkeit bloßstellen.«

Mit dieser Bemerkung war sie aus dem Zimmer geeilt. Auf dem Weg zu ihrem Büro hatte sie entdeckt, dass ihre Handtasche offenbar im Wagen liegen geblieben war. Sie nahm nicht den Aufzug. Stufensteigen war für Carola bei der vielen Zeit, die sie am Schreibtisch zu verbringen hatte, eine willkommene sportliche Abwechslung. Sie machte sich über die Treppe auf den Weg in die Tiefgarage.

»Frau Chefinspektorin, darf ich Sie einen Moment stören?«

Im Erdgeschoss hörte sie eine Stimme hinter sich. Sie drehte sich um. Eine dunkelblonde Frau mit auffallend großkariertem Schal eilte auf sie zu. Dahinter erkannte Carola einen Polizisten im Rang eines Revierinspektors, der mit besorgter Miene folgte. Wenn Carola sich richtig erinnerte, war der Kollege Postenkommandant in einer Gemeinde des nördlichen Flachgaus.

»Es geht um meinen Sohn.« Carola nahm zweierlei wahr. Dem Kollegen war das Vorpreschen der Dunkelblonden sichtlich unangenehm. Zugleich berührte die Miene der Person ihr Inneres. Die Frau war tief besorgt, sie hatte Angst, um wen auch immer.

»Entschuldigen Sie, Frau Chefinspektorin«, beeilte sich der Uniformierte einzuwerfen.

»Raimund Zwill, PI Oberndorf. Ich bin hier wegen der Kommandobesprechung.« Er warf einen schnellen Blick auf die Uhr am Eingang. »Ich habe mir erlaubt, die Dame herzubringen«, versuchte der Revierinspektor weiterhin den Auftritt zu rechtfertigen, »aber wir wollten natürlich nicht Ihre Zeit …« In die Augen der Frau mischte sich zu Angst und Sorgen ein Ausdruck des Flehens. Carola unterbrach den Postenkommandanten mit freundlicher Stimme.

»Kein Problem, Herr Kollege. Ich schlage vor, Sie begeben sich in aller Ruhe zur Konferenz, und ich widme mich für ein paar Minuten dem Anliegen Ihrer Begleiterin. Einverstanden?«

»Äh … danke.« Zwill klappte den offenen Mund zu. Dann tippte er mit dem Finger gegen den Rand der Tellerkappe und eilte davon. Die Frau neben ihr begann zu zittern. »Ich bin Ihnen sehr dankbar …, wenn die Angelegenheit nicht so dringend wäre … ich meine, wenn es nicht um meinen Sohn …« Sie begann leicht zu schwanken.

Carola fasste sie behutsam am Arm.

»Wenn Sie sich am Ende dieses Korridors rechts halten, gelangen Sie zu unserer Cafeteria. Warten Sie dort auf mich. Ich muss kurz in die Tiefgarage zu meinem Auto. Ich bin in fünf Minuten bei Ihnen.«

Die Frau dankte ihr mit einem Kopfnicken, dann ging sie langsam den Flur entlang.

Carola eilte nach unten. Sie brauchte ein wenig, bis sie die Tasche fand. Sie war offenbar während der Fahrt unter den Sitz gerutscht. Dann eilte sie zurück ins Erdgeschoss, schlug den Weg zur Cafeteria ein. Die Frau saß an einem Tisch in der Ecke. Mit der linken Hand wischte sie fahrig über die Plastikabdeckung. Die Rechte war um ein Glas Mineralwasser gelegt, als klammere sie sich daran fest. Carola trat an die Theke, bestellte einen Tee. Sie brachte die dampfende Tasse zum Tisch. Das Glas der Frau war bis zum Rand gefüllt, sie hatte noch keinen Schluck getrunken. Ihre Schultern schienen nach unten gepresst, als drücke sie ein schweres Gewicht. Carola nahm Platz.

»Ich habe Sie noch gar nicht nach Ihrem Namen gefragt.«

Ihr Gegenüber löste die Finger vom Glas los, räusperte sich.

»Ich heiße Stella Pilar, lebe seit 30 Jahren in Portugal.« Die Stimme klang heiser. Erneut hüstelte sie. Sie nahm einen Schluck Mineralwasser. Danach ging es besser. »Mein Sohn Bernardo Pilar ist Journalist. Er kam im Auftrag seiner Zeitung vor einer Woche nach Salzburg, um für eine Reportage zum Stille-Nacht-Jubiläum zu recherchieren. Am vergangenen Samstag fand man ihn spät abends in der Nähe seines Hotels in Oberndorf. Allem Anschein nach war er während eines Spazierganges in einem Waldstück gestürzt. Über den Unfall wurde auch in den Zeitungen berichtet, aber ich nehme kaum an, dass sie die eher unauffällige Meldung mitbekommen haben.«

Carola bestätigte mit einem leichten Kopfschütteln, dass sie davon nichts wusste.

»Ein Suchtrupp unter der Leitung von Revierinspektor Zwill hat meinen Sohn gefunden. Man brachte ihn ins Salzburger Unfallkrankenhaus. Seitdem liegt er dort auf der Intensivstation im Tiefschlaf. Ich bin am Sonntag direkt aus Portugal in Salzburg angekommen.«

Die Erschöpfung stand der Frau ins Gesicht geschrieben. Sie bemühte sich, beim Sprechen die Mundwinkel zu straffen, gegen die Schwerkraft anzukämpfen, die ihre müden Muskeln nach unten zogen. Carola schätzte ihr Gegenüber auf Mitte 50. Das Haar trug sie kurz, zur Seite gescheitelt. Erste graue Strähnen mischten sich ins Blond, dass an die Farbe dunkler Weizenähren erinnerte. Sie musste in ihrer Jugend eine Schönheit gewesen sein. Auch jetzt wirkte sie, trotz sichtbaren Zeichen von Ausgebranntsein, immer noch attraktiv. Sie war um einen halben Kopf größer als Carola, wie die Chefinspektorin bei ihrer Begegnung im Foyer festgestellt hatte. Doch jetzt schien Stella Pilar zu verfallen. Der Versuch, die Schultern zu straffen, sich immer wieder aufzurichten, gelang nur halbwegs. Carola legte der Frau beruhigend die Hand auf den Arm.

»Erzählen Sie bitte weiter.«

Sie wollte nicht daran denken, dass der Polizeipräsident sie in Tausend Teile zerfetzen würde, wenn er mitbekam, dass sie sich mit dieser Frau abgab und nicht höchstpersönlich hinter dem Gitarrenräuber herjagte. Sie hatte auch noch genug andere Arbeit zu erledigen. Doch an all das wollte sie keinen Gedanken verschwenden. Sie wollte sich dem Anliegen dieser Frau widmen. Je länger Carola zuhörte, desto mehr bestätigte sich ihr erster Eindruck. Sie saß keiner hysterischen Spinnerin gegenüber, sondern einer Frau, deren Sorgen offenbar berechtigt waren.

Die Chefinspektorin ließ sich den Überfall vom gestrigen Abend in allen Einzelheiten schildern. Sie hörte zu, wie Stella Pilar von der zufälligen Begegnung mit dem Unbekannten während des Besuchs im Krankenhaus berichtete. Die Frau erzählte auch vom auffälligen Verhalten des unbeleuchteten Wagens auf dem Weg zwischen Hotel und Waldstück. Carola ließ sich den Mann beschreiben, von dem Stella Pilar annahm, dass es derselbe war, der sie gestern in Wagrain attackiert und die Tasche mit dem Laptop geraubt hatte.

Dann überlegte sie kurz, versuchte das Gehörte einzuordnen. Schließlich griff sie zum Handy und wählte die Nummer des Tatortgruppenleiters.

»Hallo, Thomas, seid ihr schon zurück aus Hallein? Ah, das ist gut. Deine Abteilung müsste heute von den

Kollegen aus Wagrain ein Eisenrohr bekommen haben. Es war Tatwaffe bei einem Überfall gestern Abend. Ich weiß, dass ihr mit Arbeit völlig überlastet seid. Ich ersuche dich dennoch, die Untersuchung des Rohres rasch vorzunehmen. Und noch etwas. In den nächsten Minuten kommt Frau Stella Pilar zu euch. Sie war Zeugin und zugleich Opfer des gestrigen Überfalls. Lara möge doch bitte nach Frau Pilars Angaben ein Phantombild des Täters erstellen. Ich danke dir, Thomas.«

Sie legte das Handy weg. Über die eingefallenen Züge der Frau am Tisch huschte eine Andeutung von Lächeln.

»Ich danke Ihnen, Frau Dr. Salman.«

Carola drehte sich zur Theke um, wo eben eine junge Frau in Uniform ihren Latte macchiato ausgetrunken hatte.

»Kollegin Rendik, könnten Sie mir einen Gefallen tun? Bringen Sie doch bitte Frau Pilar in die KPU. Gruppenleiter Brunner weiß Bescheid.«

»Aber gerne, Frau Chefinspektorin.« Die junge Frau nahm ihre Dienstkappe vom Tresen. Carola blickte den beiden nach. Sie dachte an ihren eigenen Sohn. Sie fragte sich, wie es ihr wohl ergehen würde, wenn Harald schwer verletzt mit einem Schädelhirntrauma in der Intensivstation liegen würde. Sie wäre genauso in Sorge wie diese Frau. Noch einen Eindruck glaubte sie während des Gesprächs wahrgenommen zu haben. Der Stachel, der sich durch den schrecklichen Unfall in Stella Pilars Herz gedrückt hatte, saß zweifellos tief. Doch da war noch etwas anderes. Carola schien es, dass der wahrnehmbare Schmerz dieser Frau nicht allein von der augenblicklichen Sorge um den gesundheitlichen Zustand ihres Sohnes herrührte. Sie litt sicherlich auch unter der Ungewissheit, welche Bedrohung durch das Auftauchen des Unbekannten entstanden war. Aber Carola war überzeugt davon, dass es noch Zusätzliches gab, das die Frau belastete. Und diese Wunde schien ihr älter zu sein, weit zurückliegend, aber immer noch schwärend. Sie stand auf, brachte ihre Tasse zur Regalablage. Sie war entschlossen, dieser Frau zu helfen, auch wenn sie im Augenblick vor Arbeit nicht ein noch aus wusste.

Stella

Die junge Frau neben ihr schien etwa in Bernardos Alter zu sein. Sie hatte das lange schwarz glänzende Haar zu einem Zopf geflochten, der unter der Dienstkappe hervorschaute und auf dem Rücken baumelte. Ob ihr Sohn eine Freundin hatte? Die Frage schoss ihr plötzlich durch den Kopf. Darüber würde Filipa Pardal sicher mehr wissen. Wenn es so war, hatte die Journalistin die Freundin gewiss verständigt. Aber hätte sie davon auch Stella unterrichtet? Konnte es sein, dass plötzlich eine Freundin auftauchte und sie an Bernardos Krankenbett eine ihr völlig Fremde antraf? Wieder wurde ihr schmerzlich bewusst, wie wenig Ahnung sie vom Leben ihres Sohnes hatte.

Die Abteilungen für Beweissicherung, Tatort und kriminalpolizeiliche Untersuchungen lagen in einem anderen Trakt des Gebäudes. Während Stella der jungen Polizistin durch das Gewirr an Korridoren folgte, dachte sie über das Gespräch mit der Chefinspektorin nach. Die Kriminalistin hatte nicht nur aufmerksam zugehört. Stella hatte bisweilen auch den Eindruck gewonnen, der Blick der Frau berühre sie tief in ihrem Inneren, dort, wo jahrelang ihr Herz geschlagen hatte und sich jetzt nur mehr ein verhärteter Klumpen befand. Dann waren sie da. Stella wurde schon erwartet.

Eine rothaarige Frau mittleren Alters mit Jeans und Norwegerpulli stellte sich als Lara Kraft vor. Stella hatte jemanden mit Stift und Zeichenblock erwartet. Sie war verwundert, als die Polizistin sie zu einem Computerscreen dirigierte. Die Frau im Norwegerpulli schien ihre leichte Verwirrung zu bemerken. Sie lächelte.

»Sie wären nicht die Erste, die fragt, wo denn der Zeichner bleibe. Die Zeiten für eigens geschulte Grafiker zur Erstellung eines Fahndungsbildes sind sehr lange vorbei, Frau Pilar. Als ich mit der Arbeit in der KPU begann, wurden schon längst sogenannte Identikits verwendet. Da legte man verschiedene Gesichtsmerkmale auf Folien übereinander. Doch diese Methode ist auch schon Schnee von gestern. Inzwischen haben wir ausgefeilte Computerprogramme, die uns die Arbeit erleichtern.«

Sie bat Stella Platz zu nehmen. »Womit wollen wir denn beginnen? Was ist Ihnen am deutlichsten in Erinnerung? Sind es die Augen?«

»Am auffälligsten für mich waren die Lippen.«

»Bitte sehr, dann fangen wir damit an.« Der Mauszeiger huschte über den Screen, aktivierte das Feld »Lips«. Es dauerte nicht lange, bis Ihnen die Software eine füllige Lippenform anbot, die Stella für passend hielt. Auf diese Weise arbeiteten sie sich über alle Teile des Gesichts vor. Schließlich kamen sie zu den Haaren, die unter der Kappe hervorschauten. Als Lara Kraft fragte: »Noch zu glatt? Waren die Haare mehr gewellt, eher ungeordnet, struppig, wirr?«, zuckte Stella wie elektrisiert zusammen. Struppig? Wirr? Vielleicht gar *bockig*? Hatte der Sanitäter sich möglicherweise doch nicht verhört? Könnte Bernardo tatsächlich *bockiges Haar* gesagt haben, um auf eine struppige Frisur hinzuweisen? War er dem Mann, dessen Bild sie hier erstellten, schon einmal begegnet?

»Ist Ihnen nicht gut, Frau Pilar?«

»Danke, es geht schon. Kann ich ein Glas Wasser haben?«

»Gerne.« Die Polizistin stand auf. Stella nahm sich vor, mit der Chefinspektorin über Bernardos Ausspruch zu reden. Lara Kraft kam mit einem Glas zurück. Stella trank es zur Hälfte aus. Die Polizistin machte sich wieder an die Arbeit. Es dauerte keine halbe Stunde, dann blickte Stella vom Bildschirm her die finstere Visage des Kerls an, der Stefan und sie attackiert hatte und der ihr auch im Krankenhaus begegnet war.

»Bestens.« Eine dunkle Stimme war zu vernehmen. Ein Mann war herangetreten. Er stellte sich als Thomas Brunner vor.

»Lara, lass das Phantombild durchs Programm laufen. Vielleicht erzielen wir einen Treffer.« Dann ersuchte er Stella mitzukommen.

In Brunners Büro wartete die Chefinspektorin. Ihre Augen waren auf einen großen Screen an der Wand gerichtet. Auch dort war das eben erstellte Phantombild zu sehen. Carola Salman wandte sich um.

»Die Suchprogramme laufen, die Untersuchung des Eisenrohres ist auch bald abgeschlossen, wie mir Kollege Brunner vorhin bestätigte.«

Der Chef der Spurensicherung nahm an seinem Schreibtisch Platz. Stella setzte sich auf einen der Besucherstühle.

»Gehen wir einmal davon aus, Sie haben recht mit Ihrer Beobachtung, Frau Pilar«, begann die Polizistin. »Nehmen wir an, es gibt jemanden, der möglicherweise in Verbindung zu Ihrem Sohn steht. Diese Person hat Sie in Wagrain überfallen, um an Bernardos Tasche zu kommen, und dieselbe Person war am Montag im Krankenhaus. Stellen wir uns weiter vor, diese Person ist Ihnen vom Spital aus gefolgt. Sie erwähnten den seltsamen Vorfall mit dem unbeleuchteten Wagen am selben Abend. Nehmen wir weiter an, der Mann beobachtete Sie auch am nächsten Morgen. Was sieht er? Er bekommt mit, dass Sie abgeholt werden. Ihr Begleiter ist ein Mann. Der bringt Sie mit dem Auto zum Polizeiposten in Oberndorf. Sie verschwinden im Gebäude. Kurz darauf kommen Sie zurück. Jetzt haben Sie eine Tasche dabei, die sie im Auto verstauen. Sie fahren ab, machen sich auf den Weg Richtung Süden. Der Mann folgt Ihnen weiterhin. Ich frage mich: Warum wartet er bis zum späten Abend, bis er zuschlägt?«

Stella dachte nach, rief sich die Abläufe des Dienstags in Erinnerung.

»Davor war keine Gelegenheit, die Tasche aus dem Wagen zu stehlen. In Oberndorf stand das Auto auf dem Stille-Nacht-Platz gut sichtbar neben einer Gaststätte. Es waren viele Leute auf dem Areal. In Mariapfarr hatte Stefan Hochberg den Volvo direkt neben der Polizeiinspektion geparkt. Da würde sich wohl jeder Dieb hüten, sein Vorhaben auszuführen. Erst in Wagrain stand das Auto unbeobachtet in einer schwach beleuchteten Seitenstraße.«

Die Chefinspektorin nickte. Das Argument schien ihr einzuleuchten.

»Kommen wir zur nächsten Frage. Warum raubt er die Tasche? Was befand sich darin?«

»Nur der Laptop. Bernardos Pass blieb auf dem Polizeiposten, und seine Brieftasche habe ich in meine Handtasche gesteckt.«

»Was ist mit dem Handy?«

»Das weiß ich nicht, das hat mir der Beamte in Oberndorf nicht übergeben.«

Die Chefinspektorin blickte auf ihre Uhr. »Die Sicherheitsbesprechung der Kommandanten ist sicher noch im Gang. Kollegen Zwill können wir jetzt nicht dazu befragen. Wir rufen beim Posten an.« Thomas Brunner öffnete das Fenster mit den Telefonnummern der verschiedenen Dienststellen. Eine Frauenstimme meldete sich.

»Inspektorin Tamara Krug, was kann ich für die Kollegen der Kripo tun?«

Die Chefinspektorin brachte ihr Anliegen vor.

»Einen Moment bitte … Gemäß Aufzeichnungen der Kollegen wurden aus dem Zimmer von Herrn Pilar nur ein Reisepass, eine Brieftasche und ein Notebook samt Tasche sichergestellt. Von einem Handy ist hier nichts vermerkt.«

Carola Salman bedankte sich. Stella schüttelte leicht verärgert den Kopf. An Bernardos Handy hatte sie gar nicht gedacht. Die Ereignisse waren so plötzlich über sie hereingebrochen, dass sie daran keinen Gedanken verschwendet hatte.

»Ich besorge mir die Daten des Handys und checke ab, wo es zuletzt eingeloggt war«, erklärte der Chef der Spurensicherung. »Willst du sonst noch etwas unternehmen, Carola?« Die Chefinspektorin erhob sich.

»Ich nehme an, Herrn Pilars Kleidung, die er beim Unfall getragen hatte, ist noch im Krankenhaus. Lass sie bitte holen und untersuchen.«

Stella blickte auf die Wand. Noch immer starrte das Gesicht mit den wulstigen Lippen und den struppigen Haaren vom großen Bildschirm. Daneben liefen in rasanter Geschwindigkeit Serien von kaum wahrnehmbaren Gesichterkonturen ab. Das Programm arbeitete auf Hochtouren. Würde es irgendwann stoppen, weil die Software eine Übereinstimmung erkannt hatte? Gäbe es dann zum Gesicht auch einen Namen? Sie hatte Angst. Von diesem Mann ging Gefahr aus, das spürte sie ganz deutlich.

»Können Sie meinem Sohn Personenschutz gewähren, Frau Chefinspektorin?«

Die schlanke Frau schüttelte den Kopf. »Leider nein, Frau Pilar. Dafür reichen die vagen Verdachtsmomente nicht. Kein Staatsanwalt würde eine Bewachung genehmigen.«

Für einen Moment schoss Zorn in Stella hoch. Was brauchte der Sicherheitsapparat noch alles an Beweisen, bis man endlich ihren Sohn beschützte? Doch sie unterdrückte den Drang, die Frage herauszubrüllen. Es würde nichts bringen. Sie musste der Chefinspektorin recht geben. Aus Sicht der Polizei waren Stellas Beobachtungen nicht mehr als vage Hinweise. Es war schon hilfreich, dass ihr die schlanke Frau mit den langen braunen Haaren überhaupt so lange zugehört hatte. Dafür war sie ihr dankbar. Immerhin waren auf Initiative der Chefinspektorin erste Untersuchungsschritte unternommen worden. Darüber freute sich Stella, aber es verringerte nicht ihre Angst.

Sebastian

Frau Stoydina hatte eine Überraschung für sie. »Der Sachunterricht fällt heute aus. Dafür machen wir einen Besuch in der Volksschule Arnsdorf.« Aus 17 Kinderkehlen brandete Jubel auf. Sebastian war froh, dass er seine Mama überreden konnte, ihn doch zur Schule gehen zu lassen. 36,8, hatte das Fieberthermometer in der Früh angezeigt. Dass er überhaupt kein Halsweh mehr verspürte, das war ein wenig geschwindelt. Aber das leichte Kratzen störte ihn nicht. Schließlich hatte die Mama eingewilligt. Er musste ihr mit großem Indianerehrenwort versprechen, es unverzüglich der Lehrerin zu sagen, falls es ihm schlechter gehen sollte.

Aber bisher hatte sich alles prächtig entwickelt. Bei der Deutschansage in der ersten Stunde war ihm kein einziger Fehler passiert, das würde sicher ein Einser werden. Die Theaterprobe war auch gut verlaufen. Und nun freute er sich auf den Ausflug in die Nachbargemeinde. Frau Stoydina hatte zwei kleine Busse organisiert. Die brachten sie zur Mittagszeit nach Arnsdorf. Sebastian saß neben Halil und Evelyn in der zweiten Reihe. Im Fahrzeug herrschte aufgeregtes Geschnatter. Die Kirche war schon von Weitem zu sehen. Sie stand auf freiem Feld, umgeben von nur wenigen Häusern. Der Busfahrer blinkte, sie bogen von der Hauptstraße ab und hielten auf die Gebäude zu.

»Da müssen wir hin!« Sebastian deutete aus dem Fenster, machte seine Mitschüler auf das ockerfarbene Haus mit den grünen Balken aufmerksam. Immerhin kannte er sich aus, er war ja mit der Großmutter schon hier gewesen.

»F.X. Gruber-Schule«, war in einer komisch geschwungenen Schrift an der Wand zu lesen. Darunter waren ein Stern abgebildet und ein weiterer Schriftzug: Stille-Nacht-Museum.

»Das schaut ja weder aus wie eine Schule noch wie ein Museum«, bemerkte Evelyn.

»Ja, eher wie ein Bauernhaus«, stimmte ihr Halil bei. Sebastian musste den beiden recht geben. Er war neugierig, was sie im Inneren erwartete. Bei seinem Besuch mit der Großmutter hatten sie nur das Innere der Kirche gesehen. Das Museums- und Schulgebäude war verschlossen gewesen. Der Bus hielt auf dem kleinen Parkplatz, der Fahrer ließ sie aussteigen.

»Schaut mal, was für ein lustiger Engel!«, rief Anita, die im Krippenspiel eine Hirtin darstellte. Sie lief auf die Figur zu. Einige der Kinder folgten. Der Engel war Teil eines Brunnens. Er stand auf einer sternengeschmückten Kugel. Im Sommer spritzte es aus den Düsen. Jetzt war das Wasser abgedreht. Das Brunnenbecken trug eine Abdeckung. Es war kalt. Die Engelsfigur, die auf einem Blasinstrument spielte, war mit Schneekristallen überzogen, die in der Sonne funkelten.

»Kinder, kommt her, wir gehen hinein!« Frau Stoydina winkte die zerstreute Schar herbei. Sebastian stellte sich in die erste Reihe. Über der Eingangstür war eine Tafel angebracht.

»Stille Nacht, heilige Nacht!«
Wer hat dich, o Lied gemacht?
»Mohr hat mich so schön erdacht,
Gruber zu Gehör gebracht:
Priester und Lehrer vereint«!

Darunter war noch zu lesen: »Compositions-Jahr 1818. Errichtungsjahr der Tafel 1897.«

Sebastian hatte der Spruch schon bei seinem ersten Besuch gefallen, als er mit der Oma hier war. Das Lied konnte in diesem Gedicht sprechen. Es gab selbst die Antwort. Das fand er eine originelle Idee. Besonders die Zeile »Mohr hat mich so schön erdacht« gefiel ihm. Er hatte sich vorgenommen, in den Weihnachtsferien endlich mit der Fantasygeschichte anzufangen, die er schon lange schreiben wollte. Darin wollte er ein sprechendes Buch auftauchen lassen. Vielleicht sollte er den Plan ändern und stattdessen ein sprechendes Lied in den Mittelpunkt stellen.

»Ich begrüße euch ganz herzlich in unserer Schule!« Neben der Lehrerin stand eine groß gewachsene Frau. Sie hatte braune Haare und trug eine rote Brille. »Ich bin die Direktorin. Unsere Schule ist älter und viel kleiner als eure. Wir haben nur zwei Klassenzimmer. Die dürft ihr euch jetzt anschauen. Ich zeige euch auch die Räume, in denen Franz Xaver Gruber mit seiner Familie wohnte. Und dann freuen wir uns, dass ihr bei unserer heutigen Generalprobe dabei seid. Unsere Schüler sind schon ganz aufgeregt. Sie warten im Turnsaal auf euch. Also dann, herein in die gute Stube!«

Die Kinder waren erstaunt, als sie das Haus betraten. Der Gang war schmal, sie hatten nicht einmal alle gleichzeitig Platz. Ihre eigene Schule war hell und geräumig. Sie hatte zehn Klassenzimmer. Das Foyer war ausladend. Dort konnte man sogar Musizieren und Theaterspielen.

»Seht mal!«, rief Halil. An der Wand über der Garderobe hing ein großes Plakat. Es zeigte selbst bemalte, aus Papier ausgeschnittene Hände. Sie berührten einander, bildeten einen Kreis. In der Mitte war zu lesen: »Wir sind eine Gemeinschaft.«

»So eine Zeichnung machen wir auch, Frau Stoydina!«, rief Evelyn. »Wir sind auch eine Gemeinschaft!«

»Ja, das sind wir!«, riefen auch die anderen und rissen die Arme in die Höhe.

Die beiden Lehrerinnen lachten.

»Hier rechts ist unser Zimmer für die dritte und vierte Klasse«, erklärte die Direktorin und stieß die Tür auf. »Das ist der Raum, in dem auch Herr Gruber viele Jahre lang als Lehrer unterrichtete.«

Sie durften einen Blick in den Raum werfen. Sebastian war enttäuscht. Das Zimmer sah aus wie ein ganz normales Klassenzimmer. Wenn es eine Spur größer wäre und andere Zeichnungen an den Wänden hingen, dann könnte es auch ihr eigenes sein.

»Und jetzt, Kinder, folgt mir, bitte.«

Die Direktorin stieg die steilen Holzstufen nach oben. Sebastian hatte sich hinten eingereiht. Während sich die anderen an der schmalen Treppe drängten, las er die Chronik des Hauses, die in verschnörkelter Schrift auf zwei Tafeln angebracht war. Eine Eintragung aus dem Jahr 1888 fiel ihm besonders auf. »10. Dezember, Brand im Schulzimmer, durch den äußerst schadhaften Ofen.

Bis 17. Dezember wegen Reparatur und Reinigung kein Unterricht.«

Eine Woche schulfrei!, überlegte er, das wird den Kindern damals sicher gefallen haben. Er folgte der Gruppe nach oben. Der große Raum, in dem schon die anderen warteten, überraschte ihn. Hier war sie endlich, die alte Schule!

»Dieses Mobiliar stammt aus dem alten Klassenzimmer. Ihr dürft euch gerne auf die Bänke setzen, Kinder.«

Sofort gab es ein Gedränge, jeder wollte in der ersten Reihe vor dem alten Katheder Platz nehmen.

»Langsam!«, ermahnte Frau Stoydina ihre Rasselbande. »Seid bitte vorsichtig!«

Halil winkte aufgeregt. Er hatte für sich und Sebastian einen Platz in der zweiten Bankreihe erkämpft. Auf den alten Holzpulten lagen kleine schwarze Tafeln mit Holzumrandung. An jeder Tafel war mit Schnur ein Wolltuch angehängt.

»Das sind alte Schreibtafeln. Als Herr Gruber hier vor 200 Jahren unterrichtete, war es ganz normal, dass die Schüler auf solchen Tafeln schrieben. Sie verwendeten Kreidestifte. Mit dem Tuch konnte man das Aufgezeichnete wieder wegwischen. Solche Tafeln wurden lange verwendet. Meine Großmutter hat in ihrer Volksschulzeit noch auf Tafeln dieser Art geschrieben.«

Die Tafeln beeindruckten Sebastian. Schade, dass er den Brief ans Christkind schon geschrieben hatte. Sonst hätte er sich statt dem Baukasten lieber eine solche Tafel gewünscht. Sie durften auch noch die anderen Räume anschauen. Die »Rauchkuchl« fanden alle besonders putzig. Wie eine große Puppenküche, mit Feuerstelle und Herd, Holztisch und Eckbank, kleinem Kasten und Kinderwiege.

»Hier lebte die ganze Familie«, erklärte die Direktorin. »Herr Gruber mit seiner Frau und den Kindern. Es gab keine Zentralheizung, keine Waschmaschine, keinen Geschirrspüler. Hier wurde gekocht und gewaschen, die Kinder wurden gewickelt, im Winter hängte man die nassen Socken auf, und täglich musste viel Holz herangeschafft werden.«

Nun fanden es die meisten nicht mehr so putzig wie vorhin.

»Und hat Herr Gruber an diesem Tisch die Melodie von ›Stille Nacht‹ komponiert?«, fragte Sebastian. Die Direktorin schenkte ihm ein Lächeln. »Das, junger Mann, wissen wir leider nicht. Vielleicht passierte das unten in der Schulklasse oder in einem anderen Raum.«

Sebastian beschloss für sich, dass es hier gewesen war. Er stellte sich die Szene vor. Frau Gruber war am Herd gestanden, hatte nach dem Frühstück vielleicht Bratäpfel auf die Platte gelegt, Lebkuchen vorbereitet. Immerhin war ja Heiliger Abend. Es duftete wunderbar. Plötzlich war Herr Mohr aufgetaucht und hatte Herrn Gruber, wie versprochen, das Gedicht vorgelegt. Herr Gruber hatte ein Notenblatt genommen und sich sofort an die Arbeit gemacht. Und zwei Stunden später hatten sie nicht nur alle Bratäpfel gegessen, sondern auch das Lied fertig. So muss es gewesen sein.

Vielleicht sollte er keine Fantasystory schreiben, sondern die Geschichte von »Stille Nacht«. Ja, das war es! Eine Geschichte in Ich-Form. Das Lied erzählte selbst, wie es entstanden ist und dann in die Welt hinausflog.

»Und jetzt, Kinder, bringe ich euch in unseren kleinen Turnsaal. Dort werden wir euch unser heuriges Krippenspiel vorführen.«

Der Eingang zum Bewegungsraum war im selben Stockwerk. Die Direktorin öffnete eine Holztür und ließ die Kinder vorgehen. Erneut waren alle verwundert. Der Raum war klein, erinnerte eher an einen ausgebauten Dachboden als an einen Turnsaal. Aber die Atmosphäre war gemütlich. An den Sprossenleitern hingen Sterne und Laternen. Das Spiel, das ihnen die Kinder der Franz-Xaver-Gruber-Volksschule vorführten, gefiel ihnen. Es wurde viel gelacht und geklatscht. Am meisten Applaus bekam ein kleines dunkelhaariges Mädchen. Es spielte ein kleines Schaf namens Scharlotte, das unbedingt mit zum Stall von Bethlehem wollte. Die Hirten meinten, es sei noch viel zu klein dafür. Aber Scharlotte machte sich alleine auf den Weg und traf auch rechtzeitig an der Krippe ein.

Nach der Vorführung brachten sie die Busse zurück zur Schule.

Sebastian machte sich auf den Heimweg. Zu Hause erzählte er der Mama vom Besuch in Arnsdorf und vom lustigen Krippenspiel mit dem kleinen abenteuerlustigen Schaf. Nach dem Mittagessen sagte die Mama: »Deine Augen sind glasig, Sebastian.« Sie befühlte seine Stirn. Dann holte sie das Fieberthermometer.

Sebastian steckte es unter die Achsel, wartete, bis der Piepston erklang. Das kleine Sichtfenster zeigte 37,2.

»Das ist zumindest erhöhte Temperatur. Ich mache dir einen Basilikumtee.« Die Mama schickte ihn ins Bett. Er sollte sich ausruhen. Das brachte seine Pläne durcheinander. Immerhin war ihm gestern eine gute Idee gekommen, wie er vielleicht seinen Kummer wegen Omas Tod ein wenig lindern konnte. Aber dazu musste er hinaus.

Stella

Schwester Adama war schon abgelöst worden, als Stella im UKH eintraf. Die Frau in der blauen Kleidung, die den Dienst auf der Station übernommen hatte, wirkte ebenfalls freundlich. Dem braunen Teint und dem kräftigen dunklen Haar zufolge kam sie vielleicht aus Südosteuropa, überlegte Stella. Serbien? Griechenland? Türkei? »Gayane«, wies das Namensschild aus. »Ich stamme aus Armenien. Ich bin aber schon seit fast 20 Jahren in Österreich.«

Sie wusste Bescheid über Stella, Adama hatte sie instruiert. Sie brachte Stella zur Intensivstation, schloss die Tür auf.

»Ich lasse Sie kurz alleine. Sie dürfen sich auch ans Bett setzen.« Sie lächelte ihr nochmals zu und verschwand. Stella trat näher. Sie versuchte das Gewirr der Kabel, den Anblick der blinkenden Monitore auszublenden. Vor ihr lag ihr Sohn, ihr Kind, der Mensch, der ihrem Herzen am nächsten war. Sie würgte das beklemmende Gefühl der Angst hinunter. Sie bemühte sich, in ihrem Inneren Raum für die Hoffnung zu schaffen, dass Bernardo aus diesem totenähnlichen Zustand zurück ins Leben fände. Vorsichtig berührte sie seine Wangen. Fühlte sich die Haut um eine Spur kälter an als beim letzten Mal? Sie beugte sich über ihn, wollte ihn auf den Mund küssen, wie sie es immer getan hatte, als Bernardo noch klein war. Doch dann hielt sie inne. Sie befürchtete, versehentlich an den Schlauch zu stoßen, der aus seinem Mund ragte. So benetzte sie nur den Zeigefinger und drückte ihm einen Kuss in den Mundwinkel. Sie tastete nach seiner Hand, hielt sie. Zehn Minuten später erschien die Armenierin und führte sie wieder hinaus. Die Krankenschwester versperrte den Zugang. Stella lehnte sich prüfend dagegen, versuchte den Eingang aufzudrücken. Die Tür gab keinen Millimeter nach, schien stabil zu sein.

»Machen Sie sich keine Sorgen, Frau Pilar. Hier kann man nur mit einem Schlüssel hinein.«

Sie bat den Portier, ihr ein Taxi zu rufen. Sie wollte zurück ins Hotel. Die Fahrt nach Norden dauerte etwa eine halbe Stunde. Als der Chauffeur bei Oberndorf blinkte, um die Abzweigung zum Hotel zu nehmen, entschied sie sich anders.

»Bleiben Sie auf dieser Straße.« Der Fahrer schaltete den Blinker aus, fuhr weiter auf der B 156 Richtung Norden. Sie ließ das Taxi an einer Bushaltestelle stoppen. Das letzte Stück wollte sie zu Fuß gehen. Sie schlug den Weg ein, den sie als Kind sicher Tausende Male gegangen war. Sie blickte nach oben. Der Himmel zeigte sich grau und wolkenverhangen. In einer Stunde würde es dunkel sein, schätzte sie. Hier schien sich wenig verändert zu haben in den vergangenen 30 Jahren. Die Kirche stand immer noch einsam auf freiem Feld, umgeben von nur wenigen Häusern. Ein Auto kam ihr entgegen. Sie trat zur Seite, ließ den Wagen passieren. Das Gebäude neben der Kirche hatte offenbar einen neuen Anstrich bekommen. Aber die alte Schrift war immer noch dieselbe: F.X. Gruber-Schule. Stille-Nacht-Museum. Sie passierte das Haus, hielt auf die Kirche zu. Der Bau stand auf einem ehemaligen Moor, worauf die Bezeichnung der Kirche verwies: Maria im Mösl. Am Eingang zum Friedhof, der sich rund um die Kirche erstreckte, zögerte sie. Ihre Hände schwitzten. Sie blickte sich um. Eine einzige Person war zu sehen, eine dunkelhäutige Frau. Sie trug ein rotes Tuch um den Kopf geschlungen. Den Kragen der dünnen Jacke hatte sie aufgestellt. Sie verschwand im lindgrünen Gebäude, das dem Museum gegenüberlag. Soweit Stella sich erinnerte, war das der

Pfarrhof. Sie wartete, fühlte sich unschlüssig. Dann gab sie sich einen Ruck und setzte den Weg fort. Der Friedhof war so, wie sie ihn in Erinnerung hatte. Er war um vieles kleiner als die Ruhestätten, die sie zuletzt gesehen hatte. Auch dominierten hier bei Weitem nicht so viele gusseiserne Grabkreuze wie in Wagrain und Mariapfarr. Das Grab, auf das sie zustrebte, lag an der rechten Seite, direkt an der Umfriedungsmauer. Sie trat langsam näher. Der helle graue Stein war verwittert. Die Ränder der blassen Goldschrift begannen abzubröckeln.

Magdalena Winter, geb. Striegler, 2.6.1945 – 14.8.1976

Die Fotografie neben der Schrift war stark vergilbt. Trotz der schlechten Qualität konnte man immer noch erkennen, welch blühende Schönheit die junge Frau auf dem Bild im Leben gewesen war.

»Hallo, Mama.« Stella streckte vorsichtig die Hand aus, legte die Finger auf das gewölbte Keramikbild. Sie war sieben Jahre alt gewesen, als man ihre Mutter auf diesem Friedhof zu Grabe trug. Eine entfernte Cousine hatte sich damals angeboten, die kleine Stella in ihre fünfköpfige Familie aufzunehmen. Aber der Vater hatte darauf bestanden, seine Tochter alleine großzuziehen. Stella nahm die Hand zurück, ließ ihre Augen vom Gesicht der Mutter über die Fläche des Steines langsam nach unten wandern. Die Bewegung stockte.

Egbert Winter, 11.1.1933 – 17.11.1991

Sie war davon ausgegangen, dass auch ihr Vater hier begraben war. Es wunderte sie auch nicht, dass die Ruhestätte immer noch existierte und nicht längst aufgelassen war. Ihr Vater hatte verfügt, dass das Grab bis 40 Jahre

Sie musste sich auf die steinerne Umrahmung des Grabes setzen, ihre Beine schlotterten. Die schwarze Faust in ihren Eingeweiden siegte. Der Magen rebellierte. Sie würgte Flüssigkeit hoch, spie sie in ein Taschentuch. Ihr Atem ging schwer. Von der unteren Hälfte des Grabsteins blickten sie die harten Augen ihres Vaters an. Auch sie hatte granitfarbene Augen, die hatte sie von ihm geerbt. Langsam streckte sie die Hand aus, fuhr mit den Fingern über das kantige Gesicht.

»Ich habe es auch nicht viel besser gemacht als du«, flüsterte sie. »Ich habe versagt. Mein Kind hätte mein Verständnis gebraucht. Statt auf seinen Wunsch einzugehen, habe ich ihm meine Wut ins Gesicht geschleudert und ihn weggestoßen.«

Sie hatte damals fast zwei Tage durchgeweint. Sie hatte sich von ihrem Sohn verraten gefühlt. Am dritten Tag hatte sie versucht, ihn zu erreichen. Sie wollte mit ihm reden, sich für ihr Verhalten entschuldigen. Aber er hatte auf keine ihrer Annäherungen reagiert, auf keinen Anruf, auf keine Nachricht, auf keine Mail. Nach einigen Monaten hatte er offenbar Handy und Mailadresse gewechselt. Drei Jahre lang hatte sie nichts mehr von ihm gehört. Bis vor vier Tagen der Anruf der Journalistin gekommen war, sie sich in ein Flugzeug setzte und ihren Sohn in einem Spitalsbett wiederfand, angeschlossen an lebenserhaltende medizinische Geräte.

Sie fasste nach der Kante des Grabsteins, zog sich mühsam daran hoch. Das Schwindelgefühl ließ allmählich nach. Sie holte ein frisches Taschentuch hervor, säuberte sich den Mund. Ihre Hand befühlte die rissige

Oberfläche des alten Steins. Ihre Finger strichen behutsam über das Bild ihrer Mutter, nach kurzem Zögern auch über das Konterfei des Vaters. Die Keramikoberfläche fühlte sich kalt an. Sie ließ die Finger auf der Stelle, bis sie den Eindruck hatte, die Glasur würde um eine Nuance wärmer. Dann nahm sie die Hand weg. Ihr Blick richtete sich zum Himmel. Es würde bald dunkel sein. Sie holte vom Automaten im Eingangsbereich ein Grablicht, zündete es an und stellte es in die Laterne. Ihre Augen ruhten noch eine Weile auf den Gesichtern ihrer Eltern. Dann wandte sie sich um. Sie umrundete die Ostseite der Kirche und erreichte das Hauptportal. Die Tafel mit den Namen der Gefallenen hing immer noch links neben dem Eingang, so wie sie es in Erinnerung hatte. *Den Toten zur Ehre, den Lebenden zur Mahnung*. Sie stieß das Tor auf. Wie automatisch führten sie ihre Füße ins Innere, wandten sich nach links, fanden die breiten Holzstufen. Auf der ersten Empore angekommen, machte sie kurz Halt zwischen den Holzbänken. Dann wandte sie sich um. Ihre Hand griff nach der dunklen Tür mit dem geschnitzten runden Ornament in der Mitte. Sie zog sie auf. Als wären mit dem Öffnen der Tür vier Jahrzehnte ausgelöscht, trat sie durch den Eingang. Die Treppe war schmal, die Steilheit der Holzstufen genauso abenteuerlich wie damals. Sie tastete sich mit der Rechten an der Mauer entlang, stieg Stufe um Stufe nach oben. Dann war sie auf der zweiten Empore angelangt. Sie schob sich links an der Rückwand der Orgel vorbei. Die aufgestellten Holzbänke sahen aus wie seinerzeit. Nur die Polsterung war ihr neu.

Vor 40 Jahren hatten sie noch keine Kissen gehabt, die man über die Sitzflächen legen konnte, um die Härte der hölzernen Unterlage abzumildern. Das hätte ihr Vater als Chorleiter nie geduldet. Solchen Luxus hätte er als verweichlicht, als unnötig verhätschelt abgetan. Wie viele Sonntag, Feiertage, Maiandachten, Frühmessen, Abendgottesdienste hatte sie hier verbracht? Zeit, die ihr immer sinnlos vergeudet schien. Ihr Vater hatte den Kirchenchor jahrzehntelang dirigiert. Ihre Mutter hatte, von allen bewundert, im Sopran als Solistin geglänzt. Nach dem Tod seiner Frau hatte Egbert Winter seine Tochter trainiert, damit sie einmal in die solistischen Fußstapfen ihrer Mutter treten könnte. Sie hatte es gehasst. Jedes Kyrie war für sie ein Drill, jedes Benedictus ein Gräuel. Sie trat vor an die Brüstung. Vor ihr erstreckte sich das Hauptschiff der Kirche. Ihre Augen glitten langsam über die Wände, die Sitzreihen, die Seitenaltäre. In der Mitte des Raumes prangte an der Decke ein Wappen. Es zeigte zwei weiße Flügel. Dieses Symbol verwies auf den Erzengel Michael. Doch Stella hatte sich immer vorgestellt, es wären die Flügel des Dädalus. Der war in der griechischen Mythologie mit selbst gefertigten Schwingen seinem Gefängnis auf der Insel Kreta entflohen. Entfliehen zu können, dieses Verlangen hatte immer in ihr gebrannt. Sie hatte sich gewünscht, Flügel zu bekommen, um einfach davonzufliegen. Ähnlich wie ihr Zuhause war ihr auch diese Kirche immer als Gefängnis erschienen. So hatte sie den Sakralbau auch in ihrer Erinnerung bewahrt, als düsteren Hort der Bedrückung. Jetzt, im Abstand von 30 Jahren, wurde ihr zum ersten Mal bewusst, dass der Raum einen ganz anderen Charakter hatte. Wenn sie sich von ihren Erinnerungen löste, dann erschien das Kircheninnere nicht trostlos und bedrückend, sondern offen, lichtvoll und klar. Der prunkvolle Hauptaltar glänzte wie ein Juwel. Trotz einiger Kunstwerke wie Kanzel, Figuren und Seitenaltäre wirkte der Raum nicht überladen. Er ließ einem Platz zum Atmen. Sie blieb eine Weile stehen, schöpfte Ruhe aus dem neu gewonnen Eindruck. Dann nahm sie die Hände von der Brüstung und stieg wieder die Treppen nach unten.

»Stella?«

Sie hörte eine Stimme, als sie die Kirche verließ und ins Freie trat. Vor dem großen Gebäude gegenüber dem Museum bemerkte sie eine Frau. Sie blieb stehen.

»Ja?«

Die Frau kam näher. »Erkennst du mich noch?«

Stella zögerte. Die Frau war etwa in ihrem Alter, ein wenig füllig, was nicht nur an der wattierten Jacke lag. Aus dem rundlichen Gesicht funkelten sie zwei sprühende Augen an. Das Lockengewirr der kastanienbraunen Haare schien sich jedem Kamm zu widersetzen.

»Frieda Machanska.«

Frieda? In Stellas Erinnerung tauchte zuerst der wohltönende Klang einer Stimme auf, ehe sich die Bilder dazu einstellten. Frieda Machanska! Sie war zwei Jahre älter gewesen als Stella. Ein halbes Jahr hatten sie zusammen im Kirchenchor gesungen. Frieda besaß eine wunderbare Altstimme. Doch leider war sie nur wenige Monate geblieben. Stella würde nie die Szene vergessen, als die immer schon sehr selbstbewusste Frieda Stellas Vater vor versammelter Sängerrunde erklärte, sie würde sich nicht länger von einem Möchtegernmusikdiktator tyrannisieren lassen. Ihr Vater hatte getobt. Vor allem, als er erfahren hatte, dass Frieda bei der Konkurrenz, beim Kirchenchor in Oberndorf, als Solistin anheuerte.

»Ich habe Stefan heute Nachmittag getroffen. Er hat mir schon erzählt, dass du hier bist.« Die mollige Frau strahlte sie an, umarmte sie. »Ich freue mich, dich nach so langer Zeit wiederzusehen.«

Sie drückte Stella fest an sich, wirbelte sie ausgelassen herum, dann ließ sie los. Ihr Gesicht war ein einziges Leuchten. »Ich hätte dich ohnehin heute im Hotel angerufen, um zu fragen, ob du Lust auf ein Schwätzchen hättest.« In der nächsten Sekunde veränderte sich der Ausdruck ihrer Augen. »Ich weiß, dass du eben eine schwere Zeit durchmachst. Stefan hat mir vom Unfall deines Sohnes erzählt. Wie geht es ihm?«

Stella fühlte sich ein wenig überfallen. Die erdrückende Herzlichkeit ihrer ehemaligen Chorkollegin hatte sie überrascht. Sie brauchte einen Moment, um sich zu fassen.

Dann berichtete sie in knappen Worten von ihrem Besuch im Krankenhaus und von Bernardos Zustand. Helle Stimmen waren zu hören. Aus der geöffneten Tür des Pfarrhofes stürmten drei Kinder ins Freie. Die zwei Buben hatten kurzes schwarzes Haar über ihren gebräunten Gesichtern. Die Gesichtsfarbe des Mädchens würde man im Märchen vielleicht mit »wie aus Ebenholz« beschreiben. Alle drei trugen bunte Stirnbänder, die die Ohren schützten. Sie hielten bunte Blätter in den Händen.

»Frieda, look!« Sie bestürmten die wuschelhaarige Frau, reckten die kleinen Arme mit den selbst gemalten Zeichnungen in die Höhe. Eine wilde Ansammlung aus Tieren war drauf zu sehen, Elefanten, Giraffen, Zebras, Gestalten, die an Löwen erinnerten, vermischt mit Blumen, Sternen, einem Piratenschiff und Kränzen, auf denen Kerzen brannten.

»Beautiful!« Frieda nahm ein Bild nach dem anderen, ließ sich von jedem Kind die Zeichnung erklären.

»Das sind Hamit und Omar, sie stammen aus Syrien«, stellte Frieda vor. »Und die dunkeläugige Prinzessin heißt Nadra. Sie ist mit ihren Eltern aus Somalia zu uns gekommen.« Sie wandte sich an die Kinder. »Sweethearts, this ist Stella. Aber wir wollen jetzt wieder die deutsche Sprache üben, also …« Sie blickte die Kleinen auffordernd an.

»Guten Morgen«, zirpte der kleinere der beiden Buben und hielt Stella die Hand hin. Der Größere schüttelte missbilligend den Kopf. »Morgen … nicht mehr. Jetzt schon Guten Abend.«

Auch er reichte Stella die Hand. Dann schauten die Jungen auf das Mädchen. Die Kleine hob den Kopf.

»Hallo … wie geht dir?«

Ihre Augen hatten die Farbe dunkler Kirschen, fast so schwarz wie die zu feinen Zöpfen gedrehten Haare, die unter dem Stirnband hervorquollen.

Stella nahm die dargebotene Hand.

»Danke, Nadra. Mir geht es gut.«

Die Finger der Kleinen waren noch kälter als ihre eigenen.

»Ich muss mit den Kindern leider zurück ins Haus«, bedauerte Frieda. »Es wird Zeit fürs Abendessen. Wir haben derzeit 17 Flüchtlinge im Pfarrhof, aus fünf unterschiedlichen Ländern. Ich kümmere mich zusammen mit dem Pfarrer um diese Menschen. Vielleicht magst du mit uns essen. Es gibt Kartoffelsuppe. Wir stellen dir gern einen Teller mit auf den Tisch.«

»Das ist sehr freundlich, Frieda. Aber ich möchte zurück ins Hotel. Es war ein anstrengender Tag. Vielleicht ein andermal.«

»Das wäre schön. Du bist jederzeit herzlich willkommen.« Sie umarmte Stella. Dann nahm sie die kleine dunkelhäutige Prinzessin bei der Hand. Die Buben liefen voraus. Bevor sie durch die Tür des Pfarrhofes verschwanden, winkten die Kinder Stella noch zu. Sie winkte zurück. Es war inzwischen dunkel geworden. Sie holte das Handy aus der Tasche und rief im Hotel an. Eine Viertelstunde später erschien der Wagen mit der Aufschrift »Sternklar« und nahm sie mit.

Anyana

Sie weiß nicht, wie spät es ist. Sie hat keine Ahnung, ob außerhalb des Raumes die Sonne scheint oder Sterne am Himmel stehen. Sie weiß auch nicht, wie lange sie es schon geschafft hat, mit offenen Augen dazuliegen, gegen die Übelkeit anzukämpfen, sich darauf zu konzentrieren, nicht wieder einzuschlafen. Sie hat Glück gehabt, das weiß sie. Sie erinnert sich nur mehr, dass jemand sie heftig schüttelte. Als sie benommen die Augen öffnete, sah sie den Mann mit dem fleckigen Gesicht. Er hielt ihr grinsend ein Glas mit trüber Flüssigkeit hin. Das Licht im Zimmer brannte. Sie hat zitternd das Glas an die Lippen gesetzt und langsam zu trinken begonnen. In diesem Moment klingelte das Telefon. Der Mann nestelte fluchend das Handy aus der Tasche. Der Anruf war offenbar wichtig, denn er meldete sich sofort. Er deutete sogar eine unterwürfige Verbeugung an, als er antwortete. Für einen Augenblick hat er sich dann weggedreht. Ihr mattes Gehirn reagierte mit Verzögerung, aber die Zeit reichte. Ein Drittel der Flüssigkeit hatte sie schon getrunken. Den Rest beförderte sie schnell unter das Kissen. Dann ließ sie sich zurücksinken, behielt das Glas in der Hand. Er telefonierte weiter und riss ihr später den geleerten Becher aus den Fingern. Dann verließ er das Zimmer. Es wurde wieder dunkel im Raum.

Das Mittel, das man ihr verabreichte, musste eine heftige Wirkung haben. Sie hat nur wenig davon getrunken, den Rest glücklicherweise unters Kissen geschüttet. Dennoch fühlt sie sich elend. Sie darf nicht wieder wegdösen. Sie weiß, dass sie in einem Zimmer auf einer Pritsche mit Matratze liegt. Sie glaubt sich zu erinnern, schon einige Male aus ihrer Benommenheit erwacht zu sein. Fetzen von Erinnerungen sind dabei aufgetaucht, schemenhafte Bilder. Doch diese Eindrücke sind jedes Mal wieder zerborsten, lösten sich in dunkles Nichts auf. Wenn sie es schafft, munter zu bleiben, die Übelkeit zu besiegen, wird sie sich an mehr erinnern können. Das hofft sie. Sie zieht vorsichtig die Luft durch ihre Nase, lässt sie langsam aus dem Mund wieder ausströmen. Solange du deinen Atem spürst, lebst du. Großvater? Die tiefe heisere Stimme des alten Mannes ist plötzlich in ihr. Sie beginnt sich zu erinnern. Der Marktplatz von Buza. Ihr Großvater bietet Gemüse an, zwei Kisten mit Kartoffeln, eine Kiste mit Rüben und Kohlrabi. Sie sitzt neben ihm. Fabia ist mit einem Strick an einer Stange angebunden. Die Ziege hat einen hellen Fleck zwischen den Augen, er hat die Form eines Eichenblattes. Fabia hat sie am Tag davor beim Spielen umgestoßen. Ihr ist die Luft weggeblieben. Sie fürchtete zu sterben. Sie hat geweint. Sie wollte nicht in den Himmel kommen zu Mami und Papi. Sie wollte hierbleiben, auf dem Bauernhof. Der Großvater hat sie getröstet. Spür deinen Atem, Anyana, das nimmt deine Angst, das tut dir gut. Der Großvater will im Herbst endlich den alten Traktor des Nachbarn kaufen. Er hat das Geld schon beisammen. Anyana soll im September in die Schule kommen. Zwei Monate ist sie dort. Als sie nicht nur ihren Namen, den der Ziege und auch den Namen des Großvaters schreiben kann, sondern sogar schon erste Sätze, läuten die Totenglocken. Der Großvater ist mit dem Traktor verunglückt. Zwei Wochen darf sie noch die Schule besuchen, eine Nachbarin schaut auf sie. Dann wird sie von einer mürrisch blickenden Frau abgeholt. »Haus der Sonne« heißt das Heim, in das sie gebracht wird. Doch die Sonne ist durch die schmalen Schlitze der trostlosen Schlafsäle selten zu sehen. Und Wärme gibt es überhaupt keine in dem Haus. Nur Schläge. Und Schlimmeres. Mit ihr kommt ein weiteres Mädchen ins Heim. Sie werden Freundinnen, trösten sich gegenseitig in ihrem Kummer. Savina. *Savina?* Sie schnellt vom Bett hoch. Die Bewegung ist zu heftig. Die Übelkeit, die sie schon gut im Griff hatte, fasst wieder nach ihr. Sie lässt sich langsam zurücksinken, zwingt sich dazu, ruhig zu atmen, auch wenn das erwachende Entsetzen sie zittern lässt, als hätte sie Fieber. Die Erkenntnis schüttelt sie. *Savina ist auch hier!* Sie ist irgendwo in diesem Haus! Sie hat Angst um ihre Freundin. Über die Erinnerungen, die eben noch dem Großvater, dem Bauernhof, den Jahren im Heim gegolten haben, schieben sich neue Bilder. Sie sieht Savinas verheultes Gesicht. Die Panik in den Augen der übrigen Mädchen. Da ist plötzlich ein Auto. Für einen Moment gibt der Kerl mit dem fleckigen Gesicht nicht acht. Es gelingt ihr, aus dem Wagen zu springen. Sie hört das Brüllen. Einer der anderen Männer hetzt ihr nach. Sie rennt um ihr Leben und das der anderen. Sie muss Hilfe holen für ihre Freundinnen. Die Bilder werden immer deutlicher, entfalten sich klar in ihrem Gedächtnis. Und plötzlich weiß sie auch wieder, wo das Handy ist. Wie ein Feuerschlag trifft sie die Erinnerung. Ihr Oberkörper schnellt erneut in die Höhe. Der Brechreiz schwappt durch ihre Kehle. Sie kämpft gegen die Übelkeit an. Sie muss das Handy finden. Bitte lieber Gott, lass es noch dort sein, wo ich es versteckt habe!

Stella

Das Läuten des Handys schreckte sie auf. Sie musste eingedöst sein. Sie brauchte ein paar Sekunden, um sich zu orientieren. Gleich nach ihrer Ankunft im Hotel hatte sie geduscht. Dann hatte sie sich in den Wellnessbereich begeben, war einige Längen im Hallenbad geschwommen. Zum Abendessen hatte sie nur eine Kürbiscremesuppe und einen kleinen Salat genommen. Daraufhin hatte sie sich ins Bett gelegt. Sie wollte die vielen Eindrücke des Tages ordnen, Klarheit in das Chaos ihres Gefühlskarussells bringen. Dabei war sie offenbar weggeschlummert. Sie tastete nach dem Telefon. Die Nummer war ihr nicht bekannt.

»Ja, bitte?«

»Guten Abend, Frau Pilar, hier spricht Carola Salman. Ich hoffe, ich habe Sie nicht geweckt.«

»Nein, ich bin noch munter.« Sie hoffte, ihre schläfrige Stimme würde sie nicht Lügen strafen.

»Wir haben die Kleidung Ihres Sohnes, die er beim Unfall trug, untersuchen lassen. Neben den Flecken, die von Bernardos Verletzungen stammen, haben wir noch minimale Blutspuren einer zweiten Person entdeckt. Wir haben die DNA mit jener verglichen, die unser Labor am Eisenrohr aus Wagrain feststellte. Es gibt eine Übereinstimmung.« Eine Hitzewallung durchfuhr Stellas Körper. Sie richtete sich auf.

»Das heißt …«

»Das bedeutet, die Person, deren DNA wir auf dem Eisenrohr entdeckten, war mit hoher Wahrscheinlichkeit auch am Unfallort im Wald. Natürlich könnte das fremde Blut bei anderer Gelegenheit auch schon vor dem Unfall auf die Kleidung Ihres Sohnes gekommen sein. Doch davon gehen wir eher nicht aus.«

Sie hatte es immer schon geahnt. Es war kein Unfall. Der Kerl mit dem Rohr hatte auch Bernardo angegriffen. Aber warum?

»Machen Sie sich bitte keine Sorgen, Frau Pilar. Ich habe vor einer halben Stunde mit der Staatsanwältin telefoniert. Ein Kollege wurde bereits ins Krankenhaus beordert, um die Intensivstation zu bewachen.«

Stella atmete auf.

»Danke, Frau Salman.«

FÜNFTER TAG

Carola

Noch vier Tage, dann war Heiliger Abend. Sie saß mit Hedwig in der Küche. Die Kleine löffelte ihren Haferbrei mit Apfelmus und Zimt. Friedrich war schon auf dem Weg ins Büro. Harald hatte bereits um fünf Uhr die Wohnung verlassen. Er jobbte zweimal die Woche als Zusteller für Reklamefolder. Im Hintergrund lief das Radio. Shakin' Stevens verbreitete singend gute Laune. »Merry Christmas everyone …«

Hedwig hielt inne, den Mund voll Haferbrei. Sie runzelte die Stirn. Dann ließ sie den Löffel in die Schüssel plumpsen, rutschte vom Stuhl und düste davon. Gleich darauf kam sie mit dem Adventkalender aus ihrem Zimmer wieder. Sie hielt ihn Carola hin.

»Aufmachen.«

Carola nahm ihr den bunten Karton aus der Hand und öffnete das Türchen mit der Nummer 20.

»Moooooond!«, strahlte die Kleine und tippte mit dem Finger auf das Bild, das zum Vorschein kam. Die Zeichnung zeigte einen lustigen Vollmond mit Winterhaube.

Er hatte Hände, die schlugen eine Spielzeugtrommel.

»Tommmmel!« Hedwig lief zum Küchenschrank, zog eine der Schubladen auf, langte nach zwei Kochlöffeln.

Dann kehrte sie zum Tisch zurück und begann auf das Holz des leeren Stuhls einzuschlagen. Dazu sang sie: »Moooond! Moooond! …«

Das passte nicht schlecht zu Shakin' Stevens Geträller.

»Snow is falling, all around me, children playing, having fun …«

Nur mehr vier Tage. Carola hatte sich in den vergangenen Jahren immer auf Weihnachten gefreut. Das Strahlen in den Augen ihrer Kinder hatte sie jedes Mal als das schönste Geschenk empfunden.

Schon in den letzten Tagen vor dem Fest hatte sie immer ein beglückendes Kribbeln gespürt. Doch in diesem Jahr war das anders. Die Bilder von schwer bewaffneten Kollegen an den Grenzen, von Spezialeinheiten bei Weihnachtsmärkten und Kulturstätten, die täglichen Meldungen über Attentatsgefahren setzten ihr mehr zu, als sie sich eingestehen wollte. Die Polizistin in ihr versuchte routiniert damit zurechtzukommen. Schließlich war sie Teil des umfangreichen Sicherheitsapparates. Die Arbeit vor dem bedrohlichen Hintergrund professionell zu erledigen, gelang ihr auch. Aber neben der Kriminalpolizistin war da auch noch die Mutter, die Ehefrau, die Kollegin, der Mensch Carola, und die alle machten sich Sorgen.

»It's the season, love and understanding«, quäkte es aus dem Radiogerät. Die unbeschwerte Stimme von Shakin' Stevens und das fröhliche Gejaule von Hedwig mischten sich zu einer höchst eigenwilligen Klangsymbiose im Umfeld der Küche. Der Anblick ihrer ausgelassen herumhüpfenden Tochter machte Carolas Herz leichter. Sie erhob sich, umarmte ihre Tochter von hinten, tauchte das Gesicht in Hedwigs Haar, während die Kleine munter drauflos trommelte.

»Mooooond! Mooooond!«

»Mami hat dich ganz fest lieb, mein Schatz!« Sie drückte Hedwig einen lauten Schmatz auf den Kopf. Carolas Handy auf dem Küchentisch vibrierte. Eine Nachricht war eingegangen. Sie kam von Otmar Braunberger. Die Chefinspektorin öffnete die Meldung.

»Es gibt eine Lösegeldforderung zur Gitarre. Ich bin auf dem Weg nach Hallein.«

Jemand hatte sich gemeldet, verlangte Geld. War das eine Spur, die sie in der Diebstahlaffäre endlich weiterbrachte? Sie atmete kurz durch. Die Arbeit rief.

»Oohh Merry Christmas everyone!«, beendete Shakin' Stevens seinen Song.

Stella

Sie grübelte noch lange über die Mitteilung der Chefinspektorin. Die DNA des Mannes, der den Laptop geraubt hatte, war auch in Form von Blutspuren auf Bernardos Kleidung zu finden, hatte sie erfahren. Warum hatte der Unbekannte ihren Sohn attackiert und schwer verletzt? Waren sie einander zufällig begegnet und in Streit geraten? Hatte der Angriff mit Bernardos Recherchen zum Stille-Nacht-Projekt zu tun? Oder lag der Grund für die Auseinandersetzung viel weiter zurück? Musste man dazu in Bernardos Vergangenheit stöbern? War ihm der Mann vielleicht schon von Portugal aus nach Österreich gefolgt? Die Fragen schwirrten durch ihren Kopf. Sie suchte nach Antworten und fand keine.

Erst gegen vier Uhr morgens tauchte sie in einen unruhigen Schlaf ein.

Als sie Stunden später die Augen aufschlug, zeigte das Handy 10.20 Uhr. Mit einem Ruck setzte sie sich auf. Sie hatte viel länger geschlafen als geplant. Hastig wischte sie über das Display, wählte die Nummer des Krankenhauses. Die armenische Stationsschwester beruhigte sie. Es gab zwar Anzeichen für eine Erhöhung des Gehirndrucks, doch noch bestand keine Gefahr für Bernardo. Auf Stellas Nachfrage bestätigte die Schwester, dass ein uniformierter Polizist den Zugang zur Intensivstation überwache. Sie bedankte sich für die Auskunft. Dann begab sie sich ins Badezimmer. Nach der ausgiebigen Dusche rief sie Raimund Zwill an.

Der wusste über das Ergebnis der kriminalpolizeilichen Untersuchung schon Bescheid.

»Was werden Sie unternehmen, Herr Revierinspektor?«

»Wir werden gar nichts unternehmen, Frau Pilar. Für mögliche weitere Ermittlungen sind ausschließlich die Kollegen von der Kripo zuständig.«

Sie überlegte kurz.

»Ich möchte mir gerne die Stelle anschauen, an der Sie Bernardo im Wald gefunden haben. Könnten Sie mich hinbringen?«

»Tut mir leid, Frau Pilar. Ich bin den ganzen Tag mit Arbeit eingedeckt.«

»Dann beschreiben Sie mir bitte den Weg.«

Er zögerte. »Wenn Sie in den Wald kommen, dann treffen Sie etwa nach einem Kilometer auf ein Hinweisschild zu einem Vogellehrpfad. Sie bleiben auf der Straße. Etwa 300 Meter weiter fällt das Gelände auf der linken Seite stark ab. Dort haben wir Ihren Sohn gefunden.«

»Danke, Herr Zwill.«

Sie zog sich an. Dann rief sie die Boutique in der Hotellobby an und fragte, ob man geeignete Outdoorstiefel für sie hatte. Passende Winterboots für unwegsames Gelände in ihrer Größe waren vorhanden. Sie fuhr nach unten, probierte die Stiefel und behielt sie gleich an. Sie trank in der Hotelbar einen doppelten Espresso, nahm sich zwei Äpfel aus einem Korb und steckte sie ein. Sie verließ das Haus und schlug den Weg in Richtung Wald ein. Es hatte über Nacht geschneit. Auf der schmalen Fahrbahn war nur eine einzelne Autospur zu erkennen. Sie hatte den halben Weg bis zum Waldrand zurückgelegt, als sie stehen blieb. Sie wandte sich um. Die Szene vom Abend ihrer Ankunft fiel ihr ein. Auch jetzt verließ ein großer schwarzer Wagen den Hotelparkplatz. Aber er nahm nicht ihre Richtung, sondern bog zur Straße ab, die zum nächsten Ort führte. Auch wenn das Auto nicht auf sie zuhielt, fühlte sie dennoch Unruhe aufkommen. Wo mochte in diesem Augenblick der Unbekannte mit den struppigen Haaren umgehen? War der Kerl immer noch hinter ihr her? Oder hatte er mit dem Diebstahl der Tasche sein Ziel erreicht? Wozu brauchte er Bernardos Laptop? Die letzte Frage hatte sie sich während der Nacht auch immer wieder gestellt. Es fiel ihr auch jetzt keine passende Antwort ein. Sie wandte sich ab und stapfte weiter. Am Waldrand hielt sie erneut an, ließ ihre Augen über das Gelände streifen. Sie war immer noch allein. Niemand war zu sehen. Sie folgte dem Weg, der zwischen den Bäumen ins Innere des Waldes führte. Noch zweimal stoppte sie, um zu überprüfen, ob ihr jemand folgte. Dann erreichte sie das Hinweisschild zum Vogellehrpfad. Ein aufgemalter Specht zierte den breiten Wegweiser aus hellem Holz. Sie beschleunigte das Tempo. Laut Beschreibung des Postenkommandanten waren es von hier aus nur mehr 300 Meter. Sie zählte die Schritte, um halbwegs einen Anhaltspunkt für die Entfernung zu bekommen. Nach 250 Schritten begann der Weg anzusteigen. Bald darauf fiel auf der linken Seite das Gelände abrupt ab. Sie blieb stehen, spähte durch die Bäume nach unten. Hatte Bernardo hier irgendwo gelegen? Hatte der Unbekannte ihn gestoßen oder war ihr Sohn auf der Flucht gestolpert und abgestürzt? Sie prüfte die Steilheit des Geländes. Wenn sie sich an Ästen und Stämmen festhielt, war der Abstieg zu schaffen. Sie griff nach dem ersten Baum und hantelte sich vorsichtig nach unten. Den steilsten Passagen wich sie aus, wählte lieber eine weniger gefährliche Stelle. Sie hatte die halbe Strecke geschafft, als sie ein Geräusch vernahm. Ein Auto näherte sich auf der Straße über ihr. Plötzlich erfasste sie ein Zittern. War doch jemand hinter ihr her? Oder fuhr hier nur zufällig ein Wagen vorbei? Das Zittern wurde stärker. Angst griff nach ihr. Sie blickte sich hastig um. Ein Baumstamm in gut zehn Metern Entfernung schien breit genug, um ihr Schutz zu geben. Sie taumelte durch den Schnee darauf zu. Der Motorenlärm war ganz nah. Ihr Herz begann zu rasen. Das Auto hielt an. Sie erreichte den Baum, warf sich hinter dem Stamm in Deckung. Schräg über ihr, rund 20 Meter entfernt wurde die Wagentür geöffnet. Vorsichtig spähte sie durch das Gewirr aus Stämmen und Sträuchern nach oben. Jemand stieg aus, näherte sich dem Wegrand. Sie konnte nur Stiefel und Unterschenkel erkennen. Der Rest der Gestalt wurde durch einen schräg hängenden Stamm verdeckt. Ihr Herz klopfte bis zum Hals. War das der Unbekannte mit den wulstigen Lippen? War das der Typ, der in Wagrain mit gezücktem Eisenrohr auf sie zugehetzt war? Die Stiefel verschwanden aus ihrem Blickfeld. Bitte, lieber Gott, lass ihn wieder einsteigen und weiterfahren. Der Herzschlag dröhnte so laut in ihren Ohren, dass sie kaum imstande war, ihre Umgebung wahrzunehmen. Der Motor lief nach wie vor. Sie hoffte inständig, das Geräusch einer schließenden Wagentür zu hören. Ihr Wunsch ging nicht in Erfüllung. Der Mann war immer noch da.

»Frau Pilar!«

Sie zuckte zusammen. Woher kannte der Kerl ihren Namen? Zugleich schalt sie sich eine Idiotin. Wer hinter deinem Sohne her ist, dich im Krankenhaus ausspäht, dir bis Wagrain folgt, der weiß auch, wie du heißt.

»Frau Pilar! Sind Sie da unten?« Irgendwie kam ihr die Stimme bekannt vor. Hatte sie den Unbekannten je sprechen hören? Nein.

»Hier ist Raimund Zwill!«

Raimund Zwill? War das eine Falle? Versuchte sich der Kerl als Postenkommandant auszugeben? Sie reckte den Hals. Jetzt konnte sie den Wegrand schräg über ihr besser einsehen. Sie atmete tief durch, dann richtete sie sich auf.

»Herr Revierinspektor, Sie haben mich zu Tode erschreckt.« Sie verließ den Schutz des Baumes. Schräg über ihr stand breitbeinig der Postenkommandant. Er winkte, schüttelte den Kopf.

»Ich habe schon befürchtet, dass Sie ganz alleine losgezogen sind, Frau Pilar. Ich habe Sie nochmals angerufen, um Ihnen zu raten, keine Alleingänge zu unternehmen, solange der Kerl noch frei herumläuft. Aber Sie waren nicht zu erreichen.«

Sie zog verwundert das Handy aus der Tasche. Zwei Anrufe in Abwesenheit. Sie musste das Telefon irrtümlich auf lautlos gestellt haben. Der Revierinspektor kam näher, half ihr, wieder nach oben zur Straße zu gelangen. Sie wartete eine Weile, bis sich ihr Pulsschlag beruhigte. Dann bat sie ihn, ihr die genaue Position zu zeigen, wo der Suchtrupp Bernardo gefunden hatte. Die Stelle lag etwa 50 Meter weiter vorne. Sie blieb auf der Straße. Langsam drehte sie sich im Kreis, blickte sich nach allen Seiten um.

»Können Sie sich vorstellen, was hier am Samstagabend passiert ist?«

»Nein, wir werden wohl warten müssen, bis Ihr Sohn wieder aus dem Tiefschlaf erwacht. Dann kann er uns hoffentlich genaue Auskunft geben.«

Sie wies mit der Hand nach unten. »Die Spurensicherung der Polizei …«

»… kann hier auch nicht mehr helfen«, ergänzte er. »Es hat zu stark geschneit in den letzten Tagen. Da ist nichts mehr zu finden.« Er wandte sich in Richtung Fahrzeug. »Kommen Sie, ich bringe Sie zurück ins Hotel.«

»Danke, nehmen Sie mich lieber nach Oberndorf mit. Ich möchte ein wenig an der Salzach spazieren, mich vielleicht in ein Caféhaus setzen, bevor ich ins Krankenhaus zu meinem Sohn fahre.«

Sebastian

Die Generalprobe war gut gelaufen. Sie hatten das Krippenspiel im Foyer der Schule aufgeführt. Die Schüler der ersten und zweiten Klassen hatten zuschauen dürfen. Und auch die Kinder aus der Franz-Xaver-Gruber-Schule waren als spezielle Gäste dagewesen. Das hatte Frau Stoydina mit der Direktorin bei ihrem Besuch in Arnsdorf so vereinbart. Nach der Aufführung gab es keinen Unterricht mehr. So hatten sie heute schon um elf Uhr frei. Er war gleich nach dem Krippenspiel zum Friedhof geeilt. Er wollte der Oma von seinem Plan erzählen, sie fragen, was sie davon halte.

Aber sie hatte ihm keine Antwort gegeben. Manchmal glaubte er ganz fest, ihre Stimme in seinem Inneren zu hören, wenn er sie etwas fragte. Aber dieses Mal nicht. Vielleicht wollte sie auch nichts sagen, weil sie mit seinem Vorhaben nicht einverstanden war. Er hatte am Grab gestanden, hatte gegen das Weinen angekämpft und schließlich den Heimweg angetreten. Nach dem Mittagessen hatte er sich an seinen Schreibtisch gesetzt und ein Blatt Papier aus der Schreibmappe gezogen. Dann hatte er langsam Buchstaben um Buchschaben in seiner schönsten Schrift auf das Blatt gesetzt.

»Stille Nacht, heilige Nacht, alles schläft, einsam wacht …«

Die Mama und seine Schwester hatten in der Stadt Einkäufe zu erledigen, der Papa war in der Arbeit. Also hatte ihn auch keiner fragen können, was er vorhabe, als er mit dem Blatt Papier in der Hand das Haus verlassen hatte. Das war ihm sehr recht gewesen. Doch das Unternehmen hatte sich als viel schwieriger erwiesen, als er sich das vorgestellt hatte. Er war nicht im eigenen Ort unterwegs, wo ihn alle kannten. Das wollte er nicht. Er war mit dem Bus in den Nachbarort gefahren. Die Leute waren schon nett zu ihm, aber es funktionierte einfach nicht. Auf die eine Frau mit der blauen Mütze, die aus der Apotheke gekommen war, hatte er große Hoffnungen gesetzt. Sie war freundlich gewesen, hatte sich tatsächlich sehr bemüht. Aber es war doch nicht das Richtige. Er hatte sich bedankt und war schnell davongeeilt, damit die Frau nicht sah, wie ihm die Tränen über das Gesicht rannen. Er war zornig auf sich selbst. Und zugleich zerfraß ihm der Kummer das Herz. Wütend hatte er das Blatt Papier zerknüllt und zu Boden geschleudert. Dann hatte er es doch wieder aufgehoben und eingesteckt. Er war losgerannt, quer durch den Ort. Den Kopf hielt er tief nach unten. Er wollte niemanden sehen, und er wollte auch von keinem angeschaut werden. Nun stand er am Salzachufer und ließ sich den Wind ins Gesicht blasen. Noch immer tropften die Tränen aus seinen Augen.

»Ach Oma, ich kann mir Weihnachten ohne dich einfach nicht vorstellen!« Er blickte zum Himmel hoch. Wolkenbänke hingen über ihm wie graue zerfranste Riesenwürmer. Er zog ein Taschentuch heraus und schnäuzte sich. Dann drehte er sich um. Einmal wollte er es noch probieren, vielleicht in einem Caféhaus. Dort konnte er sich wenigstens einen Saft kaufen.

Carola

Die Teambesprechung fand um 15 Uhr im großen Sitzungsraum statt. Der silberfarbene Keramikengel auf der Anrichte hatte Gesellschaft bekommen. Jemand hatten einen Santa Claus aus rotem Stoff an die Flügel des Himmelsboten gelehnt. Der pausbäckige Weihnachtsmann vermittelte durch seine Schräglage den Eindruck, als hätte er zu tief ins Glühweinglas geblickt. Carola schenkte sich einen Kaffee ein. Dann verhalf sie dem kleinen Rauschebartträger zu einer halbwegs aufrechten Haltung. Otmar Braunberger, Thomas Brunner und die übrigen Kollegen der Ermittlungstruppe waren schon anwesend. Alle warteten auf den Chef. Der tauchte zehn Minuten nach drei auf. Die Röte in seinem Gesicht versprach nichts Gutes.

Er ließ sich in den breiten Stuhl am Kopfende des Tisches plumpsen.

»Der Herr Kulturminister hat sich beim Herrn Innenminister beschwert, warum nichts weitergeht bei den Ermittlungen. Da hat der Herr Innenminister dem Herrn Kulturminister ausrichten lassen, dass er Besseres zu tun hätte, als sich um eine 200 Jahre alte Gitarre zu kümmern. Daraufhin hat der Herr Kulturminister beim Herrn Landeshauptmann interveniert, und der hat gleich darauf bei mir angerufen. Und zu allem Überfluss wäre eines der Schmierblätter mit der Meldung von der Lösegeldforderung vorgeprescht, wenn ich nicht den Chefredakteur bekniet hätte, sich an die vereinbarte Nachrichtensperre zu halten.«

Er fuchtelte wild mit den Händen, als hätte er immer noch einen widerborstigen Medienvertreter vor sich. »Also, wie weit sind wir mit den Erpressern? Wie hoch ist die Lösegeldforderung, wo ist der Übergabeort, und wie viele Leute brauchen wir, um den Platz zu überwachen?«

Thomas Brunner beugte sich vor. »Das ist heutzutage nicht mehr so einfach wie in der guten alten Ganovenzeit, wo man eine Plastiktüte mit gebrauchten Scheinen ohne fortlaufende Seriennummern einfach in einer Mülltonne zu platzieren hatte.«

»Was heißt das? Kennen wir den Übergabeort noch nicht?«

»Doch, wir kennen ihn sogar ganz genau. Er hat vier Buchstaben. NETZ.«

»Du meinst das Internet?«

»Ja«, mischte sich Otmar Braunberger ein. »Und die Summe wissen wir auch. Exakt 200.«

»200 was?«, blaffte der Chef. »200 Goldbarren? Oder cash, 200.000 Euro?«

»Nein, genau 200. Und zwar Bitcoin.«

Der Hofrat starrte ihn an. »Kommt mir jetzt nicht mit dieser Kryptowährung.«

»Nicht wir kommen mit dieser Kryptowährung, sondern der Erpresser«, entgegnete Thomas Brunner. Er wischte mit den Fingern über den Bildschirm seines Laptops. Auf dem Screen an der Längswand des Raumes erschien eine Grafik.

»Das ist die Nachricht, die heute früh an das Halleiner Stille-Nacht-Museum übermittelt wurde. Wir haben versucht, den Absender herauszufinden, bis jetzt ohne Erfolg. Und ehrlich gesagt, rechne ich auch nicht damit, dass uns das gelingen wird.

Die Bedingungen sind klar festgelegt. 200 Bitcoins für die Rückgabe der Gitarre. Beim gegenwärtigen Kurs entspricht das ungefähr 1,8 Millionen Euro.«

»Welche Garantie haben wir, dass die Gitarre nach Bezahlung dieses Betrages auch tatsächlich zurück ins Museum kommt?«

»Keine«, antwortete Carola.

»Uns bleibt noch etwas Zeit«, warf Braunberger ein. »Die Frist für die Bezahlung läuft morgen Abend um 22 Uhr ab.«

Sie besprachen die weitere Vorgehensweise, verteilten die Aufgaben. Thomas Brunners Leute würden einen zusätzlichen Internetspezialisten von der Uni miteinbinden, um eventuell doch den Absender der Erpressung herauszufinden. Otmar Braunberger würde sich wieder nach Hallein begeben und weiter recherchieren. Es war immer noch nicht restlos geklärt, wie die Diebe ins Museum gelangt waren. Vielleicht hatte einer der Mitarbeiter den Code weitergegeben. Sie würden das persönliche Umfeld aller Beteiligten weiter ausloten. Der Chef sicherte zu, nochmals an die Medien zu appellieren, die absolute Notwendigkeit der Nachrichtensperre zu beachten. Dann war die Sitzung beendet.

Carola kehrte ins Büro zurück. Sie arbeitete die Nachrichten durch, die von den Kollegen geschickt wurden, die am Fall Laith Hamudi dran waren. Die Ermittler hatten nochmals bei den Mitarbeitern des Salzburger Bekleidungsshops nachgefragt, dazu in der Nürnberger Filiale und in der Firmenzentrale in Amsterdam. Laut Auskunft aller befragten Personen war Laith Hamudi nie aus geschäftlichen Gründen in Nürnberg gewesen. Auch die Schwester des Toten hatte man nochmals kontaktiert. Carola las das Ergebnis dieser Befragung und wurde stutzig. Im Umfeld der Schwester offenbarte sich eine, wenn auch sehr vage, mögliche Verbindung zum Fall. Genna Hamudi wohnte in London in einer WG, zusammen mit einem Studenten aus Spanien und einer Kommilitonin aus Deutschland. Der Heimatort dieser Studienkollegin war Nürnberg. Carola blickte vom Bildschirm auf. Konnte das etwas bedeuten? Zeigte sich hier die berühmte unscheinbare Nadel im Heuhaufen, die sie auf die richtige Spur brachte? Sie hatte Ähnliches schon öfter erlebt. Sie schüttelte energisch den Kopf.

Mach dich nicht verrückt, Carola! Du siehst schon überall Gespenster. Dennoch erteilte sie die Anweisung, das Umfeld der Studentin aus Nürnberg genauer abzuchecken, auch nach möglichen Verbindungen der Studentin zu Laith Hamudi zu forschen. Eine Kopie des Schreibens sandte sie an Maik Gartner.

Dann widmete sie sich anderer Büroarbeit, die seit Tagen liegen geblieben war.

Gegen 17 Uhr wurde ihre Bürotür aufgerissen. Thomas Brunner tauchte auf, etwas atemlos: »Carola, in der Sicherheitszentrale ist ein Notruf eingegangen.«

»Von wem?«

»Von einer jungen Frau. Sie sprach gebrochen Englisch. Ich wurde verständigt, weil das Handy, über das der Anruf erfolgte, ein besonderes ist. Es gehört dem portugiesischen Journalisten.«

»Bernardo Pilar?«

»Ja.«

Carolas Verblüffung war groß. Bisher hatten sie Bernardos Handy nicht gefunden.

Woher kam der Anruf?

»Ich kommt mit dir.«

Sie folgte dem Chef der Tatortgruppe.

Der Postenkommandant hatte sie auf der Brückenstraße nahe der Polizeistation aussteigen lassen. Sie war eine halbe Stunde an der Salzach entlanggeschlendert, dann wieder ins Ortszentrum zurückgekehrt. Die Bestürzung saß ihr immer noch tief in den Knochen. Das unvermutete Auftauchen eines Wagens mitten im Wald hatte sie in Panik versetzt. Glücklicherweise war nicht der unbekannte Angreifer hinter ihr her gewesen, sondern nur ein um ihr Wohl besorgter Revierinspektor. Hier im Ort, mitten unter Leuten, fühlte sie sich sicherer. Dennoch wandte sie immer wieder den Kopf, checkte die Gesichter in ihrer Nähe. Keine Spur vom Mann mit den auffallend wulstigen Lippen. Die ständig pochenden Fragen und das Gefühl, immer noch verfolgt zu werden, setzten ihr zu. Sie stieß die Tür des kleinen Cafés mit der angeschlossenen Bäckerei auf und suchte sich einen Platz. Sie bestellte einen Apfelstrudel und ließ sich dazu einen doppelten Espresso reichen. Der Strudel schmeckte köstlich, sie liebte den Geschmack von Zimt. Sie versuchte sich auf den Genuss der Mehlspeise zu konzentrieren und ihrem Kopf Ruhe zu gönnen. Das gelang ihr einigermaßen. Doch kaum waren die letzten Krumen der Süßspeise verzehrt, begann das Gedankenkarussell wieder zu rotieren. Sie fragte sich, welche Erkenntnisse die Polizei aus den sichergestellten

DNA-Spuren bisher gewonnen hatte. Sie hatte keine Ahnung, wie lange ein Polizeisuchprogramm im Normalfall brauchte, um eine mögliche Übereinstimmung zwischen einer Phantomzeichnung und einem Verbrecherkarteifoto festzustellen. War die Polizei inzwischen der Identität des Unbekannten nähergekommen? Wenn sie bis zum Abend dazu nichts hörte, würde sie bei der Chefinspektorin nachfragen. Noch mehr quälte sie die Ungewissheit um Bernardos Zustand. »Wir hatten bisher gute Erfahrungen mit ähnlichen Fällen«, hatte Dr. Sebental festgestellt. Auf die Frage, ob man auch schon schlechte gemacht hätte, war man ihr die Antwort schuldig geblieben. Die Unruhe begann wieder an ihr zu nagen. Sie spürte die Faust in ihrem Magen. Sie schob den leeren Kuchenteller beiseite, stemmte die Ellbogen auf den Tisch und stützte den schweren Kopf mit den Händen ab. Und über all die Ungewissheit schob sich noch die eine Frage, die seit ihrer Ankunft wie Gift in ihr schwärte. Was ist, wenn Bernardo nie wieder aufwachte? Ihr schwindelte bei dem Gedanken. Der Verlust ihres Sohnes würde den verdorrten Klumpen, der in ihrer Brust bebte, vollends zerreißen. Sie wäre auf der Stelle bereit, ihr nutzloses Herz zu opfern, ihr Leben herzugeben, um Bernardo zurückzuholen. Er war viel zu jung zum Sterben, hatte seine Zukunft noch vor sich. Ihr Kopf schmerzte, es hämmerte hinter der Stirn. Sie würde ihrem Sohn vielleicht nie mehr sagen können, wie leid ihr alles tat, wie sehr sie ihn liebte. Die Szene dieses schrecklichen Sonntagvormittags drängte sich ihr auf. Alles hatte sie falsch gemacht. Und es bestand vielleicht keine Chance mehr, ihren Fehler auszubessern. Ihr wurde schwarz vor Augen.

»Entschuldigung, darf ich Sie stören?«

Sie wusste im ersten Moment nicht, woher die Stimme kam. Langsam hob sie den schweren Kopf. Sie war überrascht. Vor ihr stand ein kleiner Junge. Er hatte eine gestrickte Bärenmütze auf dem Kopf. Die Augen des Buben waren gerötet. In den Händen drehte er verlegen ein zerknülltes Blatt Papier.

»Meine Oma ist heuer im Sommer gestorben.« Ein schwaches Zittern lag in der Stimme des Buben. Sie hatte keine Ahnung, was das Kind von ihr wollte. Dennoch sagte sie: »Das tut mir leid.«

Er nickte. Seine Augen füllten sich mit Wasser. »Sie wird heuer zu Weihnachten nicht mehr da sein. Sie hat immer mit mir die zweite Stimme gesungen.«

Er streckte ihr das Blatt entgegen. »Ich suche jemanden, der so singt wie meine Oma.«

Sie verstand nicht gleich, was der Junge von ihr wollte. Sie zögerte, schüttelte verwirrt den Kopf. Er blickte sie verunsichert an. Dann nahm er die Hand mit dem Blatt zurück.

»Vielleicht kennen Sie das Lied nicht. Es ist ganz leicht. Ich singe es Ihnen vor.«

Er zog sich die Mütze vom Kopf. Dann schwebte sein heller Kindersopran durch den Raum.

»Stille Nacht, heilige Nacht, alles schläft …«

Stella sah, wie er gegen das Weinen ankämpfte. Sein kleines Herz war schwer vor Gram. Die Stimme drohte immer wieder wegzubrechen. Aber er sang beherzt weiter. Ein Zittern lief durch Stellas Körper. Eine Welle der Rührung erfasste sie. Sie sah den kleinen Jungen vor ihr, der mit tränennassen Augen an seine Großmutter dachte und »Stille Nacht« sang. Dann brach der Damm in ihr. Die Klammern um den verdorrten Klumpen in ihrer Brust zerbarsten. Aus ihrer Körpertiefe rollte ein Schluchzen nach oben, quoll über ihre bebenden Lippen nach draußen. Im nächsten Augenblick kamen die Tränen. Sie flossen so unerwartet, dass sie sich mit der Hand am Tisch abstützen musste. Ihre Schultern zuckten, das Schlottern setzte sich fort über Arme und Hände. Der Junge hielt erschrocken inne, blickte sie betroffen an. »Ist bei Ihnen auch wer gestorben?«

Sie versuchte zu antworten, aber ihre Stimme versagte. Sie schüttelte nur den Kopf. Sie ließ sich auf die Knie sinken, umarmte den Buben, drückte das Gesicht des Kleinen fest an ihr eigenes. Er legte seine Arme um ihren Hals. Ihre Tränen und seine vermischten sich. Die verhärteten Furchen, die das Leid in ihr Herz gegraben hatte, wurden weicher. Nach einer Weile ließ sie den Buben los. Sie erhob sich, streckte ihm die Hand hin. Er reichte ihr das Blatt. Dann begann er wieder zu singen. Sie fügte ihre Stimme zu seiner. Sie war überrascht, wie weich und warm sich ihrer beider Gesang anfühlte. Sie ließ sich von der Sanftheit der Melodie und dem Singen des Kindes tragen.

»Stille Nacht, heilige Nacht,
alles schläft, einsam wacht,
nur das traute hochheilige Paar,

holder Knab im lockigen Haar,
schlafe in himmlischer Ruh,
schlafe in himmlischer Ruh.«

Der Junge schaute zu Stella auf. Seine Wangen waren immer noch nass, aber er hatte aufgehört zu weinen. In seinen Augen schimmerte es.

»Sie singen fast so schön wie meine Oma«, flüsterte er.

Es war still in der kleinen Bäckerei. Die Leute an den Tischen blickten auf die Frau und das Kind. Einige hatten Tränen in den Augen.

»Stille Nacht, heilige Nacht …«, setzte der Kleine fort. Wieder sang sie mit.

»Gottes Sohn, o wie lacht, Lieb aus deinem göttlichen Mund, da uns schlägt die rettende Stund …«

Stella hörte auf den Ton des Buben. In seinen Augen stand immer noch der Schmerz um den Verlust seiner Großmutter. Zugleich lag in ihnen auch ein mildes Leuchten. Sie sang und ließ dabei die Tränen über ihre Wangen strömen. Es tat gut.

Anyana

Sie liegt wach auf der Pritsche. Es ist finster im Zimmer. Sie wartet. Schon seit Stunden. Dann hört sie den Lärm. Ein fernes Poltern. Jemand schreit. Ein Mann. Gleich darauf brüllt eine andere Stimme, scharf, laut. Zwei Schüsse fallen. Erneutes Schreien. Noch zwei Schüsse, gleich darauf ein dritter. Ihr Herz klopft bis zum Hals.

SECHSTER TAG

Carola

Es war eine kurze Nacht gewesen. Sie war erst gegen halb fünf Uhr früh heimgekommen. Sie hatte sich hingelegt. Aber die Aufregung der vergangenen Stunden hatte sie nicht schlafen lassen. Das gesamte Einsatzteam würde sich um acht Uhr wieder im Präsidium treffen. Sie erhob sich um halb sieben. Sie wollte mit ihrer Tochter frühstücken, wenigstens eine Stunde mit ihr verbringen, ehe sie die Pflicht fortriss. Auch heute würde sie die Arbeit bis spät am Abend in Beschlag nehmen. Hedwig war schon munter, als sie aufstand. Carola begab sich in die Küche. Sie mischte Apfelmus zu den eingeweichten Dinkelflocken, mengte noch klein geschnittene Dörrpflaumen, Honig und Zimt bei. Dann wärmte sie den Brei auf dem Herd. Tappende Schritte waren zu hören. Hedwig stand barfuß neben ihr. In der Hand hielt sie den Adventkalender. Carola gab ihr einen Gutenmorgenkuss, suchte das Türchen mit der Zahl 21 und öffnete es.

»Schlitten!«, kreischte die Kleine. Sie riss ihrer Mutter den Kalender aus der Hand, begann zu hüpfen. »Schlitten schöööön!« Sie tippte mit dem Finger auf das geöffnete Fenster. Dann stürmte sie davon, den bunten Karton wie eine Fahne über ihren Kopf schwenkend. Carola lächelte. Heute würde es vermutlich kein Getrommel mit Kochlöffeln geben. Hedwig kam zurück, setzte sich an den Tisch. Carola stellte ihr den Teller mit dem Frühstück hin. Für sich selbst bereitete sie einen großen Espresso zu. Die Kleine quatschte fröhlich drauflos, während sie den Brei löffelte. Carola verstand nicht alles. Aber ein Schlitten, ein Schneemann, ein Engel und Freundin Kiara spielten in der Erzählung eine große Rolle. Das unbeschwerte Gebrabbel ihrer Tochter tat Carola gut. Es drängte die Eindrücke des Einsatzes der vergangenen Nacht in den Hintergrund. Um halb acht weckte sie ihren Ehemann. Friedrich hatte heute frei. Er würde sich um Hedwig kümmern. Dann fuhr sie in die Polizeidirektion. Die Mitglieder des Einsatzteams versammelten sich im großen Besprechungsraum. Sie glichen die bisher bekannten Fakten ab, ergänzten die vorliegenden Ermittlungsergebnisse um neu gewonnene Daten.

Der Polizeipräsident hatte sich für zehn Uhr angekündigt. Bis dahin hoffte die Chefinspektorin ein einigermaßen lückenloses Gesamtbild präsentieren zu können.

Hofrat Kerner erschien bereits eine Viertelstunde früher. Er nahm am Besprechungstisch Platz.

»Zu allererst darf ich dem gesamten Team zum großartigen Erfolg dieses Einsatzes gratulieren! Frau Chefinspektorin, du begleitest mich anschließend zum Termin mit den Medienleuten. Pressekonferenz um 11.30 Uhr.« Er blickte auf seine Armbanduhr.

»Und jetzt bitte ich um den Bericht in aller Kürze.«

Carola gab Thomas Brunner ein Zeichen, der aktivierte den Beamer. Das erste Bild erschien auf der großen Leinwand. Eine Gruppe von Mädchen stand dicht zusammengedrängt an der Seite von zwei Polizistinnen. Die Mädchen hatten Decken um ihre schmalen Schultern, blickten mit ausgelaugten Gesichtern in die Kamera.

»Wir haben insgesamt acht Mädchen in dem Gebäude gefunden. Soviel wir bis jetzt festgestellt haben, sind sie zwischen zwölf und 15 Jahre alt, im Grunde noch Kinder.« Carola bemühte sich um eine klare Stimme, auch wenn die Eindrücke aus der vergangenen Nacht sie stark mitnahmen. »Die Mädchen kommen offensichtlich alle aus Rumänien. Genaueres zur Herkunft werden wir noch erfahren. Eine Dolmetscherin wird hinzugezogen. Die Mädchen werden derzeit im Landeskrankenhaus betreut. Sie sind erschöpft und psychisch angegriffen, aber zum Glück unverletzt.«

Auf der Leinwand erschien eine Karte des nördlichen Flachgaus. Eine Stelle in der Nähe von Seeham war markiert.

»Hier liegt der aufgelassene Bauernhof, in dem wir die Mädchen entdeckten. Er gehört einem zwielichtigen Typen, der den meisten von uns bestens bekannt ist.«

Über die Landkartengrafik blendete sich ein Portraitfoto. Es zeigte einen etwa 40-jährigen Mann mit dunklen, gewellten Haaren. Das Gesicht war gebräunt. Er trug das Hemd weit aufgeknöpft. Eine protzige Goldkette zierte die behaarte Brust.

»Brian Krugler, Platzhirsch in der Salzburger Rotlichtszene. Wie wir schon länger wissen, ist er auch an einigen Bordellen in Deutschland beteiligt. Aus allem, was wir in der kurzen Zeit ermitteln konnten, ergibt sich folgendes Bild.«

Das Foto des Mannes verschwand. Der Screen zeigte zwei Kleinbusse an der Rückseite eines Gebäudes. Eines der Fahrzeuge trug ein rumänisches Kennzeichen.

»Die Mädchen wurden aus Rumänien verschleppt. Sie waren für zwei illegale Bordelle in Bayern bestimmt. Brian Krugler hat dort seine schmutzigen Finger im Spiel. Diese Bordelle bieten ihren schäbigen Kunden vorwiegend Minderjährige an. Wann die Mädchenhändler Rumänien verlassen haben, wissen wir noch nicht. Geplant war offenbar, dass der Bus Samstagnacht die Grenze von Österreich nach Deutschland passieren sollte, um die Mädchen an ihren Bestimmungsort zu bringen. Und dann passierte etwas Unvorhergesehenes. Unsere Terrorfahnder deckten in Wien die Attentatspläne auf. Die Ermittlungen brachten deutliche Hinweise auf weitere geplante Anschläge in Österreich und Deutschland. Im Laufe des Samstags wurden die Grenzen dichtgemacht. Höchste Alarmstufe wurde ausgerufen. Innerhalb kürzester Zeit kam es zu einem Großeinsatz von Sicherheitskräften. Bei Flughäfen, Bahnhöfen, öffentlichen Einrichtungen wurde schärfstens kontrolliert. Auf vielen Straßen wurden die Verkehrsteilnehmer überprüft, vor allem im erweiterten Grenzgebiet. Brian Krugler musste rasch reagieren. Der Bus, der mit rumänischem Kennzeichen unterwegs war und jederzeit kontrolliert werden konnte, stellte für ihn plötzlich ein enormes Risiko dar. Krugler schickte deshalb zwei seiner Männer mit einem Bus, der ein österreichisches Kennzeichen trug. An einem unbeobachteten Platz sollten die Mädchen umgeladen und an einen sicheren Ort verfrachtet werden. Krugler wollte abwarten, bis sich die Lage an den Grenzen beruhigt hätte. Seine Männer brachten die jungen Rumäninnen zu Kruglers abgelegenem Bauernhof. Dort blieben die Mädchen gefangen, bis wir sie gestern Nacht befreien konnten.«

»Wie habt ihr das Versteck gefunden?«

Der Chef der Tatortgruppe übernahm die Antwort. »Einem der Mädchen ist es gelungen mittels Handy die 112 zu wählen. Die Sicherheitszentrale hat den Notruf aufgefangen. Das Mädchen sprach nur ein paar Brocken Englisch. Gott sei Dank ließ die Kleine das Handy eingeschaltet. Wir konnten es orten und das Einsatzkommando losschicken.«

Brunner übergab das Wort an Oberleutnant Riegler, den Kommandanten der Spezialeinheit. Riegler schilderte in knappen Ausführungen das Vorgehen der Truppe. Sie hatten Wärmebildkameras eingesetzt. Aufgrund der Infrarotanzeige wussten sie, dass sich zehn Personen im Gebäude befanden. Sie waren in das Haus eingedrungen, in dem sich acht Mädchen und zwei Männer befanden. Einer der Entführer hatte das Feuer eröffnet. Bei dem Schusswechsel konnten die Einsatzkräfte den Mann ausschalten, er wurde an der Schulter getroffen. Der andere leistete keinen Widerstand. Aufseiten der Polizisten gab es keine Verletzten.

»Das sind die beiden Festgenommenen.« Thomas Brunner schickte zwei Fotos auf die Leinwand. Der fülligere der beiden Männer hatte struppiges Haar und auffällig wulstige Lippen.

»Bestens«, sagte der Polizeipräsident und erhob sich. »Ich vermittle bei der Pressekonferenz den groben Überblick, werde nicht vergessen, die hervorragende Arbeit unserer Polizei herauszustreichen. Alle notwendigen Namen und sonstigen Details lieferst dann du, Carola.«

An der Tür wandte er sich nochmals um. »Hervorragende Arbeit! Ich bin stolz auf euch!«

Stella

Ihr Herz schlug heftig, die Finger schwitzten. Sie war aufgeregt. Vor zehn Minuten hatte sie die Chefinspektorin angerufen.

»Frau Pilar, ich habe eine erfreuliche Nachricht für Sie. Wir konnten den Unbekannten, der Sie in Wagrain attackierte, festnehmen.«

Alles Weitere wollte sie ihr im direkten Gespräch berichten. Stella ließ sich mit einem Taxi umgehend in die Polizeidirektion chauffieren. Die Chefinspektorin empfing sie in ihrem Büro. Sie wirkte müde. Die hastig aufgetragene Schminke konnte die dunklen Ringe unter den Augen nur schwach übertünchen.

»Kaffee?«

»Gerne. Schwarz und stark.« Die Polizistin drückte einen Espresso aus der Maschine. Dann drehte sie Stella den Bildschirm ihres Computers zu. Der Screen zeigte das Bild eines Mannes. Das Gesicht war schmerzverzerrt. An der Schulter trug er einen blutigen Verband. Stella erkannte in ihm auf Anhieb den Kerl, den sie im Krankenhaus gesehen und der sie und Stefan in Wagrain überfallen hatte.

»Wir wissen inzwischen seinen Namen. Er heißt Mattis Fattek. Er arbeitet für einen Boss der Salzburger Unterweltszene namens Brian Krugler.«

Die Chefinspektorin schilderte in groben Zügen den

Einsatz der vergangenen Nacht. Stella war fassungslos, als sie von der Entdeckung der Mädchen hörte.

»So jung?«

»Ja. Und das ist leider kein Einzelfall. Ich möchte Ihnen die erschreckenden Zahlen ersparen, die aufzeigen, wie viele Jugendliche von skrupellosen Geschäftemachern für Bordelle ausgebeutet und missbraucht werden.«

»Und das Handy, mit dem das eine Mädchen den Notruf auslöste, ist tatsächlich jenes von Bernardo?«

Die Chefinspektorin bejahte. »So viel wir bis jetzt gemäß den Aussagen der Mädchen herausgefunden haben, spielte sich der Vorfall im Wald folgendermaßen ab. Die verschleppten Rumäninnen wurden von einem Bus in den anderen verfrachtet. Aber einer gelang es, sich loszureißen. Sie rannte davon. Ein Kerl hetzte brüllend hinter ihr her. Das war Mattis Fattek. Es gelang der Flüchtenden, ein großes Stück zurückzulegen, ehe sie eingeholt wurde. Plötzlich tauchte ein zweiter Mann auf. Das war offensichtlich Bernardo. Er versuchte dem Mädchen zu helfen, griff den Verfolger an. Es kam zum Kampf. Dabei gelang es Fattek, Bernardo einen Schlag zu versetzen und ihn zurückzustoßen. Bernardo taumelte und war in der nächsten Sekunde für die Augen der anderen verschwunden. Er war über die Böschung gestürzt. Beim Ringen mit dem Widersacher muss Bernardo das Handy aus der Tasche gefallen sein. Das Mädchen steckte es ein, ohne dass Fattek es bemerkte. Dann versuchte die Rumänin, erneut zu entkommen. Aber Fattek holte sie auch dieses Mal ein und zerrte sie zurück zum Bus.«

Stella malte sich die Szene im Wald aus. Während der Bus mit den Verbrechern und den verängstigten Mädchen nach dem Zwischenfall davonfuhr, lag Bernardo schwer verletzt am Fuß des abfallenden Geländes im Schnee.

»Ich verstehe immer noch nicht ganz, warum der Mann in Wagrain Stefans Auto aufbrach, um den Laptop zu rauben.«

»Wir können Mattis Fattek wegen seiner Schussverletzung derzeit nicht vernehmen. Brian Krugler haben wir noch in der Nacht festgenommen. Doch der hüllt sich in Schweigen. Sein Rechtsanwalt versucht jede krumme Tour, um eine direkte Beteiligung seines Mandanten an der Verschleppung der Mädchen zu leugnen. Aber ich denke, wir können die Sachlage vorerst auch ohne die Aussagen der beiden rekonstruieren. Für die Entführer stellte sich die Lage so dar: Bei der Übergabe war etwas schiefgelaufen. Eines der Mädchen konnte entfliehen. Es gab einen Zeugen für den Vorfall. Nach dem Handgemenge mit dem Zeugen blieb Fattek keine Zeit, um nach dem abgestürzten Mann zu schauen. Er musste Anyana einfangen und sie zum Bus zurückbringen. Der Kampf war nicht lautlos vor sich gegangen. Die Zeit drängte. Wo ein Spaziergänger zufällig im Wald auftauchte, konnte auch ein zweiter sein. Sie wollten nicht noch mehr Aufsehen erregen. Sie zogen es vor, sich schnell aus dem Staub zu machen. Doch die Bande wusste weder, wer der Zeuge war, noch was er tatsächlich alles mitbekommen hatte. Man kann davon ausgehen, dass Fattek seinem Chef vom Zwischenfall berichtete. Ich nehme an, Krugler hat aufmerksam die Medien konsultiert und bald die Meldung entdeckt. Ein junger Portugiese war im Waldstück gefunden worden. Er hatte den Sturz überlebt, war aber schwer verletzt. Offenbar hatte der Verunglückte bisher keine Aussage machen können, denn die offizielle Darstellung ging von einem Unfall aus. Über ein fliehendes Mädchen und Bernardos Zusammenstoß mit Fattek war nichts zu lesen. Aber was war zu erwarten, wenn der Schwerverletzte wieder zu Bewusstsein kam? Ich bin sicher, dass Krugler am Montag seinen Handlanger ins UKH schickte, um die Lage zu sondieren. Vielleicht ergab sich für die Verbrecher eine Möglichkeit, den jungen Mann für immer zum Schweigen zu bringen. Fatteck entdeckte wohl, dass man nicht ohne Zugangsschlüssel in die Intensivstation gelangen konnte. Aber dann bemerkte er eine Frau, die von der Krankenschwester zur Station gebracht wurde. Diese Frau stand offenbar in Beziehung zum Verletzten. Es galt, mehr über diese Beziehung herauszufinden. Also wartete Fattek und ist Ihnen dann gefolgt.«

Stella fröstelte. Sie stellte sich vor, wie sie nichtsahnend im Taxi Richtung Oberndorf fuhr und der Kerl sie beschattete. Sie war sich sicher, dass Mattis Fattek auch am Steuer des Autos saß, das mit ausgeschalteten Scheinwerfern wie ein Tier auf dem Weg vom Hotel zum Waldstück gelauert hatte. Die Chefinspektorin setzte die Erläuterung fort.

»Der unvermittelt aufgetauchte Zeuge war ein immenses Problem für Krugler und seine kriminellen Machenschaften. Was war, wenn der Mann nicht nur die Flucht des Mädchens, sondern auch die Übergabe an den beiden Autos beobachtet hatte? Vielleicht waren ihm sogar Fotos mit dem Handy gelungen. Immerhin war der junge Mann laut Zeitungsmeldung Journalist. Selbst wenn Bernardo nicht so schnell aus dem Koma erwachte, waren mögliche Bilder auf seinem Handy eine tickende Zeitbombe. Fattek hat Sie beobachtet, Frau Pilar, wie Sie am nächsten Morgen die Polizeidienststelle in Oberndorf aufsuchten. Als Sie daraufhin zum Wagen zurückkehrten, hatten Sie plötzlich eine Tasche bei sich. Dass die vermutlich dem Opfer gehörte, war nicht schwer zu erraten. Fattek blieb an Ihnen dran. Er folgte Ihnen bis Wagrain. Dort hat er zugeschlagen. Kruglers Mann war nicht so sehr hinter dem Laptop her. Vielmehr interessierte die Bande Bernardos Handy. Das hofften sie in der Tasche zu finden. Aber dort war es nicht. Denn das Mobiltelefon hatte die junge mutige Rumänin eingesteckt.«

Die Chefinspektorin machte eine Pause. Stella bat um ein Glas Wasser.

»Wie heißt das Mädchen?«

»Anyana Floare. Sie wird im April 14. Sie kommt aus einem Dorf im Norden Rumäniens. Sie ist eine ebenso mutige wie kluge junge Frau. Gleich bei der Ankunft im Bauernhof täuschte sie vor, sich erbrechen zu müssen. Man stieß sie ins Badezimmer, in dem auch eine Toilette war. Es gelang ihr, das eingesteckte Handy in einem Schrank unter alten Handtüchern zu verstecken. Sie schaltete es aus, damit der Akku nicht leer würde. Soviel wir aus den Übersetzungen der Dolmetscherin verstanden haben, wurde Anyana dann von den anderen isoliert. Die Verbrecher wollten wohl sichergehen, dass die junge Rumänin, die ihnen im Wald beinahe entkommen wäre, keine weiteren Schwierigkeiten bereitete. Man hat sie unter Drogen gesetzt. Es dauerte lange, bis Anyana es schaffte, wieder ins Badezimmer zu gelangen. Zu ihrem Glück war das Handy noch nicht entdeckt worden. Sie schaltete es ein. Wie Ihnen sicher bekannt ist, kann man von jedem Handy auch ohne SIM-Karte und bei gesperrten Tasten den Euro-Notruf 112 absetzen. Man gelangt damit automatisch zur nächstgelegenen Sicherheitszentrale.«

»Ich würde das Mädchen gerne kennenlernen.«

»Das können Sie. Sie ist derzeit in Begleitung der Dolmetscherin bei den Kollegen des Bereichs ›Menschenhandel und Schlepperei‹. Ich begleite Sie.«

Sie stiegen über die Treppe in das nächste Stockwerk. »Ermittlungsbereich 10«, stand über dem Eingang zum Bürotrakt. Die Chefinspektorin klopfte an eine der Türen.

Dann traten sie ein. Zwei Kriminalpolizistinnen in Zivil hielten Tablets in den Händen. Ihnen gegenüber saßen eine dunkelhaarige Frau mittleren Alters und ein Mädchen.

Beim Anblick der Dreizehnjährigen blieb Stella wie angewurzelt stehen. Die Überraschung war groß. Hier war es, sie hatte es endlich gefunden!

»Darf ich vorstellen, das ist Anyana!«, sagte die Chefinspektorin. Das Mädchen stand auf. Im bleichen Gesicht zeigten sich die Spuren der überstandenen Strapazen. Stella starrte immer noch verblüfft. Hier war es endlich, das *lockige Haar*! Vom Kopf des der jungen Frau ergossen sich Wellen ungezähmter dunkler Locken. Auf das Mädchen wollte Bernardo wohl verweisen, als er nach der Begegnung im Wald für einen Moment im Krankenwagen zu Bewusstsein kam. Stella war sich ganz sicher. Sie löste sich aus ihrer Erstarrung.

»Hallo, ich bin Stella. Der Mann, der versuchte, dich im Wald zu beschützen, ist mein Sohn.« Anyana blickte zur Dolmetscherin, die übersetzte. Die Augen des Mädchens weiteten sich, das Lächeln wurde stärker. Sie machte zwei schnelle Schritte auf Stella zu und umarmte sie.

Sie ließ Bernardos Mutter mit dem Mädchen und den Kolleginnen allein und kehrte zurück ins Büro. Als sie sich an den Schreibtisch setzte, traf auf ihrem Telefon eine Nachricht ein. Sie kam von Otmar. Carola konnte kaum glauben, was sie auf dem Display las.

»Die Gitarre ist aufgetaucht! Ich informiere den Chef. Alles Weitere später.«

Sie war überrascht. Hatte das Museum sich doch nicht an die Abmachung gehalten? Polizei und Museumsleitung hatten vereinbart, nicht auf die Lösegeldforderung einzugehen. Wie war es den Halleinern gelungen, die Bitcoinsumme im Gegenwert von 1,8 Millionen Euro aufzutreiben? War das Land eingesprungen? Hatte der Landeshauptmann den Betrag vorgestreckt oder gar der Kulturminister? Oder war die Gitarre auf anderen Wegen wieder in den Besitz des Museums gelangt? Eine halbe Stunde später tauchte der Abteilungsinspektor auf. Sein Gesicht war ein einziges Grinsen.

»Der größte Stille-Nacht-Gitarre-Raubzug aller Zeiten … und klingeling, ganz plötzlich ist Herrn Mohrs seliges Instrument wieder da! Es duftet förmlich nach Weihnachtswunder!« Er ließ sich auf einen der Stühle nieder.

»Haben die Halleiner das Lösegeld bezahlt?«

Er schüttelte den Kopf.

»Im Keller des Museums befinden sich viele große Schachteln. In einem der Kartons entdeckte Frau Dr. Birkner heute Nachmittag die von allen gesuchte Gitarre.«

Die Chefinspektorin wiegte mit dem Kopf.

»Denken wir dasselbe?«

Er nickte. »Ja, Frau Kollegin, wie wir beide von Anfang an vermuteten, dürfte es sich bei dem angeblichen Raubzug um eine Insideraktion handeln. Den Gedanken, dass die Halleiner sich durch diese Art medialer Aufmerksamkeit eine unbezahlbare Publicity verschaffen wollten, können wir allerdings ausschließen. Es gibt zwar noch keine Beweise für den genauen Tatvorgang, aber ich bin mir sicher, dass etwas anderes dahintersteckt als ein überzogener Marketinggag.«

»Wollte eine der Stille-Nacht-Konkurrenzgemeinden den Halleinern eins auswischen?«

Wieder schüttelte der Abteilungsinspektor den Kopf. »Davon ist nicht auszugehen. Doch der Gedanke, jemandem einen bösen Streich zu spielen, bringt uns wohl auf die richtige Spur. Ich bin bei den Recherchen im Umfeld der Beteiligten auch auf eine Schulkameradin von Bianca Zügler gestoßen. Die erzählte mir, dass die 16-Jährige stinksauer war. Einige aus der Klasse planten, während der Weihnachtsferien ein paar Tage auf einer Hütte zu verbringen. Alle durften mit, nur Bianca nicht. Der gestrenge Herr Chorleiter war strikt dagegen. ›Das zahle ich ihm heim!‹, hat Bianca in Gegenwart ihrer Freundin getobt. Als gelegentliche Mitarbeiterin des Museums kennt sie den Code für die

Alarmanlage. Ich bin mir sicher, Bianca steckt hinter dem Coup. Ob sie die Gitarre rechtzeitig für die große Liveübertragung zurückgegeben hätte oder ob ihr Vater am Heiligen Abend mit leeren Händen dagestanden wäre, weiß ich nicht. Als über Internet plötzlich eine Lösegeldforderung auftauchte, mit der Bianca nichts zu tun hatte, bekam sie wohl kalte Füße. Ich nehme an, sie hat die Gitarre in der vergangenen Nacht zurückgebracht, in der Hoffnung, dass sie jemand im Keller findet. Notfalls hätte sie das Instrument halt selber ›entdecken‹ müssen.«

Die Chefinspektorin grinste.

»So verdanken die Halleiner ausgerechnet einem Trittbrettfahrer, der sich übers Internet auf die Schnelle ein paar Bitcoins verdienen wollte, die grandiose Rückkehr der Gitarre. Siehst du, mein Lieber, das viel gescholtene Digitalnetz hat manchmal auch sein Gutes.« Das Grinsen verschwand. Carola runzelte die Stirn. »Die liebe Bianca hat die Nerven der halben Kulturnation strapaziert, bis hin zu jenen unseres erlauchten Chefs und des Herrn Kulturministers. Außerdem hat sie schwer schuftende Polizisten von ihrer sonstigen Arbeit abgehalten. Wie sehr lassen wir sie dafür büßen?«

Braunberger überlegte kurz. »Wir beide nehmen uns die junge Dame in jedem Fall vor. Wir werden ihr ordentlich die Leviten lesen. Wir werden ihr mit Anklage und Jugendstrafanstalt drohen, sie ein paar Tage schmoren lassen. Das genügt dann, finde ich.«

Carola stimmte zu. »Mit diesem Vater unter einem Dach zu wohnen, ist ohnehin Strafe genug.«

Stella

Sie hatte die Vernehmung der jungen Rumänin abgewartet. Dann hatte sie gefragt, ob sie Anyana in der Cafeteria auf Kaffee und Kuchen einladen dürfe. Die junge Rumänin war sofort einverstanden gewesen. Die Dolmetscherin hatte sich allerdings verabschieden müssen. Aber sie schafften es auch ohne Vermittlung, einander zu verstehen. Anyana sprach ein paar Brocken Deutsch und Englisch. Grundkenntnisse beider Sprachen hatte sie in der Schule gelernt. Den Rest glichen sie mit Zeichensprache aus. Außerdem entdeckte Stella, dass sie viele Wörter auch in der Muttersprache des Mädchens verstand. Rumänisch ist eine romanische Sprache, eine ganze Reihe von Ausdrücken ist mit dem Italienischen und Spanischen verwandt. Beides beherrschte Stella leidlich.

Anyana erzählte ihr von ihrer Heimat, vom Großvater, der Ziege und der Kindheit auf dem kleinen Bauernhof. Dann berichtete sie vom Heim, in das man sie gesteckt hatte. Die Bedingungen waren furchtbar. Aber zumindest durften die Mädchen die Schule besuchen. Anyana war immer schon wissbegierig gewesen. Lernen war ihr leichtgefallen. Dass immer wieder Mädchen aus dem Heim verschwanden, war den anderen nicht verborgen geblieben. Diese Mädchen, so erzählte man ihnen, gehörten zu den Glückskindern. Sie hatten Adoptiveltern in Deutschland gefunden. Und eines Tages waren auch sie an der

Reihe gewesen, Anyana, Savina und sechs weitere. Man hatte ihnen Fotos von ihren neuen Familien in Deutschland gezeigt, von schönen Häusern und hübschen Städten. Und so waren sie aufgebrochen, dankbar, das Elend hinter sich zu lassen, glücklich, dass nun auch sie zu den Auserwählten gehörten. Aber bald war ihnen klar geworden, dass hier etwas nicht stimmte. Die zwei Männer, die sie in der Nacht mit dem Bus abholten, hatten sich bald als Grobiane erwiesen. Die Mädchen durften das Fahrzeug nie verlassen. Wenn sie protestierten, bekamen sie Schläge. Man drohte ihnen noch Schlimmeres an, wenn sie nicht parierten. Bald war ihnen klar geworden, dass sie nicht unterwegs zu Adoptiveltern waren, sondern einem ungewissen, Furcht einflößenden Schicksal entgegenblickten.

Stella hörte der jungen Rumänin zu, stellte ab und zu Fragen. Die Schilderung vom Leidensweg der Mädchen nahm sie sehr mit. Später stieß die Chefinspektorin zu den beiden. Stella erkundigte sich, was nun mit Anyana und den übrigen Mädchen passierte. Das konnte die Polizistin nicht mit Bestimmtheit sagen. Vorerst wurde für die jungen Rumäninnen gesorgt. Sie waren in Sicherheit. Die österreichischen Behörden würden sich mit den rumänischen Stellen in Verbindung setzen. Dann würde man mehr sagen können. Nach einer Stunde erschien eine uniformierte Polizistin und holte Anyana ab. Beim Abschied drückte Stella das Mädchen fest an sich.

»Lockiges Haar!«, zwitscherte die Rumänin und fuhr sich lachend mit der Hand durch ihre Locken. Stella hatte ihr von Bernardos Ausspruch erzählt.

Es dämmerte, als sie schließlich die Polizeidirektion verließ. Sie nahm ein Taxi.

Der Fahrer hatte das Radio eingeschaltet. Die Topmeldung der Nachrichten galt der gestohlenen Stille-Nacht-Gitarre. Wie durch ein Wunder war sie wieder aufgetaucht. Dann folgten Berichte zu den immer noch verstärkten Sicherheitsmaßnahmen. Ein Sprecher des Innenministeriums sprach von weiteren Festnahmen im Zusammenhang mit den vereitelten Anschlägen. Stella lehnte sich zurück. Die Bezugnahme auf die verhinderten und weiterhin geplanten Attentate entlockte ihr ein Kopfschütteln. Manchmal war die Welt verrückt! Ihr wurde wieder einmal bewusst, wie unwahrscheinlich zufällig ganz unterschiedliche Begebenheiten im Leben oft einander beeinflussten. Die aktuelle Gefahr aufgrund der aufgedeckten Anschlagspläne war furchtbar. Alle hatten Angst. Aber würde die derzeitige Terrorbedrohung für Österreich und Deutschland nicht bestehen, wäre der perfide Plan der Mädchenhändler voll aufgegangen. Nur wegen der am vergangenen Samstag ausgerufenen Grenzsperren und Straßenkontrollen hatte der rumänische Kleinbus seinen Weg nach Deutschland nicht fortsetzen können. Abgrundtiefe menschlich Bösartigkeit wie im Fall der Attentäter auf der einen Seite hatte wegen des Polizeiaufkommens verhindert, dass andererseits die bemitleidenswerten rumänischen Mädchen nicht längst hilflos ihrem unmenschlichen Schicksal in den Bordellen ausgeliefert waren. Brutale Terrorbedrohung rettet durch die dadurch ausgelösten Reaktionen über Umwege bedrohte Jugendliche! Stella seufzte. Einfach verrückt!

Ihr Handy läutete. Sie schob die eben gehegten Gedanken beiseite und schaute aufs Display. Es war die Nummer des Krankenhauses. Bei jedem Anruf aus der Klinik packte sie die Angst. Was würde sie gleich hören? Zitternd meldete sie sich.

»Ja, bitte?«

»Gute Abend, Frau Pilar.« Es war die Stimme von Schwester Adama. Sie klang aufgeregt.

»Ihrem Sohn geht es gut. Der Gehirndruck hat sich so weit stabilisiert, dass wir Bernardo aus dem Tiefschlaf holen konnten.«

Endlich! Sie hatte das Gefühl, ihr Herz setzte aus. Ihr entfuhr ein Freudenschrei, so laut, dass der Fahrer erschrocken in den Rückspiegel blickte. »Alles in Ordnung?«

Sie hob den Daumen. Ein Kloß in ihrem Hals löste sich auf.

»Schwester Adama, ich danke Ihnen für diese wunderbare Nachricht. Kann ich zu ihm?«

»Ja. Wir erwarten Sie.«

Tränen rannen ihr über die Wangen. Sie gab dem Fahrer Anweisung, umzudrehen und sie zum Unfallkrankenhaus zu bringen.

Zehn Minuten später sprang sie am Eingang der Klinik aus dem Wagen. Sie nahm nicht den Aufzug, sie rannte die Treppe hinauf. Atemlos erreichte sie den dritten Stock. Schwester Adama stand am Eingang zur Station, führte sie hinein.

Bernardo lag auf dem Bett. Den Beatmungsschlauch hatte man entfernt. Einige der Kabel waren ebenfalls verschwunden. Er drehte ihr den Kopf zu. Durch den Schleier der Tränen konnte sie sein Gesicht kaum sehen. Ihr Herz drohte zu zerreißen. Das Pochen dröhnte in den Ohren.

»Hallo, Mama.« Seine Stimme war schwach, aber sie glaubte ein Lächeln darin zu erkennen. »Du hast dir die Haare schneiden lassen. Steht dir gut.«

Sie stolperte ins Zimmer, ließ sich auf die Knie fallen, presste ihr Gesicht an seine Seite. Sie konnte nichts sagen. Ihre Stimme versagte. Sie tastete nach seiner Hand und heulte.

Bernardo fielen bald wieder die Augen zu. Sie saß an seinem Bett und hielt seine Hand.

Es war der 21. Dezember. Wintersonnenwende. Schwelle und Wendepunkt. Der Tod des alten und zugleich die Geburt des neuen Sonnenjahres. Nach der längsten Nacht des Jahres würde bald wieder mehr Licht scheinen.

HEILIGER ABEND

Stella, Sebastian, Anyana, Carola

Der Weg war mit Lichtern gesäumt. Fackeln steckten im Boden. Das glitzernde Weiß verwandelte die Umgebung in eine Märchenlandschaft. Millionen winziger Schneekristalle funkelten im Licht der Flammen. Das Flackern spiegelte sich auch im Antlitz des Mädchens wider. In den dunklen Augen tanzten blinkende Sterne, orange Lichterstreifen kreisten auf den Wangen. Anyana hatte sich bei Stella untergehakt.

Ihre Hände waren von warmen Fäustlingen umschlossen. Die brennenden Fackeln wiesen ihnen den Weg zum Pfarrhof. Bis vor zwei Stunden hatte es noch geschneit. Die beiden hell erleuchteten Weihnachtsbäume neben dem Eingang trugen Flockenhauben auf den Zweigen. Sie waren mit roten Kugeln geschmückt.

»Wunderbar, dass du gekommen bist, Stella.« Frieda Machanska reichte den beiden die Hand. Stella stellte Anyana vor.

»Deine anderen Freunde sind schon drin.«

»Hallo, Stella.« Aus der Toreinfahrt lief eine kleine Gestalt auf sie zu. Die geflochtenen Zöpfe baumelten unter der Rentiermütze.

»Hallo, Nadra.« Sie beugte sich hinunter, ließ sich von dem somalischen Mädchen umarmen. »Ich möchte dir Anyana vorstellen.« Die Kleine griff in ihre Manteltasche, reichte ihnen aus einem Papiersack zwei Lebkuchenherzen.

»Gebacken, ich. Frohe Weihnachten.« Das mahagonifarbene Gesicht strahlte im Kerzenlicht der beiden Tannenbäume. Stella und Anyana bedankten sich.

»Frohe Weihnachten!«

»Crăciun fericit!«

Nadra nahm sie bei den Händen und führte sie hinein. Im Inneren des Hofes war eine bunte Schar versammelt. An die 30 Personen standen rund um das Feuer in der Mitte des Platzes. Über den Flammen hing ein Kessel, aus dem zwei Männer Punsch schöpften. Der eine trug eine Trachtenjoppe, der andere hatte eine bunte Stoffkappe auf dem Kopf, bestickt mit orientalischen Mustern. Auch Stella und Anyana bekamen Schalen mit dem heißen Getränk. Die dunkle Flüssigkeit schmeckte süß, duftete nach Waldbeeren, Orangen und Zimt. Aus der Menge strahlte Stella ein Gesicht entgegen. Es war Sebastian. Er winkte ihr zu. Er war mit seiner Mama gekommen, hatte auch seinen Freund Halil mitgebracht. Stella ging zu ihnen, machte sie mit Anyana bekannt. Aus der Dunkelheit ertönte der Schall von Trommeln. Gleich darauf mischte sich der weiche Klang von Flügelhörnern dazu. Ein junger Mann und eine junge Frau spielten auf den Blasinstrumenten, flankiert von einer Percussiongruppe. Acht flinke Hände schlugen auf die federnden Felle der Djemben. Den kleinsten der

Trommler erkannte Stella. Es war Hamit, der ältere der beiden syrischen Buben. Die drei anderen waren Erwachsene. Die dunkelhäutige Frau neben Hamit hatte ein orangefarbenes Tuch um den Kopf gewickelt. Ihre Hände gaben den Takt vor.

»Das ist unsere Syrisch-Somalisch-Afghanisch-Bayrisch-Österreichische Trommler- und Weisenbläsergruppe«, flüsterte eine Stimme. Frieda Machanska stand neben Stella. Sie hatte weitere Bekannte mitgebracht. Stella freute sich, die Chefinspektorin zu begrüßen. Sie hatte der Polizistin von der Feier im Pfarrhof erzählt und sie eingeladen. Carolas Begleiter hatte Stella schon im Polizeipräsidium getroffen, es war Abteilungsinspektor Braunberger. Das zehnjährige Mädchen an Carolas Hand war wohl die Tochter, von der ihr die Chefinspektorin erzählt hatte. Hedwigs Gesicht glänzte. Ihr Kopf ruckte nach allen Seiten. Sie war fasziniert von den Klängen. Als sie entdeckte, woher die Musik kam, ließ sie die Hand ihrer Mutter los. Sie lief hinüber zur Gruppe, patschte ihre zarten Hände auf eine der Djemben. Carola wollte ihr nacheilen, doch Frieda Machanska hielt sie zurück. »Lassen Sie die Kleine ruhig mittrommeln. Das macht auch den anderen Freude.«

Der Pfarrer trat aus dem Haus, begrüßte die Leute. Holzbänke mit dicken Polstern und Decken waren vorbereitet. Nach und nach ließen sich immer mehr der Anwesenden darauf nieder. Anyana lehnte den Kopf an Stellas Schulter. Stella hatte in den vergangenen beiden Tagen die Chefinspektorin zweimal getroffen. Gestern hatten sie gemeinsam Bernardo besucht. Anyana war auch mitgekommen.

»Hallo, lockiges Haar«, hatte Bernardo sie begrüßt. Die beiden hatten sich gut verstanden, in einem Kauderwelsch aus Englisch, Portugiesisch und Rumänisch das gemeinsam Überstandene besprochen. Wenn alles gut ging, würde man Bernardo in ein paar Wochen das entfernte Knochenstück an der Schädeldecke wieder einsetzen.

»Nicht mehr România, nicht mehr zurück in Heim«, hatte Anyana ihr gestern flehend zugeflüstert, als sie sich nach dem Besuch bei Bernardo verabschiedeten. Stella hatte sich bei der Chefinspektorin erkundigt, wie sie die Chancen einschätzte, dass Stella das rumänische Mädchen bei sich aufnehmen konnte, wenn Anyana das wollte. Carola hatte versprochen, sich zu erkundigen und sie in jedem Fall zu unterstützen. Etwas Feuchtes kitzelte Stella auf der Nase. Sie blickte nach oben. Kleine Flocken fielen aus dem Nachthimmel. Der Himmel war nur zum Teil mit Wolken überzogen. Dazwischen blitzten immer wieder Sterne.

Es war Heiliger Abend. Überall auf der Welt versammelten sich in diesen Stunden Menschen um den Weihnachtsbaum, um miteinander zu feiern. In Tomar machte sich Teresa gewiss mit ihrer Familie auf den Weg zum Hauptplatz, um Freunde und Nachbarn zu treffen. Bald wird man den Baum vor der Johanneskirche in Flammen setzen. In vielen Orten Portugals ist es Brauch, Baumstämme anzuzünden, damit die Menschen sich daran wärmen konnten, bevor sie in die Kirche traten, um die Mitternachtsmette zu feiern.

Sie saß unter freiem Himmel im Pfarrhof von Arnsdorf, an einem Ort, den sie vor 31 Jahren verlassen hatte und zu dem sie nie wieder zurückkehren wollte. Rings um sie waren Menschen, die vor Krieg und Terror aus ihren Heimatländern geflohen waren und die hier, wenigstens für kurze Zeit, Ruhe finden konnten. Die Menschen, die die Flüchtlinge aufgenommen hatten, saßen zusammen mit ihnen um das Feuer. Und Stella war mitten unter ihnen. Alle zusammen lauschten sie den weihnachtlichen Weisen, die im seidigen Klang der Flügelhörner zu ihnen schwebten. Die Stimmen der afrikanischen Trommeln mischten sich kraftvoll dazu. Stellas Herz war ruhig. Ihre Gedanken waren bei Bernardo. Sie hatte ihm versprochen, Bilder von dieser kleinen Feier zu machen, die sie beide später miteinander anschauen könnten. Sebastian stand von der Bank auf, kam herüber, setzte sich neben Stella. Er nahm ihre Hand. Die andere hielt Anyana. Die Trommelmusik wurde leiser. Bald hörte sie ganz auf, verhallte zusammen mit dem Schlusston der Bläser. Die Musiker ließen ihre Instrumente zurück, setzten sich zu den anderen. Die Menschen auf den Bänken rückten zusammen. Es wurde still im Hof. Nur das Knistern des Feuers war zu hören.

Aus dem wolkenbehangenen, zugleich sterneblinkenden Weihnachtshimmel über ihnen fielen sanft die Flocken. Einige Leute hielten einander an den Händen. Die Frau mit dem orangen Tuch im Haar drückte sich an den Arm ihres Mannes. Auf dessen Schoß ruhte der Kopf von Nadra. Das somalische Mädchen streckte die Hände in Richtung Feuer, um sich zu wärmen. Die Stille legte sich wie eine durchsichtige Decke über die Menschen. Die meisten saßen nur ruhig da, spürten die Nähe des Nachbarn, hörten auf den eigenen Herzschlag. Das Gefühl des Miteinanders wärmte noch mehr als das züngelnde Feuer. Nach einer langen Zeit des Innehaltens erhob sich der Pfarrer langsam von seinem Platz. Neben der Treppe, die vom Innenhof zum Obergeschoss führte, stand ein geschmückter Christbaum. Kleine Päckchen lagen darunter. Eine der Frauen aus dem Ort war ebenfalls aufgestanden. Sie platzierte noch zwei Geschenke unter den Baum. Der Pfarrer und die Frau zündeten die Kerzen an. Als zwei entfachte Wunderkerzen ihre Funken sprühen ließen, begannen die Augen der Kinder zu leuchten. Die Leute erhoben sich von den Bänken, kamen näher. Sie stellten sich schweigend im Halbkreis um den Baum. Dann tastete sich der Ton einer angeschlagenen Saite durch die Stille. Frieda hielt eine Gitarre in den Händen. Ihre Finger spielten die Einleitung, der langsame Sechs-Achtel-Takt schwang beruhigend wie bei einem Wiegenlied. Sebastian drückte sanft Stellas Hand. Anyana lehnte sich an sie. Stellas Herz war bei Bernardo und zugleich hier bei den Menschen am Lichterbaum. Dann begannen sie zu singen. Jeder im Hof in seiner Sprache, auf seine Weise. Aber alle zusammen dasselbe Lied.

Stille Nacht, Heilige Nacht …
Lurr Gisher, Surr Gisher …
Noapte de vis, Timp preasfânt …
Silent night, Holy night …
Alllaylat Alssamita …

Nuit de Paix, Sainte Nuit …
Usiku mtakatifu, Wengine walala …
Sessiz gece, Kutsal gece …
Tiha Noć, Sveta Noć …

Sie alle atmeten gemeinsam im Takt des Liedes, ließen sich von der Melodie tragen.

Was hat dieses Lied nur, dass es uns alle so berührt? Es ist nicht wichtig, das Geheimnis zu ergründen, dachte Stella, wichtig ist, dass es dieses Lied gibt. Ein Geschenk für uns. Sie war froh, es nach langer Entbehrung wieder erhalten zu haben. Sie hörte Sebastians helle Stimme neben sich, sie spürte Anyanas Atmen. Die Menschen vor dem Christbaum im Innenhof des Pfarrhauses hatten viel erlebt, manche von ihnen waren sogar dem Tod entronnen. Nun sangen sie miteinander Stille Nacht.

Die Welt drehte sich weiter. Für einen langen Moment blieben Angst und Schmerzen draußen. Für einen langen Moment war Friede.

Es war Weihnachten.

ENDE

1. Stille Nacht! Heilige Nacht!
Alles schläft; einsam wacht
Nur das traute heilige Paar.
Holder Knab im lockigten Haar,
Schlafe in himmlischer Ruh!
Schlafe in himmlischer Ruh!

2. Stille Nacht! Heilige Nacht!
Gottes Sohn! O wie lacht
Lieb' aus deinem göttlichen Mund,
Da uns schlägt die rettende Stund'.
Jesus in deiner Geburt!
Jesus in deiner Geburt!

3. Stille Nacht! Heilige Nacht!
Die der Welt Heil gebracht,
Aus des Himmels goldenen Höhn
Uns der Gnaden Fülle läßt seh'n
Jesum in Menschengestalt,
Jesum in Menschengestalt

4. Stille Nacht! Heilige Nacht!
Wo sich heut alle Macht
Väterlicher Liebe ergoß
Und als Bruder huldvoll umschloß
Jesus die Völker der Welt,
Jesus die Völker der Welt.

5. Stille Nacht! Heilige Nacht!
Lange schon uns bedacht,
Als der Herr vom Grimme befreit,
In der Väter urgrauer Zeit
Aller Welt Schonung verhieß,
Aller Welt Schonung verhieß.

6. Stille Nacht! Heilige Nacht!
Hirten erst kundgemacht
Durch der Engel Alleluja,
Tönt es laut bei Ferne und Nah:
Jesus der Retter ist da!
Jesus der Retter ist da!

Musik: Franz Xaver Gruber, 1818
Text: Joseph Mohr, 1816
Quelle: http://www.stillenacht.at/de/text_und_musik.asp

NACHWORT UND DANKE!

Ich freue mich über viele interessante Begegnungen und wertvolle Anregungen im Lauf meiner Recherchen zu diesem Buch.

Ich habe lange gezögert, diesen Roman zu schreiben. Ich wusste nicht, wie ich mich dem Thema nähern sollte. Stille Nacht, das haben mir auch meine Recherchen bestätigt, ist für viele Menschen tatsächlich etwas Besonderes, bedeutet ihnen vor allem emotional sehr viel. Und zugleich stößt man gerade im Umfeld dieses Liedes auf ein Minenfeld an allerkitschigsten Klischee-Fallen und schamlosen Vermarktungsattacken. Wie damit umgehen? Ein Weihnachtsbuch zu präsentieren, das tatsächlich »weihnachtlich« ist, die umfangreiche Geschichte des Liedes zu erzählen, dabei den Blick von auffälligen Missständen der Gegenwart nicht abzuwenden und gleichzeitig auch noch einen Krimi vorzulegen? Ist das zu schaffen?

Die vielen Ermunterungen, es bei allen Schwierigkeiten dennoch zu versuchen, haben mich schließlich dazu bewogen, den Versuch zu wagen.

Ich bedanke mich bei Patricia Outland. Die rührige Tourismuschefin von Lamprechtshausen-Arnsdorf hat mich als wahre Stille-Nacht-Liebhaberin zum Schreiben dieser Geschichte schon zu überzeugen versucht, als es in mir noch nicht einmal zu gären begann.

Mein Dank für viele Informationen, Tipps und hilfreiche Unterstützung gilt auch Florian Knopp und Anna Holzner (Keltenmuseum und Stille-Nacht-Museum Hallein); Pfarrer Bernhard Rohrmoser, Bürgermeister Franz Doppler und Kustodin Christa Pritz aus Mariapfarr; Michael Neureiter, dem umsichtigen Präsidenten der Stille-Nacht-Gesellschaft, und Leo Bauernberger, Geschäftsführer der Salzburger Land Tourismusgesellschaft, der sich für seinen Einsatz gewiss das Prädikat »Stille-Nacht-Botschafter all over the world« verdient.

Manche Anregung entnahm ich auch dem Sondermagazin der Salzburger Nachrichten »Stille Nacht. Ein Lied für die Welt.«

Der Beitrag von Bernhard Flieher brachte mich auch auf die Silent Night Version von Sinéad O'Connor.

Das von mir beschriebene Schwarz-Weiß-Bild zur Kriegsweihnacht stammt vom Cover des Buches »Silent Night. The Remarkable Christmas Truce of 1914« (Stanley Weintraub, Plume 2002)

Meinem Freund Oberarzt Dr. Christian Primavesi (Unfallkrankenhaus Salzburg) verdanke ich einen weiteren medizinischen Crashkurs, dieses Mal zur Behandlung eines Schädelbruches mit Epiduralhämatom.

Und meiner Lektorin verdanke ich einige mich tief berührende Schilderungen ihrer Erfahrung mit Menschen, die ihr nahestehen und die Stille Nacht als beglückendes Geschenk empfinden. Das hat mich wohl endgültig überzeugt, dieses Buch doch zu schreiben. Auf meine Art eben.

Danke Claudia!

Weitere Krimis finden Sie auf den folgenden Seiten und im Internet:

WWW.GMEINER-SPANNUNG.DE

MANFRED BAUMANN
Todesfontäne
Salzburg-Krimi
GMEINER SPANNUNG

MANFRED BAUMANN
Mozartkugelkomplott

978-3-8392-1773-3 (Paperback)
978-3-8392-4809-6 (pdf)
978-3-8392-4808-9 (epub)

SÜSSER TOD In der Hand eine Mozartkugel. Auf dem Kopf eine Mozartperücke. So liegt der Schauspieler Jonas Casabella, splitternackt und tot, in Mozarts Geburtshaus. Dieser bizarre Anblick ist nur der Anfang einer Serie rätselhafter Ereignisse mit zwielichtigen Personen, denen sich Kommissar Merana gegenübersieht: rivalisierende Zuckerbäcker, profittreibende Musikmanager, verzweifelte Wunderkinder, erpresserische Fädenzieher.

Und auch Meranas Herz wird im Lauf der Ermittlung eine tiefe Wunde zugefügt.

MANFRED BAUMANN
Zauberflötenrache

978-3-8392-1302-5 (Paperback)
978-3-8392-3685-7 (pdf)
978-3-8392-3684-0 (epub)

SCHLUSSTON »Der Hölle Rache kocht in meinem Herzen …«, singt Anabella Todorova als Königin der Nacht in Mozarts Zauberflöte bei der Opernpremiere der Salzburger Festspiele. Doch sie bricht mitten in der Arie tot zusammen. Herzversagen? Unfall? Mord?

Martin Merana beginnt im Umfeld der Festspiele zu ermitteln und staunt: Es bahnt sich ein Skandal um gefälschte Meistergeigen an und Papageno-treue Vogelfänger und wutentbrannte Tierschützer befehden sich. Hat der Tod der Sängerin mit diesen Vorfällen zu tun?

MANFRED BAUMANN
Jedermanntod

978-3-8392-1089-5 (Paperback)
978-3-8392-3541-6 (pdf)
978-3-8392-3540-9 (epub)

BÜHNENREIF Salzburg im Sommer, belagert von Touristenscharen und Festspielgästen. Auf der »Jedermann«-Bühne vor dem Dom liegt ein Toter. Ein prominenter Toter. Der Tod höchstpersönlich. Hans Dieter Hackner, der gefeierte Darsteller des Todes in Hofmannsthals »Jedermann«. In seiner Brust steckt die Kopie eines Renaissance-Dolches, an seinen Füßen fehlen die Schuhe. Alles viel zu theatralisch, denkt Kommissar Martin Merana, und beginnt seine Ermittlungen in einer Welt, die ihm fremd ist: die Welt der Salzburger Festspiele mit ihren extrovertierten Künstlern und fädenziehenden Managern …

MANFRED BAUMANN
Glühwein, Mord und Gloria

978-3-8392-1950-8 (Paperback)
978-3-8392-5157-7 (pdf)
978-3-8392-5156-0 (epub)

O TANNENBAUM, O MÖRDERTRAUM Kommissar Merana verschluckt sich fast am Glühwein, als ihn die Nachricht ereilt: Johnny Lametta ist verschwunden, der Hauptdarsteller der Weihnachtskrimi-Komödie: Lebkuchen, Leichen und Lametta.

Entführt? Ermordet? Oder doch nur Lampenfieber vor der Premiere? Lametta bleibt verschollen. Dafür taucht eine rätselhafte Botschaft auf. Und die versaut dem Salzburger Kommissar endgültig die Weihnachtsstimmung …

GMEINER SPANNUNG

WWW.GMEINER-VERLAG.DE
Wir machen's spannend

LIEBLINGSPLÄTZE AUS DER REGION

FRANZISKA LIPP
Beste Aussichten
im Salzburger Land

978-3-8392-1553-1 (Buch)
978-3-8392-4401-2 (pdf)
978-3-8392-4400-5 (epub)

AUF DEN ZWEITEN BLICK Es gibt viele gute Gründe, das Salzburger Land näher kennenzulernen: Die Fürsterzbischöfe erwirtschafteten ihren Reichtum mit Salz, Carl Zuckmayer fand hier das »Henndorfer Paradiesgärtlein« und Paracelsus seine letzte Ruhestätte. Millionen Tonnen Gold lagern noch in den Hohen Tauern, W. A. Mozart schrieb seine Krönungsmesse entgegen aller Annahmen nicht zur Einweihung von Maria Plain und die Fuschlerin ist keine Frau, sondern ein Schiff. Franziska Lipp wandert mit Ihnen durchs Salzburger Land. Nur zu den 11 Almhütten müssen Sie selbst gehen, denn: Auch der Weg dorthin ist das Ziel.